DIE MORDHÜTTE

AF221070

Über den Autor

René Falk wurde 1955 geboren. Er ist ein echter Rheinländer und lebt in Troisdorf, einem Nachbarort von Köln. Schon sehr früh zeigte sich seine Neigung zum Schreiben von Kurzgeschichten, vor allem im Bereich SF und Fantasy. Später richtete sich sein Interesse mehr auf das Genre Krimis & Thriller und bald begann er selbst Krimis zu schreiben. Und wenn es ihm mit seinen Geschichten gelingt, seinen Lesern die eine oder andere (ent)spannende Stunde zu verschaffen, hat er nichts falsch gemacht.

DIE MORDHÜTTE

René Falk

Bibliografische Information der Deutschen Nationalbibliothek: Die Deutsche Nationalbibliothek verzeichnet diese Publikation in der Deutschen Nationalbibliografie; detaillierte bibliografische Daten sind im Internet über http://dnb.dnb.de abrufbar.

René Falk
DIE MORDHÜTTE

Umschlaggestaltung: *MyCoverDesigner.com*
Text und Innenillustrationen: *René Falk*

Herstellung und Verlag:
BoD - Books on Demand, Norderstedt

ISBN: 978-3-7519-0279-3

Inhaltsverzeichnis

ÜBER DIESES BUCH

Zwei vierzehnjährige Jungen werden beim Spielen im Wald nahe der Wahnbachtalsperre unfreiwillig Zeuge eines Mordes. Die Hauptkommissare Denise Malowski und Tobias Heller finden an der bezeichneten Stelle jedoch nichts Ungewöhnliches und weil die Jungs für ihre Streiche bekannt sind, lässt man die Angelegenheit zunächst auf sich beruhen. Am darauffolgenden Tag wird am Ufer des Stausees eine Leiche gefunden.

Die Umstände dieses Leichenfundes sind mysteriös, wurde doch erst ein Jahr zuvor an fast exakt derselben Stelle schon einmal ein Mordopfer abgelegt. Dabei soll es jedoch nicht bleiben, die Siegburger Kommissare werden in der Folge mit Tatorten und Tatumständen konfrontiert, die alle etwas mit längst abgeschlossenen Altfällen zu tun haben scheinen.

HOLMES & WATSON

»Ich habe kein gutes Gefühl bei der Sache,
Wolfie!«, erhebt Tim Berger erstmals seine Stimme,
seit sie die Ortsgrenze Troisdorf hinter sich gelassen haben. Wobei das mit der Grenze allenfalls
hypothetisch ist, da der Weg der beiden vierzehnjährigen Gymnasiasten von Beginn an durch dich-
ten Wald führte. Ihr Zuhause ist nämlich für solche
Exkursionen äußerst günstig in der nicht ohne
Grund so bezeichneten Waldstraße am Ortsrand
von Troisdorf-Spich gelegen.

Die Bemerkung des Halbwüchsigen bezieht sich
aber beileibe nicht auf die Tatsache, dass sie seit
einer Stunde mutterseelenallein durch finsteren
Wald radeln. Wobei er ohnehin laut rufen muss,
damit der einige Meter vorausfahrende Freund ihn
überhaupt verstehen kann. Zu zweit nebeneinander zu fahren, verbietet sich aufgrund des
schmalen und holprigen Waldweges von selbst.

Wolfram Schmitz hält sein Rad an und dreht
sich zu dem Freund seit Kindergartentagen um.
»Haste etwa Schiss?«, fragt er mit hochgezogenen
Augenbrauen und hörbarem Spott in der Stimme.
In ihrer nunmehr zehnjährigen Freundschaft hatte
er immer schon das Sagen. Und eine äußerst lebhafte Fantasie, deren Auswüchse sich meist danach
richten, welches literarische Werk die ausgewie-
sene Leseratte gerade in die Finger bekommen hat.

Es ist erst vier Jahre her, dass die Abenteuer von Tom Sawyer und Huckleberry Finn ihn und Tim in eine äußerst prekäre Situation brachten, als sie in einem Moor einen Mord beobachteten und dem Täter geradewegs in die Arme liefen.

Derzeit haben es ihm die Bücher von Sir Arthur Conan Doyle angetan, dessen weltbekanntem Meisterdetektiv er gemeinsam mit dem Freund nacheifert. Das sonnige Wetter an diesem ersten Ferientag hat er dazu auserkoren, mit Tim Berger zusammen einen Ausflug in die Nähe der Wahnbachtalsperre zu unternehmen. Um Recherchen durchzuführen, wie er es geheimnisvoll ausdrückte.

»Und außerdem sind wir momentan sozusagen im Dienst«, weist er Tim milde zurecht. »Ich bin daher für dich nicht *Wolfie*, sondern *Sherlock Holmes* und du bist *Doktor Watson*, wobei die beiden sich siezen und ausschließlich mit dem Nachnamen ansprechen!«

»In Ordnung, *Holmes!*«, fällt Tim Berger weisungsgemäß, aber mit einem genervten Unterton, in die ihm zugewiesene Rolle zurück. »Ich finde es trotzdem eine blöde Idee von Ihnen, mit mir in diese Einöde zu fahren, um eine Hütte im Wald zu observieren. Die ist doch garantiert bewohnt, aber ganz sicher wird sie jemandem gehören!«

»Genau *das* will ich herausbekommen, Watson!«, erinnert der Freund ihn an das stattgefundene Briefing vor Antritt der Fahrt. »Wir werden uns daher gründlich dort umschauen und irgendwelche Leute befragen, die wir unterwegs treffen. Irgendjemand wird uns sicher was zu diesem Blockhaus und seinem Bewohner sagen. Wer so weit draußen und fernab jeglicher Zivilisation haust, hat zweifellos etwas zu verbergen!« Die Tatsache, dass in der Hütte vor nicht allzu langer Zeit ein Mord verübt wurde, verschweigt er geflissentlich. Über diese hochinteressante Information war er erst kürzlich zufällig im Internet gestolpert.

»Oder er will einfach nur seine Ruhe haben«, brummt Tim Berger vor sich hin, folgt aber gehorsam dem Freund, der schon wieder kräftig in die Pedale tritt. Wenn der sich erstmal in etwas verbissen hat, vermag ihn ohnehin niemand mehr zu bremsen.

* * *

Die Fahrräder werden kurzerhand in ein Gebüsch geschoben, das genügend weit von dem recht großen Blockhaus entfernt ist, welches sie von dort trotz der dicht stehenden Bäume schon gut erkennen können.

Es als Hütte zu bezeichnen, wird ihm ganz sicher nicht gerecht, denkt Tim ›Watson‹ Berger beeindruckt, nachdem er sich neben dem Freund am Rand der Lichtung, auf der das Holzhaus erbaut ist, im schützenden Unterholz auf die Lauer gelegt hat.

Wobei es sich bei der freien Fläche genau genommen schon um einen großen Platz handelt, der über eine schmale, aus festgestampfter Erde bestehende Straße erreichbar ist, die von dort auf die nahe Bundesstraße führt. Ein Kleinwagen irgendeiner ausländischen Marke, der neben dem Haus auf einem überdachten Stellplatz steht, zeugt von der Anwesenheit von Menschen.

Ansonsten herrscht eine beschauliche Ruhe bis auf die beständige Geräuschkulisse, die von unzähligen Singvögeln im Geäst ringsum herrührt. Das Haus selbst ist auf drei Seiten malerisch von hohen Bäumen umgeben. Unter einem Fenster der Frontseite steht ein kleiner Motorroller. All das prägen sich die beiden Hobbydetektive innerhalb weniger Augenblicke ein. Menschen sehen sie aber nirgendwo in ihrem Gesichtsfeld.

»Etwas einsam hier, findest du nicht?«, provoziert Tim Berger den Freund. »Hier kommt in hundert Jahren keiner vorbei, den du fragen kannst, wer hier wohnt!«

»Du hast recht … Okay, dann werden wir eben anders vorgehen!« Kaum, dass die Worte seinen Mund verlassen haben, springt Wolfram ›Sherlock‹ Schmitz auch schon auf und pirscht sich, immer einen der Bäume, die den Platz säumen, als Deckung benutzend, bis zum Carport. Für die ganze Aktion benötigt er nicht einmal eine Minute. Tim schaut ihm einige Sekunden kopfschüttelnd hinterher und folgt ihm dann auf dieselbe Art.

Der Freund nimmt bei seinem Erscheinen die Hand vom Kühlergrill des Autos. »Der Motor ist noch warm, Watson. Der Wagen wird demnach vor nicht allzu langer Zeit hier abgestellt worden sein! Wir werden uns hinter das Haus schleichen und versuchen, durch ein Fenster zu schauen. Wegen der Bäume, die davor stehen, wird uns schon niemand bemerken.« Ohne eine Entgegnung abzuwarten, schleicht er davon.

»Ich hatte befürchtet, dass du sowas vorschlägst«, gibt Tim leise seufzend zurück, folgt ›Sherlock Holmes‹ aber widerspruchslos hinter das Haus. Was absurde Ideen anbelangt, ist dieser ihm stets um Lichtjahre voraus. Gewöhnen wird er sich allerdings niemals daran.

Solange wir durch seine albernen Verrücktheiten nicht wieder einem irren Mörder in die Arme laufen, ist mir alles andere recht!, denkt er schaudernd in Erinnerung an die lebensgefährliche Begebenheit vor vier Jahren im Heidemoor. Damals hatten sie es ausschließlich Kriminalkommissar Weiland zu verdanken, mit einem blauen Auge davongekommen zu sein.

* * *

Das erste Fenster ist winzig und viel zu hoch angebracht, sodass die etwa gleich großen Jungen mit weniger als 1,60 Meter Körpergröße es ohne Hilfsmittel nicht zum Spionieren verwenden können.

»Dahinter liegt höchstwahrscheinlich sowieso nur ein Badezimmer«, vermutet ›Sherlock‹ flüsternd und schleicht unverzüglich zum Nächsten, welches aber zu seinem Verdruss mit einer hölzernen Jalousie blickdicht verschlossen ist.

Dies gilt zwar ebenfalls für das letzte Fenster in dieser Wand, jedoch wurde hier der Rollladen nicht vollständig heruntergelassen, sodass Lücken zwischen den Lamellen geblieben sind. Voller Neugier pressen die jugendlichen Abenteurer ihre Gesichter an die Jalousie. Auch Tim, der trotz aller Vorbehalte jetzt ein ganz normaler vierzehnjähriger Junge ist, den die Abenteuerlust gepackt hat.

Viel ist nicht zu erkennen, trotzdem der dahinterliegende Raum – offenbar das Wohnzimmer – hell erleuchtet ist. Die Lamellen sind zu breit und die Lücken zu schmal. Dennoch vermeinen die Hobbydetektive, zwei Männer auszumachen, die zu ihrem grenzenlosen Entsetzen miteinander zu ringen scheinen.

Ich wusste es!, schießt es Tim Berger durch den Kopf, als ihm bewusst wird, was dort drinnen vor sich geht. *Willst du sicher in die Bredouille geraten, musst du nur mit Wolfie unterwegs sein!*

Auf der anderen Seite des Fensters fallen jetzt polternd Stühle um, während die beiden Männer offenbar einen Kampf austragen. Etwas zerspringt mit einem lauten Klirren auf dem Fußboden, eine Vase vielleicht, die bei dem Gerangel zu Bruch gegangen ist. Trotz ihres Entsetzens sind Tim und Wolfram nicht in der Lage, den Blick von dem Geschehen zu lösen und verfolgen den Vorgang mit aufgerissenen Augen.

Was dann aber geschieht, lässt sie förmlich erstarren und das Blut in ihren Adern gefrieren! Panisch suchen sie das Weite, als ihnen die grauenvolle Konsequenz des soeben mitangesehenen Dramas bewusst wird. Vorbei ist es mit dem kindlichen Spiel, die harte Realität hat sie im Gegenteil nach vier Jahren erneut eingeholt.

Kapitel 1

Montag, 14. Oktober

10:00 Uhr

»Es ist Montagmorgen, die Sonne scheint, und es ist bisher weder ein Leichenfund gemeldet worden noch wurde einer von uns in den vergangenen beiden Tagen mitten in der Nacht in die Walachei gerufen, um dort nach einer zu suchen!«, begrüßt Kommissariatsleiter Peter Donner seine vollständig angetretenen Ermittler aufgeräumt zur Dienstbesprechung. Der Erste Hauptkommissar befindet sich offenbar heute in bester Laune.

»Also insgesamt ein absolut unhaltbarer Zustand, Chef!«, bemerkt Tobias Heller trocken. »Und was gedenken wir, dagegen zu unternehmen?«

»Ich habe mit hochwissenschaftlichen Methoden versucht, herauszufinden, ob ich das alles nur träume«, grinst Donner. »Es scheint aber zu stimmen.«

»Lass mich raten: Du hast dich selbst gezwickt und es hat wehgetan?«, lacht Denise Malowski. »Das besagt gar nichts, Chef. Ich hab mal geträumt, aufgewacht und zum Dienst gefahren zu sein. Es schien alles normal, bis ich dann tatsächlich wach wurde. Ich bin mir aber bis heute nicht vollständig darüber im Klaren, ob ich nicht immer noch träume.«

Donner schaut seine Hauptkommissarin sinnend an, weil sich ihm der Verdacht aufdrängt, dass sie ihn bloß veralbern will. Bei Tobias wäre diese Frage ja überflüssig, aber bei Denise? Andererseits verbringen die beiden viel Zeit miteinander, da können Gewohnheiten schon mal abfärben.

»Schluss mit den Albernheiten«, entscheidet er daher vorsorglich mit wiedergefundener Ernsthaftigkeit. »Ich hatte am Wochenende genügend Gelegenheit zum Nachdenken. Es wird mit sofortiger Wirkung eine Veränderung in den Arbeitsabläufen bei dreien von euch geben!«

Christina ›Chrissie‹ Ohlsen und Wolfgang Müller schauen sich ratlos an. Da sie – Donner selbst ausgenommen – nur zu fünft sind und die Hauptkommissare nicht gemeint sein dürften, kommen ja nur sie beide und Horst Weiland in Betracht, der aber ein betont unbeteiligtes Gesicht aufgesetzt hat.

»Es betrifft in der Hauptsache unser jüngstes Mitglied«, fährt der Kommissariatsleiter fort und heftet seinen Blick auf Christina Ohlsen. »Chrissie ist jetzt seit fast drei Jahren bei uns und hat von Beginn an einen ausgeprägten kriminalistischen Spürsinn sowie ein großes Talent bei Recherchen in Internet gezeigt. Aber ganz besonders scheint sie zur Höchstform aufzulaufen, wenn sie mit Wolfgang gemeinsam ermittelt. Ich habe mich daher zu einem Experiment entschlossen: Die beiden werden ab sofort offiziell Ermittlungspartner! Mit Horst habe ich schon gesprochen, er ist einverstanden und du, Chrissie, wirst heute noch dein Büro mit ihm tauschen! Einstweilen für ein paar Monate, später überlegen wir dann, ob es sinnvoll wäre, wenn ihr euch regelmäßig abwechselt.«

Nach Donners Eröffnung herrscht zunächst Stille im Raum. Mit dieser Entwicklung hatte wirklich niemand gerechnet. Außer Weiland vielleicht, der versonnen in sich hinein lächelt. Sein bisheriger Partner findet als Erster seine Stimme wieder: »Horst … das … ich wusste davon nichts!«, bringt Wolfgang Müller betroffen hervor.

»Hey, das ist voll in Ordnung, Alter!«, beruhigt Weiland ihn lachend. »Im Grunde geht das sogar auf meinen Mist zurück. Ich habe dem Chef schon vor Wochen geraten, Chrissies Talente nicht dadurch verkümmern zu lassen, dass sie den ganzen Tag allein in ihrem kleinen Büro hockt. Außerdem habe ich dann endlich meine Ruhe. Du schnarchst nämlich, wenn du am Schreibtisch einschläfst.«

»Das ist …« Wolfgang Müller findet keine Worte und blickt den Freund nur entrüstet an.

»War nur Spaß!«, lacht dieser und wendet sich mit verschwörerischer Miene an den Rest der Mannschaft: »Er schnarcht nicht!«, gibt er augenzwinkernd hinter vorgehaltener Hand kund.

»Nachdem das geklärt ist, könnt ihr ja jetzt an eure Arbeit gehen!«, beendet der Kommissariatsleiter kopfschüttelnd den albernen Wortwechsel und lässt völlig offen, auf welchen der letzten Sätze er sich dabei bezieht. »Irgendwas wird euch schon einfallen, zur Not helft ihr den beiden beim Umzug!«

* * *

Denise Malowski und Tobias Heller sind dermaßen in eine Diskussion über die Mitteilung ihres Vorgesetzten bezüglich der personellen Veränderung vertieft, dass sie die drei Personen, die vor ihrer Bürotür auf sie warten, erst im allerletzten Augenblick wahrnehmen. Dabei ist einer davon im Grunde gar nicht zu übersehen. Wachmann Rudolf Klein ist nämlich ein wahrer Berg von einem Mann, hinter dem sich sogar ihr schwergewichtiger Kollege Wolfgang Müller verstecken könnte.

Die beiden anderen sind deutlich weniger auffällig: zwei halbwüchsige, sommersprossige Jungs mit strohblonden Haaren und pfiffigen Gesichtern, die Denise Malowski vage bekannt vorkommen. Während sie noch überlegt, woher sie die etwa zwölf- bis vierzehnjährigen Jugendlichen kennt, hat ihr Partner die dazugehörigen Namen aber schon aus seinem Gedächtnis gekramt: »Tom und Jerry, richtig?«, begrüßt er sie grinsend.

Schlagartig erinnert Denise sich jetzt ebenfalls an die beiden. Damals waren sie etwa zehn Jahre alt und in einen Mord in einem Heidemoor verstrickt. Und sie nannten sich nicht Tom und Jerry, sondern … »Tom Sawyer und Huckleberry Finn!«, berichtigt sie Tobias automatisch, nachdem ihr die Ereignisse von vor vier Jahren wieder eingefallen sind. Die Lauser hatten sich in der Wahner Heide versteckt und die gesamte, extra für die Suche nach ihnen gegründete SOKO tagelang in Atem gehalten.

»Die jungen Herrschaften möchten etwas zu Protokoll geben«, verkündet der Wachmann mit einer Stimmgewalt, die Gläser zum Klirren bringen könnte. »Ich überlasse sie daher jetzt Ihrer Obhut!« Er dreht sich auf dem Absatz um und schreitet erstaunlich leichtfüßig für seine massige Gestalt davon.

»Na, dann kommt mal mit!«, fordert Tobias Heller die Jungs auf, einzutreten, indem er ihnen die Bürotür aufhält.

* * *

Chrissie wuchtet den großen Karton auf eine freie Stelle des Schreibtischs, der dem von Wolfgang, ihrem neuen Ermittlungspartner, gegenübersteht. »Du könntest ruhig mal mit anfassen«, rügt sie ihn mit hochgezogenen Augenbrauen. »So ein großer, kräftiger Kerl und lässt mich diese Kiste hier alleine schleppen!«

»Hättest ja etwas sagen können«, brummt Müller. Ihn kann so schnell nichts aus der Ruhe bringen, schon gar nicht seine äußerst lebhafte Freundin, mit der er immerhin seit drei Jahren zusammenlebt. »Wann geht denn die ›Umsiedlung‹ vonstatten?«

»Das *war* der Umzug!«, belehrt Chrissie ihn und zeigt auf den Karton. »Hier ist alles drin, was in meinem Schreibtisch und im Regal war. Horst hat offenbar seinen Kram schon vor der Dienstbesprechung zusammengepackt, er wusste im Gegensatz zu uns beiden ja Bescheid. Die Möbel bleiben, wo sie sind und die Telefonnummern werden in der Systemtechnik umgeschaltet. Wir können also sofort loslegen, sobald ich die Sachen verstaut habe!«

»Ach, und mit was genau sollen wir uns jetzt beschäftigen? Es gibt keinen aktuellen Fall, schon vergessen?«

»Such dir halt einen ungelösten Altfall! Aber wehe, du schnarchst!«

»*Cold Cases* sind doch eher dein Ding«, widerspricht Müller. »Und hey! Ich schnarche nicht!«

Träum weiter!, denkt seine Freundin belustigt, während sie sorgfältig ihren neuen Arbeitsplatz einrichtet. *Das werde ich ja wohl besser wissen!* »Ich bin mir sicher, dass sich das bald ändern wird«, sagt sie aber laut und lässt dabei offen, ob sie die Situation im Kommissariat meint, oder sein Schnarchen.

* * *

»Tom und Huck. Beziehungsweise Wolfram Schmitz und Tim Berger«, wendet Tobias Heller sich an die jugendlichen Besucher und stellt mit der Namensnennung wieder einmal sein unfehlbares Gedächtnis unter Beweis. »Es ist lange her, dass wir uns das letzte Mal über den Weg gelaufen sind. Vier Jahre, wenn ich mich nicht irre. Was haben Tom Sawyer und Huckleberry Finn *heute* hier im Kommissariat verloren? Oder heckt ihr zwei Lausebengel nur wieder einen eurer Streiche aus?«

»Wir sind jetzt vierzehn Jahre alt, mit solchen Kinderspielen geben wir uns nicht mehr ab!«, antwortet Wolfram Schmitz selbstbewusst. »Wats ...

äh, Tim und ich haben heute Morgen einen Mord mitangesehen!«

»Einen Mord?«, mischt sich Denise Malowski ein. »Billiger habt ihr es nicht? Wo soll denn dieser *Mord* passiert sein?« Die Hauptkommissarin malt mit den Fingern Anführungszeichen in die Luft. Sie glaubt den beiden nicht ein einziges Wort, ist darüber aber eher amüsiert als verärgert.

»Wir waren mit den Rädern an der Wahnbachtalsperre«, berichtet Tim Berger von ihrer morgendlichen Exkursion. »Dort gibt es ein Blockhaus im Wald, das wir uns ansehen wollten und da haben wir es gesehen: Zwei Männer haben miteinander gekämpft und dann hat einer den anderen gewürgt, bis der sich nicht mehr gerührt hat!«

»Und das war in dem Haus?«, will Tobias Heller es genauer wissen. »Was hattet ihr dort überhaupt verloren? Das ist doch sicher Privatbesitz!«

Wolfram Schmitz nuschelt etwas, das nicht zu verstehen ist. Irgendwas mit *Holmes und Watson*. »Kannst du das bitte wiederholen?«, hakt Tobias Heller nach, obwohl ihm schwant, was der Junge sagen will.

»Wir haben Detektiv gespielt«, übernimmt Tim Berger die Antwort für seinen Freund, dem das wohl jetzt peinlich ist. »Wolfram ist Sherlock Holmes und ich bin Doktor Watson.«

»Okay, dann schießt mal los!«, ermuntert Heller die selbsternannten Privatschnüffler zum Sprechen. »Was genau habt ihr gesehen?«

Jetzt sprudeln die Worte geradezu aus ihren Mündern. Beide reden wild durcheinander und dermaßen schnell, dass die Kommissare ihnen nur mit Mühe zu folgen vermögen. Schließlich verstummen sie wie auf Kommando gleichzeitig.

»Nochmal zum Mitschreiben: Die Rollläden waren zwar an allen Fenstern *heruntergelassen*, aber ihr habt *trotzdem* genau gesehen, wie *drinnen* im Haus ein Mann eine andere Person gewürgt hat, nachdem die beiden vorher miteinander gekämpft hatten«, rekapituliert Tobias Heller und betont dabei jedes einzelne Wort. »Habe ich das so richtig verstanden?«

Heftiges synchrones Kopfnicken ist die Antwort. »Da waren doch diese Lücken zwischen den Lamellen, Sie wissen schon!«, fügt Wolfram Schmitz erklärend hinzu. »Wir flunkern nicht, Herr Kommissar. Ehrlich!«

Denise Malowski schaut ihren Partner an und stößt einen tiefen Seufzer aus. Was sie von der Sache hält, ist ihr förmlich an der Nasenspitze anzusehen. »Müsstet ihr jetzt nicht in der Schule sein?«, wendet sie sich zunächst aber nach einem Blick zur Uhr mit hochgezogenen Augenbrauen an die Hobbydetektive.

»Herbstferien!«, informiert Tim Berger sie einsilbig.

»Okay, dann habt ihr ja Zeit, uns zu zeigen, wo genau das gewesen ist. Wir werden uns auf der Stelle dort umschauen und ihr kommt mit! Seid ihr mit den Rädern hier?«

»Mit der S-Bahn, das geht schneller!«, informiert Tim Berger die Kommissare. »Unsere Fahrräder haben wir vorher zu Hause abgestellt.«

* * *

Ganz so simpel war die Angelegenheit dann doch nicht. Wolfram Schmitz und Tim Berger waren mit ihren geländegängigen Rädern ja die meiste Zeit mitten durch den Wald gefahren, nur geführt von ihren Smartphones, deren GPS die Jungs sicher an ihr Ziel geleitet hatte. Sie sahen sich daher nicht in der Lage, den Kommissaren eine Wegbeschreibung zu liefern.

Tobias Heller sah sich daraufhin den Verlauf der etwa fünfzehn Kilometer langen Strecke auf einem der Mobiltelefone an. Ein flächendeckender Mobilfunk ist zwar aufgrund weiträumiger Funklöcher in dieser dünn besiedelten Gegend nicht vorhanden, wie er aus früheren Einsätzen weiß, aber das satellitengestützte GPS funktioniert überall.

Nachdem er die Zielkoordinaten auf *Google Maps* übertragen hatte, stellte sich heraus, dass nicht nur ihm und Denise diese Lokalität bestens bekannt ist. Im Gegenteil: Dieses einsame Blockhaus im Wald nördlich der Talsperre war erst im vergangenen Jahr Teil einer großangelegten Suche nach einem entführten Mädchen!

Spätestens, als Denise Malowski den Audi in Höhe der Ortschaft Heister bei Neunkirchen-Seelscheid in einen kleinen Waldweg lenkt, wird es für die Ermittler zur Gewissheit: Bei dem nach etwa hundert Metern hinter einer Wegbiegung zwischen den Bäumen sichtbar werdenden Gebäude handelt es sich unzweifelhaft um dieselbe Hütte, in der im letzten Sommer ein irrer Serientäter eine junge Frau tagelang misshandelte, vergewaltigte und am Ende tötete!

Sofort hält Denise den Wagen an und bedeutet dem hinter ihnen fahrenden Streifenwagen mit einer Einhalt gebietenden Geste durch das offene Seitenfenster, es ihr gleichzutun. Sollte an dieser haarsträubenden Geschichte doch etwas dran sein, muss man ja nicht gleich mit der Tür ins Haus fallen! Hier, zwischen den Bäumen, befinden sie sich gerade eben noch außerhalb des Gesichtsfeldes etwaiger Bewohner dieses Anwesens.

Nachdem auch nach zehn Minuten, in denen die Kommissare die Blockhütte angestrengt beobachten, dort nichts zu sehen ist, steigen Denise Malowski und Tobias Heller aus, um sich die Sache gemeinsam mit den Kollegen von der Streife aus der Nähe anzuschauen. Den auf dem Rücksitz wartenden Jungs schärfen sie ein, sich auf gar keinen Fall von der Stelle zu rühren, bis man ihnen etwas anderes sagt.

* * *

Verlassener kann ein von Menschen bewohntes Haus nicht aussehen: Weder davor noch daneben ist ein Fahrzeug zu sehen. Nicht der Kleinwagen, den Wolfram und Tim erwähnten, und auch kein Motorroller. Der Carport ist verwaist und die unbeleuchteten Fenster auf der Frontseite des Gebäudes wirken wie tote Augen auf die Polizisten. Alles weist darauf hin, dass sie, ebenso wie bei ihrem letzten Besuch vor über einem Jahr, hier und jetzt niemanden antreffen werden.

Automatisch richtet sich Tobias Hellers Blick auf den einige Meter abseits befindlichen Laubcontainer am Waldrand. Dort hatte der Mörder seinerzeit die Leiche von Simone Wichmann zwischengelagert, bevor er sie auf einem Waldweg an der Wahnbachtalsperre entsorgte. Ohne richterlichen Beschluss oder unmissverständliche Anzeichen für ein hier begangenes Verbrechen dürfen sie aber nicht einmal einen kurzen Blick hineinwerfen. Die teils widersprüchlichen Angaben zweier Halbwüchsiger reichen dafür nicht aus, sosehr es ihm in den Fingern juckt!

Aber eines dürfen sie: Solange weder Mauer noch Zaun oder wenigstens ein Schild, das zum Fernbleiben auffordert, vorhanden sind, ist es durchaus erlaubt, sich das Gebäude von außen anzuschauen, und auch ein Blick durch die Scheiben ist nicht verboten. Zumal an *keinem* der sichtbaren Fenster die Rollläden heruntergelassen sind, wie den Ermittlern sofort aufgefallen ist.

Tobias bedeutet den uniformierten Kollegen, an der Haustür ihr Glück zu versuchen, während er mit Denise einmal das Gebäude umrunden will, um sich auf der Rückseite gründlich umzuschauen. Dort, wo Wolfram Schmitz und Tim Berger einen Mord gesehen haben wollen. Wie es aussieht, ist diesbezüglich nämlich nach wie vor Skepsis angebracht. Denise wirft ihm einen Seitenblick zu und hebt die Schultern. *Zum Glück haben wir ohnehin gerade nichts Besseres vor*, bedeutet sie ihm damit.

Auch auf der Rückseite sind an sämtlichen Fenstern die Rollläden hochgezogen und gestatten Denise und Tobias ungehinderte Blicke in die dahinter liegenden Räume: ein Bad, ein Schlafzimmer und ein Wohnzimmer. Alles wirkt penibel aufgeräumt und sauber, nirgends ist auch nur der kleinste Hinweis auf einen erst heute Morgen hier stattgefundenen Kampf zu finden. Weder umgeworfene Stühle noch zerbrochene Gegenstände liegen herum, von einer Leiche ganz zu schweigen.

»Das sah vorhin alles vollkommen anders aus!«, ertönt hinter ihnen eine jugendliche Stimme und Tobias dreht sich zu dem Sprecher um. »Hatte ich nicht ausdrücklich gesagt, dass ihr im Auto warten sollt?«, fährt er Wolfram Schmitz aufgebracht an. Die Freunde haben sich hinter ihnen aufgebaut und zerknirschte Gesichter aufgesetzt. »Was denkt ihr Bengels euch eigentlich? Wenn das tatsächlich ein Tatort wäre, hättet ihr zwei am allerwenigsten hier verloren!«

»Sie müssen uns glauben, Herr Kommissar!«, wiederholt Tim Berger die Beteuerung seines Freundes vorhin im Kommissariat, und er klingt verzweifelt. »Als wir heute Morgen hier gewesen sind, waren überall die Rollläden heruntergelassen und im Carport stand ein Auto!«

»Das Kennzeichen habt ihr beiden Meisterdetektive nicht notiert, nehme ich an?«, fragt er in einem etwas versöhnlicheren Tonfall, erntet aber wie erwartet nur ein doppeltes stummes Kopfschütteln mit gesenkten Köpfen. Er wendet sich den Streifenpolizisten zu, die an der Haustür ebenfalls keinen

Erfolg hatten: »Euer Einsatz ist hiermit beendet, ihr könnt dann jetzt fahren!«

Nach kurzem Nachdenken greift er in die Tasche, holt sein Handy hervor und wählt eine Nummer aus den Kontakten. »Chrissie? Tobias hier. Würdest du bitte schnell etwas für mich recherchieren?« Denise folgt seinen Worten aufmerksam. Im Verlauf des Gesprächs hellt sich ihre zunächst ratlose Miene sichtbar auf, als sie erkennt, worauf der Kollege hinauswill.

»Okay, sag mir sofort Bescheid, wenn du was herausgefunden hast!«, beendet Tobias das Telefonat und steckt das Handy wieder ein. »So, und euch bringen wir jetzt erst einmal nach Hause!«, wendet er sich an Wolfram Schmitz und Tim Berger, und etwas in seiner Stimme sagt den beiden, dass es dieses Mal besser für sie ist, keine Widerworte zu geben.

* * *

»Was hat Tobias von dir gewollt?«, erkundigt sich Wolfgang Müller bei seiner Freundin, nachdem sie den Hörer aufgelegt hat. Vom Inhalt des Gesprächs hat er nicht viel mitbekommen, da Chrissies Antworten recht einsilbig waren und nur aus einem gelegentlichen ›aha‹ oder ähnlichen Lautbildungen bestanden haben. Dies ist bei Telefonaten mit dem Hauptkommissar die Regel, aufgrund seiner meist präzisen Anweisungen sind Nachfragen normalerweise nicht erforderlich.

»Wo sind die beiden überhaupt?«, fällt ihm erst jetzt auf, dass der Kollege von außerhalb angerufen hat. Externe Anrufe werden nämlich mit einem besonderen Klingelton signalisiert. »Ich habe gar nicht mitbekommen, dass die zwei das Kommissariat verlassen haben!« Dass Denise gemeinsam mit Tobias unterwegs ist, ist für ihn eine Selbstverständlichkeit, etwas anderes wäre undenkbar.

»Erinnerst du dich an den Fall des irren Serientäters im vergangenen Jahr? Der mit den Blockhütten? Denise und Tobias sind momentan an der Hütte nahe der Talsperre, da wo wir die erste Leiche fanden. Sie gehen einem Hinweis nach, wonach dort heute Morgen angeblich jemand ermordet wurde.«

»Ausgerechnet in *dieser* Hütte?«, wundert sich Wolfgang, nachdem er kurz nachgedacht und sich den dazugehörigen Fall vergegenwärtigt hat. »Das wäre ja ein Riesenzufall! Und du sollst jetzt herausfinden, wer sie derzeit gemietet hat, richtig?«

»Du bist wahrhaftig ein Schnellmerker!«, spottet Chrissie und greift wieder zum Telefon, um die Firma zu kontaktieren, die dieses und unzählige ähnliche Objekte in Nordrhein-Westfalen und Rheinland-Pfalz vermietet. Die Kontaktdaten befinden sich in den Akten.

* * *

»Was hältst du von der ganzen Angelegenheit, Tobi?«, fragt Denise ihren Partner, der dieses Mal den Dienstwagen zu ihrem nächsten Einsatzort chauffiert. »Mir persönlich kommt das alles jedenfalls mittlerweile wie in einem schlechten Roman vor!«

»Was ich davon halte?«, brummt Tobias Heller unzufrieden. »Wenn es sowas wie eine göttliche Vorsehung gibt, amüsiert sich momentan einer ganz gewaltig auf unsere Kosten!« Er zeigt mit dem Finger an den Fahrzeughimmel. »Der alte Herr da oben lacht sich garantiert in genau diesem Augenblick kräftig ins Fäustchen.«

»Woher weißt du, dass es ein Mann ist?«, grinst Denise, um sofort wieder ernst zu werden. »Aber du hast natürlich vollkommen recht, so viele Zufälle gibt es eigentlich überhaupt nicht. Überleg doch mal!«

Sie hält demonstrativ einen Finger hoch: »Da kommen zwei Jungs ins Kommissariat, die wir von einem unserer früheren Fälle kennen, und melden einen Mord, den sie mit eigenen Augen heute Morgen gesehen haben wollen.«

Der zweite Finger: »Diese Tat geschah angeblich in einer Hütte im Wald, die vor nicht allzu langer Zeit Schauplatz eines Verbrechens wurde, mit dem wir uns befasst haben. Es handelte sich dabei – wie sollte es anders sein – natürlich ebenfalls um einen Mord!«

Es folgt Finger Nummer drei: »Und als wäre das alles nicht genug, wohnt der Eigentümer besagter Blockhütte in einer Villa, die – welche Überraschung – früher einem Mordopfer gehört hat! Und wer hat diesen Fall bearbeitet? Wir selbstverständlich! Wenn ich so einen Schwachsinn in einem Krimi zu lesen bekäme, würde ich dem Autor sein Buch kräftig um die Ohren hauen!«

Niemand kann sich die grenzenlose Verblüffung der Ermittler vorstellen, als Chrissie Ohlsen vor wenigen Minuten zurückrief und das Ergebnis ihrer Recherche durchgab: Die Immobilienfirma als Eigentümerin der Blockhütte und weiterer Objekte dieser Art, sah sich nach Bekanntwerden der Mordserie vor einem Jahr gezwungen, einige ihrer Liegenschaften zu veräußern. Die Schauplätze grausamer Verbrechen ließen sich nicht mehr zu vernünftigen Konditionen vermieten.

Neuer Eigentümer der Hütte im Wald nördlich der Wahnbachtalsperre ist ein Herr Rainer Fuchs, von dem derzeit aber außer dem Namen und der Wohnadresse keine näheren Angaben bekannt sind, darum kümmert sich Chrissie Ohlsen im Kommissariat. Bemerkenswert ist für Denise und Tobias diesbezüglich momentan nur eines: Fuchs' Anwesen in der Parkallee 21 – eine protzige Villa mit einem riesigen Grundstück – gehörte früher einem Alfred Neumann, der dort auf grausame Weise gefoltert und getötet wurde.

»Wenn wir die Gemeinsamkeiten auf die Villa und die Blockhütte reduzieren, die beide demselben Mann gehören, ist es so verblüffend gar nicht, Denise«, überlegt Tobias Heller. »Fuchs hat womöglich außer einem Haufen Geld eine morbide Ader und kauft vorzugsweise solche Häuser. Sowas kommt vor. Der Rest könnte bewusst für uns inszeniert worden sein.«

»Du meinst, das alles ist ein großangelegter Streich zweier Lausbuben, die uns bloß veralbern wollen?«

»Wer weiß? Ich traue den Burschen diesbezüglich eine ganze Menge zu. Allerdings wäre diese Schmierenkomödie dann ein wahres Meisterstück, denn die Vorbereitungen dazu hätten eine umfangreiche Recherche erfordert!«

»Falls du recht hast, würde das zumindest erklären, warum sie ausgerechnet *diese* Hütte für ihren Streich ausgewählt haben: Dort hat bekanntlich schon einmal ein Mord stattgefunden. Wenn die Jungs so fix sind, wie ich denke, haben die das garantiert herausgefunden!«

* * *

Zeugen schon die Glocken des Westminster Palastes beim Betätigen der Türklingel in Form eines Klopfers aus Messing von einer gewissen Verschrobenheit des Besitzers, haut es Denise und Tobias vollständig aus den Socken, als nur wenige Sekunden nach dem letzten Glockenton die Haustür geöffnet wird.

Vor den Ermittlern steht ein Mann in Livree, sorgfältig gescheiteltem, pomadisiertem Haar und jenem blasierten Gesichtsausdruck, den man von Hausdienern aus Agatha-Christie-Krimis und ähnlichen Werken von der britischen Insel kennt. Offenbar ein waschechter Butler! Allein die Figur eines Preisboxers stört das Gesamtbild etwas.

»Die Herrschaften wünschen?«, spricht das Generalfaktotum sie in näselndem Tonfall und mit indigniert hochgezogenen Augenbrauen an. Mit seinem Gebaren bestätigt er absolut gekonnt alle mit diesem Berufsstand verbundenen Klischees und Vorurteile.

»Muss es nicht eher heißen: ›wen darf ich melden?‹«, kann Tobias Heller es sich nicht verkneifen und hebt seinen Dienstausweis in Augenhöhe vor das Gesicht des dienstbaren Geistes, der diese Geste aber gekonnt ignoriert und mit unbewegter Miene durch das Dokument hindurchzuschauen scheint.

»Das muss es nicht, mein Herr!«, wird er näselnd belehrt. »*Master Fox* empfängt nämlich derzeit keinen Besuch. Nach Fertigstellung eines seiner Werke legt der Meister stets eine mehrwöchige schöpferische Phase der Kontemplation ein, in der ihn niemand stören darf!«

Dass der Kerl sich nicht die Zunge verknotet!, denkt Tobias Heller amüsiert. *Da ist es ja leichter, eine Audienz beim Papst zu erhalten!* »Wir möchten nur ganz kurz mit Ihrem Arbeitgeber über ein Wochenendhaus reden, das er besitzt«, wendet er sich an den Hausdiener. »Es dauert nicht lange!«

»Es geht um einen Vorfall, der uns gemeldet wurde, und den wir jetzt untersuchen«, fügt Denise Malowski in gefährlich ruhigem Tonfall hinzu. Die berüchtigte senkrechte Unmutsfalte erscheint auf ihrer Stirn, die Eingeweihte normalerweise zur Vorsicht gemahnt, nicht jedoch den ahnungslosen Butler!

»Sie haben sicher einen richterlichen Beschluss, Frau Kommissarin! Nein? Dann war es das, guten Tag!« In der nächsten Sekunde blicken die Kommissare fassungs- und sprachlos auf eine geschlossene Haustür!

»Was war *das* denn jetzt?« Denises grasgrüne Augen funkeln verdächtig und scheinen ins hellbraune zu wechseln. Wie immer, wenn sie kurz davor steht, die Geduld zu verlieren.

»Wir haben ohnehin keine Handhabe«, hebt Tobias die Schultern. »Du hast die Bude im Wald doch selbst gesehen! Da gab es nichts, das auf ein Verbrechen hindeuten würde. Wir haben nur die Aussage zweier Lausbuben vorzuweisen und die haben uns schon einmal zum Narren gehalten! Dieser Lakai hat absolut recht: Das war es! Lass uns fahren, ich habe für heute die Schnauze gestrichen voll!«

* * *

»Das gibt es doch nicht!«, schimpft Denise Malowski lauthals über ihren Misserfolg bei ihrer Recherche im Internet. »Dieser Kerl ist ein absolut unbeschriebenes Blatt. Aber sowas von!«

Tobias Heller legt das Dokument beiseite, das er gerade gelesen hat und hebt den Kopf. »Wen meinst du?«

»Na, wen schon? Du kannst nahezu jeden Namen in *Google* eingeben und erhältst todsicher dutzendweise Treffer. Nicht so bei Rainer Fuchs! Man könnte fast glauben, dass dieser Mensch gar nicht existiert!«

»Wieso willst du das überhaupt noch wissen? Wir waren uns doch darüber einig, dass wir diese Begebenheit ad acta legen!«

»Weil mich dieser Butler total genervt hat. *Kontemplative Phase*! Das ist doch Bullshit! So, wie der von seinem Brötchengeber geredet hat, ist das irgend so ein durchgeknallter Künstler mit einem

Haufen Kohle! So einer *muss* doch namentlich bekannt sein, es gibt aber weder einen Maler noch einen Schriftsteller, der Rainer Fuchs heißt. Zumindest spuckt *Google* nichts dazu aus.«

»Und wie steht es mit ›Fox‹?«, schlägt Tobias vor. »Ich habe noch im Ohr, wie der Butler seinen Herrn mit ›*Master Fox*‹ betitelte.«

»Das ist mir zwar ebenfalls aufgefallen, aber ich hielt es für eine Art Macke, weil der Kerl so ›*very british*‹ daherkam. Und Fox ist ja bekanntlich die englische Übersetzung von Fuchs.«

Denise wendet sich erneut ihrer Computertastatur zu und minutenlang sind Tastengeklapper und Mausklicks die einzigen Geräusche, die von ihr zu hören sind. Hin und wieder unterbrochen von undefinierbaren Lautäußerungen.

»Du hattest offenbar den richtigen Riecher«, gibt sie etwas später bekannt, nachdem sie sich durch verschiedene Dokumente gelesen hat. »Es scheint sich um den Bestsellerautor Rufus Fox zu handeln. Der Kerl hat etliche Thriller veröffentlicht, die millionenfach verkauft wurden, ist stinkreich und als extrem exzentrisch verschrien. Niemand hat angeblich jemals sein Gesicht gesehen oder kennt seinen bürgerlichen Namen. Außerdem liegt die Veröffentlichung seines letzten ›Werkes‹ erst ein paar Wochen zurück. Das passt doch wie die berühmte Faust aufs Auge!«

»Und was bringt uns diese Erkenntnis jetzt?«, brummt Tobias abwesend, ohne von seiner Lektüre aufzuschauen. Für ihn ist das Kapitel endgültig abgeschlossen.

»Das neue Buch trägt den Titel ›*Straße des Todes*‹ und handelt von einem Kerl, der mit seinem Wohnmobil auf einer Bundesstraße herumfährt und reihenweise junge Frauen entführt, die er dann in einsamen Waldhütten foltert und ermordet! Kommt das nur mir bekannt vor? Das ist eine haargenaue Kopie einer unserer letzten Mordfälle!«

»Mit dem der Autor aber nichts zu schaffen haben kann, Denise! Den wahren Täter haben wir beide eigenhändig geschnappt, er brummt zurzeit eine lebenslange Haftstraße mit anschließender Sicherheitsverwahrung ab. Ich denke eher, dass unser Maulwurf, den wir neulich entlarvt haben, außer der Presse auch diesem Herrn Insiderinformationen zugespielt hat. Gegen klingende Münze, versteht sich. Du steigerst dich da in etwas hinein, weil dieser Mensch dir unsympathisch ist, dabei hast du ihn nicht einmal zu Gesicht bekommen!«

»Das kann man ja ändern!«, brummt seine Partnerin vor sich hin und tippt erneut auf ihrer Tastatur herum. »Hab' ihn!«, triumphiert sie eine Minute später. »Du, der sieht aber eigentlich völlig normal aus!« Ihre Stimme klingt enttäuscht.

»Was hast du erwartet? Einen mit Hörnern und Pferdefüßen? Woher hast du das Foto überhaupt? Ich denke, es gibt keine Bilder von dem Kerl!«

»Von dem *Autor Rufus Fox* nicht, aber von dem *Bürger Rainer Fuchs*«, grinst Denise. »Einen Personalausweis hat schließlich jeder, oder?«

»Wieso zeigst du eigentlich plötzlich so ein Interesse an dem Kerl? Der kann uns doch vollkommen gleichgültig sein!« Tobias Heller schüttelt ver-

ständnislos den Kopf. Dass seine ansonsten boden-
ständige Kollegin sich dermaßen in etwas hinein-
hängt, obwohl gar keine Veranlassung dazu vorliegt, ist absolut ungewöhnlich.

»Ich weiß nicht so recht, Tobi«, äußert sich
Denise Malowski abschließend zu diesem Thema,
bevor auch sie sich dringenderen Arbeiten zuwendet. »Irgendetwas sagt mir, dass uns dieser Herr
schneller leibhaftig über den Weg läuft, als uns lieb
ist!«

KAPITEL 2

Dienstag, 15. Oktober

08:57 Uhr

»Wenn uns dort vorne gleich Kollege Heimann mit seiner Hündin Cassy erwartet, flippe ich endgültig aus!« Denise Malowski lenkt den Wagen in Höhe der Ortschaft Bruchhausen von der B507 auf einen asphaltierten Feldweg. Nach der ihnen telefonisch durchgegebenen Wegbeschreibung führt er direkt zum Fundort der Leiche, die von frühmorgendlichen Spaziergängern vor etwa zwei Stunden am Ufer der Wahnbachtalsperre entdeckt wurde.

Der Ausbruch der Hauptkommissarin ist nicht einmal unberechtigt, wurde doch erst im vergangenen Jahr an fast derselben Stelle die Leiche der Gelegenheitsprostituierten Simone Wichmann gefunden. Und zwar von keinem Geringeren als Polizeihauptkommissar Kurt Heimann, dem Leiter der Hundestaffel, im Polizeijargon ›K9‹ genannt.

Mit der heutigen Leiche – ebenfalls eine junge Frau – ist erneut ein in höchstem Maße verstörender Bezug zu diesem Ereignis hergestellt, da Simone Wichmann in exakt derselben Blockhütte getötet wurde, der sie erst gestern einen Besuch abgestattet hatten.

»Ich weiß genau, was du meinst«, brummt Tobias Heller missmutig. »Langsam komme ich mir vor wie in einer speziell für uns angepassten Version von ›*Und täglich grüßt das Murmeltier*‹. Ich frage mich, wo die hier die Kameras versteckt haben! Da stimmt etwas ganz gewaltig nicht!«

»Dieses Szenario hier an der Talsperre ist fast identisch im aktuellen Buch von Rufus Fox beschrieben«, antwortet Denise Malowski ihm. »Ich habe mir ›*Straße des Todes*‹ gestern Abend auf mein Kindle geladen und gleich zu lesen angefangen. Glaubst du, der Autor steckt hinter der ganzen Sache? Es würde allem irgendwie einen Sinn geben!«

»Das kann jeder gewesen sein, der das Buch gelesen hat und das werden garantiert einige hunderttausend sein, Denise. Wir können daher nur hoffen, in den nächsten Tagen genügend Beweise gegen Rainer Fuchs zu sammeln, die einen Durchsuchungsbeschluss für seine Blockhütte rechtfertigen. Bis dahin sind uns leider die Hände gebunden.«

»Du glaubst demnach ebenfalls nicht mehr an einen Streich der beiden Kinder?«

»Das ist nicht gesagt. Das eine muss mit dem anderen ja nicht zwangsläufig etwas gemeinsam haben! Wie heißt es noch: Zufall ist, wenn voneinander unabhängige Ereignisse gleichzeitig stattfinden. Außerdem handelte es sich gestern in der Hütte nach Angabe der Jungs angeblich um zwei Männer!«

* * *

Die erste Diskrepanz zum Mordfall Simone Wichmann ist auf Anhieb zu sehen: Denise Malowski und Tobias Heller stoßen nämlich hinter einer Kurve ohne Vorwarnung auf rot-weißes Flatterband, das quer über den Weg gespannt ist. Im vorherigen Fall vor mehr als einem Jahr war die Leiche einige Dutzend Meter abseits davon inmitten eines kleinen Wäldchens gefunden worden.

Der nächste auffällige Unterschied liegt in der Toten selbst. Sie ist vollständig bekleidet und weist keinerlei auf den ersten Blick sichtbare Spuren von Misshandlung auf. Auch dies sind deutliche Abweichungen, die den nahenden Ermittlern sofort ins Auge fallen.

Die innerhalb der Absperrung herumwuselnden Forensiker unter der Leitung ihres ›Anführers‹ Jürgen Vogel und die neben der Toten kniende Rechtsmedizinerin Doktor Martina de Luca sind hingegen ein gewohnter Anblick im Umfeld eines Leichenfundortes und werden daher von den Kommissaren kaum zur Kenntnis genommen.

Ins Auge fallen aber sofort die beiden Zivilpersonen, eine junge Frau und ein etwa gleichaltriger Mann, die etwas abseits des Geschehens unter der Obhut zweier Polizeibeamter in Uniform auf ihre Zeugenvernehmung warten. Denise Malowski steuert mit Tobias Heller im Fahrwasser zielstrebig auf das Quartett zu. Zur Leiche können sie ohnehin erst, wenn die Kriminaltechnik mit der Arbeit fertig ist und grünes Licht erteilt hat.

* * *

»Wir wollten diesen schönen Herbsttag dazu nutzen, den Sonnenaufgang hier an der Talsperre zu genießen«, gibt die junge Frau zu Protokoll. »Über dem Wasser ist das immer ein besonders eindrucksvolles Ereignis. Mein Mann und ich sind beide Lehrer und da gestern die Herbstferien begonnen haben, war das *die* Gelegenheit, das lange geplante Vorhaben heute endlich in die Tat umzusetzen.«

»Sie sind also noch bei Dunkelheit an das Ufer gelangt«, fasst Denise Malowski das Gesagte zusammen. »Haben Sie die Leiche auf dem Weg dorthin entdeckt, oder war das auf dem Rückweg? Und erinnern Sie sich an die ungefähre Uhrzeit?«

»Das weiß ich sogar ziemlich genau, Frau Kommissarin. Kurz nach halb acht geht ja die Sonne auf und wir wollten von Anfang an dabei sein, es war demnach etwa eine Dreiviertelstunde vorher. Ich sagte noch scherzhaft zu meinem Mann, als wir auf dem Weg zum Wasser hier vorbeikamen, dass es mich nicht sonderlich überraschen würde, wenn wir hier auf eine Leiche stoßen.«

»Wie kamen Sie darauf?«, wundert sich Tobias Heller. »Normalerweise rechnet niemand mit so etwas!«

»Karin und ich haben vor ein paar Tagen ›Straße des Todes‹, den neuen Thriller von Rufus Fox, zu lesen begonnen«, hebt der Mann zu einer Erklärung an. Es ist das erste Mal, dass er sich zu Wort meldet, nachdem bisher seine Frau das Reden übernommen hatte. »In diesem Krimi ist die Szene hier an der Talsperre dermaßen plastisch beschrieben, dass uns auf dem Weg zum Ufer jeder Grashalm vertraut schien. Und an dieser Stelle, da wo wir jetzt stehen, lag eben in dem Buch eine Leiche!«

Tobias Heller stöhnt innerlich auf, als er erneut mit diesen unerklärlichen und völlig unwahrscheinlichen Zusammenhängen konfrontiert wird. *Irgendjemand führt uns hier gewaltig an der Nase herum!*, geht es ihm durch den Sinn. *Die Wahrscheinlichkeit für derart viele zufällige Übereinstimmungen tendiert praktisch gegen null!*

»Es war also ungefähr 07:00 Uhr«, übernimmt Denise Malowski wieder die Befragung, weil es ihrem Partner offenbar die Sprache verschlagen hat. Verdenken kann sie es ihm nicht. »Kam Ihnen auf dem Weg hierher jemand entgegen? Ein Fußgänger oder ein Fahrzeug?«

Beide schütteln die Köpfe. »Nein, niemand. Wir waren um diese Uhrzeit weit und breit die einzigen Menschen«, bekräftigt Karin Hauser mit fester Stimme.

* * *

»Nun, das wundert mich überhaupt nicht«, äußert sich Rechtsmedizinerin Martina de Luca einige Minuten später zu den Angaben der Eheleute Hauser. »Meiner Einschätzung nach ist der Todeszeitpunkt zwischen 08.00 Uhr und 10:00 Uhr gestern Morgen anzusiedeln. So lange liegt die Leiche aber hier noch nicht. Ich schätze, dass sie vor etwa zehn bis zwölf Stunden hier deponiert wurde, es ist also relativ unwahrscheinlich, dass diese Leute jemanden gesehen haben!«

»Es handelt sich demnach hierbei nicht um den Tatort«, rekapituliert Denise Malowski. »Wie gesichert ist Ihre Angabe der Liegezeit?«

»Es gab laut Wetterdienst gestern zwischen 22:00 Uhr und Mitternacht zwei kurze Niederschläge. Da es in den Tagen zuvor keinen Regen gab, der Boden unter der Leiche aber feucht ist, wird sie nach dem ersten Schauer dort hingelegt worden sein«, erklärt die Pathologin. »Andererseits ist ihre Kleidung durchnässt, was belegt, dass der zweite Regenguss sie voll getroffen haben muss.«

Tobias Heller nickt zufrieden dazu. Wie immer ist die Rechtsmedizinerin hervorragend informiert, da bei Leichenfunden unter freiem Himmel die allgemeine Wetterlage zur Bestimmung von Todes- und/oder Liegezeit von großer Bedeutung ist. »Können Sie schon etwas zur Todesart sagen, Frau Doktor de Luca?«, wendet er sich an die Pathologin. »Ich nehme an, sie starb nicht eines natürlichen Todes?«

»Das kommt auf die Sichtweise an, Herr Heller«, versucht sich die ansonsten als humorlos verschriene Frau an einem Witz. »Für mich persönlich ist es völlig normal, dass jemand stirbt, wenn ihm die Kehle über einen längeren Zeitraum zugedrückt wird.«

»Die Frau wurde demnach erdrosselt«, vermutet Denise Malowski und schafft es sogar, dabei nicht genervt mit den Augen zu rollen. »Wann werden Sie die Autopsie vornehmen?«

»Ich werde rechtzeitig auf Ihrer Dienststelle Bescheid geben. Höchstwahrscheinlich wird das schon morgen der Fall sein.«

* * *

»›Das wird wahrlich ein Festmahl werden!‹, rief der Jägersmann enthusiastisch aus und warf sich die beiden prachtvollen Hasen, die er im Morgengrauen nahe der Talsperre geschossen hatte, schwungvoll über die linke Schulter. Die Flinte behielt er in der rechten Hand. ›Auf geht's, Rocky!‹, forderte er den Jagdhund an seiner Seite auf und wollte schon des Weges gehen. Ein leises Winseln des getreuen Wegge- fährten hielt ihn jedoch zurück. ›Was hast du, mein Freund?‹, rief er dem Vierbeiner zu, der bewegungslos sitzen geblieben war. Der Hund aber stob ansatzlos in die entgegengesetzte Richtung davon, sodass ihm nichts anderes übrigblieb, als dem Tier zu folgen. Die grausam zugerichtete Frauenleiche hinter der nächs- ten Wegbiegung ließ wenige Augenblicke später förm- lich das Blut in seinen Adern gefrieren!«

Denise Malowski legt das Handy zur Seite, des- sen Kindle App sie benutzt hat, den Kollegen im Besprechungsraum einen Abschnitt aus dem Buch ›Straße des Todes‹ vorzulesen. »Ist das nicht nahezu verblüffend?«, stellt sie anschließend zur Debatte. »Das liest sich fast wie unser Polizeibericht vom Auffinden der Leiche Simone Wichmanns im ver- gangenen Jahr!«

»Bemerkenswert ist für mich allenfalls die Tat- sache, dass sich mit so einem Mist offenbar viel Geld verdienen lässt!«, äußert sich Tobias Heller dazu. »Das ist ja geradezu grauenhaft schwülstig geschrieben. Mal ganz davon abgesehen, dass an der Wahnbachtalsperre gar nicht gejagt werden darf, von wegen Naturschutzgebiet und so. Wie viele Seiten hat der Schinken überhaupt?«

»Fast fünfhundert. Es kommen reichlich Morde darin vor und der Autor beschreibt jeden einzelnen davon in allen blutigen Details. Aber offenbar ist dies genau das, was die Leser heutzutage anspricht, den Verkaufszahlen nach zu urteilen. Ich persönlich finde es eher ekelerregend!«

»Wie auch immer, ich kann hier keinen fallrelevanten Zusammenhang sehen!«, beendet Kommissariatsleiter Peter Donner die aufkommende Diskussion resolut schon im Ansatz. »Zum einen gibt es durchaus Unterschiede zum Fall Wichmann und andererseits standen diese Details seinerzeit in der Zeitung. Zudem kann jeder, der das Buch gelesen hat – und das dürften eine ganze Menge sein – die Leiche an diese Stelle gelegt haben, sofern es nicht eine zufällige Übereinstimmung ist! Wissen wir schon, um wen es sich dabei handelt?«

»Negativ, Chef. Sie hatte keine Papiere bei sich«, hebt Tobias Heller bedauernd die Schultern. »Wir werden uns nachher durch die Vermisstenanzeigen der umliegenden Städte wühlen. Eventuell erhalten wir auch durch die Leichenschau weitere Hinweise. Frau Doktor de Luca will sie schon morgen vornehmen, sagte sie.«

»Was ist denn mit dem Mord, den die beiden Jungs angeblich gesehen haben, Chef?«, wirft Christina ›Chrissie‹ Ohlsen ein. »Die Hütte, wo das passiert sein soll, gehört schließlich ausgerechnet dem Autor dieses Machwerks!«

»Denise und Tobias haben sich gestern dort umgeschaut«, erinnert Donner sie nachsichtig. »Es waren keinerlei Hinweise auf ein Verbrechen zu sehen. Du kennst diese Lausebengels im Gegensatz zu uns ja nicht persönlich, aber die haben es faustdick hinter den Ohren. Ihre Aussage ist daher, gelinde gesagt, mit Vorsicht zu genießen. Staatsanwalt Stein wirft mich achtkantig aus seinem Büro, wenn ich ihm mit derart dürftigen Indizien komme. Ohne richterlichen Beschluss dürfen wir uns dort nicht umsehen und der Eigentümer des Anwesens hat meines Wissens seine Zustimmung auch nicht erteilt. Falls es denn überhaupt stimmt, dass er und Rufus Fox ein und dieselbe Person sind!«

Der Erste Hauptkommissar wendet sich Jürgen Vogel zu, der den Ausführungen der Ermittler bis jetzt mit mäßigem Interesse gefolgt ist und nur auf seinen Einsatz gewartet hat. »Ich denke, in der Sache kommen wir vorerst nicht weiter, solange uns die Identität des Opfers nicht bekannt ist. Gab es denn wenigstens an der Fundstelle der Leiche relevante Spuren, die uns weiterhelfen, Jürgen?«, fordert er den Leiter der Forensik auf, seinen Bericht über die morgendliche Tatortuntersuchung abzugeben.

»Ich dachte schon, du fragst nie!«, brummt dieser schlechtgelaunt und erhebt sich umständlich von seinem Platz, um seinen Vortrag wie üblich im Stehen zu halten. Dies gehört zu den Marotten des schlaksigen Wissenschaftlers ebenso wie die schwarzen Zigarillos, die er zu jeder sich bietenden Gelegenheit zwischen den Lippen wälzt. Oftmals sind sie nicht einmal angezündet. Es hilft ihm beim Denken, pflegt er zu erwidern, wenn ihn jemand darauf anspricht.

»Zunächst kann ich die Einschätzung der Rechtsmedizin, dass der Fundort nicht der Tatort ist, in vollem Umfang bestätigen«, beginnt Jürgen Vogel in seiner schleppenden Sprechweise. »Ich habe mir beim Wetterdienst die genauen Zeiten der von Doktor de Luca erwähnten nächtlichen Regenschauer besorgt, demnach war der Erste um …«

Er wirft einen kurzen Blick in seine Unterlagen, die er mit in die Besprechung gebracht hat. Der extrem kurzsichtige Wissenschaftler muss dazu über den Rand seiner Brille linsen, da er offenbar die Lesebrille mal wieder vergessen hat, einzustecken.

»… um exakt 22:21 Uhr und dauerte zwölf Minuten. Der zweite Schauer setzte um 23:42 Uhr ein und endete um 23:58 Uhr. Aufgrund der heute Morgen vorgefundenen Bodenbeschaffenheit ist davon auszugehen, dass die Leiche auf den bereits nassen Boden gelegt wurde, also *nach* 22:21 Uhr und *vor* 23:58 Uhr, da ihre Kleidung vom Regen durchnässt war. In den Tagen zuvor war kein nennenswerter Niederschlag in diesem Gebiet zu verzeichnen.«

»Das ergibt ein Zeitfenster von exakt einer Stunde und siebenunddreißig Minuten«, rechnet Donner schnell nach. »Damit wird sich etwas anfangen lassen, denke ich. Zusammen mit der genauen Todeszeit, die wir hoffentlich bald durch die Leichenschau erfahren, haben wir zwei Zeiträume für etwaige Zeugenbefragungen oder Alibiüberprüfungen zur Verfügung. Gab es sonst irgendwelche verwertbaren Spuren?«

»Das will ich meinen!«, grinst der Forensiker, der sich das Beste wie immer bis zum Schluss aufbewahrt hat. Aber diese Eigenart ist man von dem exzentrischen Mann ebenfalls gewohnt.

»Nahe der Leiche gab es einen gut erhaltenen Stiefelabdruck«, fährt er sogleich fort. »Schuhgröße 44, wahrscheinlich von einem Gummistiefel. Des Weiteren haben wir eine Reifenspur, es handelt sich um das grobe Profil eines recht breiten Reifens. Ich gehe von einem größeren Fahrzeug aus, einem Transporter oder etwas in der Art.«

»Und diese Abdrücke lassen sich eindeutig der Tat zuordnen?«, erkundigt sich Tobias Heller.

»Sie wurden im selben Zeitfenster hinterlassen wie das Deponieren der Leiche, das lässt sich anhand der Bodenbeschaffenheit belegen. Leider war es das aber auch schon an Hinterlassenschaften.« Zum Zeichen, mit seinem Vortrag fertig zu sein, nimmt Vogel seinen Platz neben Horst Weiland wieder ein.

»Okay, Leute!«, klatscht Donner in die Hände. »Macht euch unverzüglich an die Arbeit und findet alles über die unbekannte Frau heraus, was ihr finden könnt! Fragt überregional die Vermisstenmeldungen ab!«

Übergangslos wendet er sich abschließend noch einmal direkt an Denise und Tobias: »Ach, bevor ich es vergesse: Ihr zwei habt gleich im Anschluss einen Termin bei Kriminaldirektor Albrecht.« Er schaut auf die Uhr. »In zehn Minuten!«

»Was mag denn der KD von uns wollen?«, wundert sich Denise. »Den haben wir das letzte Mal zu Gesicht bekommen, als Tobias und ich zu Hauptkommissaren befördert wurden. Um eine Beförderung wird es dieses Mal aber ja wohl nicht gehen, oder?«

»Damit würde ich an eurer Stelle lieber nicht rechnen«, antwortet der Kommissariatsleiter orakelhaft mit einem hintergründigen Lächeln. »Ihr könnt es theoretisch sogar ablehnen, aber wenn ihr wisst, was gut für euch ist, schlagt ihr ihm den ›Wunsch‹, der von *ganz oben* an ihn herangetragen wurde, besser nicht ab. Und ich meine das nicht geografisch!«

Worum immer es geht, es kommt demnach von einem, der in der Hierarchie weit über dem Leiter der Behörde steht, überlegt Denise. Sie wirft ihrem Partner einen nachdenklichen Blick zu. *Wenn es sich um etwas Angenehmes handeln würde, hätte der Chef nicht so lange damit hinterm Berg gehalten*, bedeutet er.

Mit gemischten Gefühlen packen sie ihre Sachen zusammen und begeben sich unverzüglich in das oberste Stockwerk, wo der Kripochef sein Büro hat. Wenn Kriminaldirektor Albrecht ruft, lässt man ihn besser nicht warten.

* * *

Von der Vorzimmerdame, einer vorzeitig ergrauten, streng dreinblickenden Frau in den Fünfzigern, werden sie mit den Worten »Die Herrschaften warten bereits auf Sie« sofort in die geheiligten Hallen ihres obersten Vorgesetzten durchgewunken, kaum dass sie ihr Büro betreten haben.

Denise Malowski und Tobias Heller schauen sich ob der Wortwahl ratlos an. Wer denn noch, außer Kriminaldirektor Albrecht? Schulterzuckend wenden sie sich der gepolsterten, schallisolierten Tür zu. Bei ihrem Eintreten erhebt sich aus einem der Besuchersessel der Besprechungsecke ein Mann mit aristokratisch anmutenden Gesichtszügen und graumeliertem Haar und blickt den Ermittlern voller unverhohlener Neugier entgegen.

Bei seinem unverhofften Anblick verharrt Denise Malowski unwillkürlich in ihrem Schritt, um den Mann ihrerseits einer Musterung zu unterziehen. Er ist nicht einmal unattraktiv, nur der blasierte Gesichtsausdruck stört sie gewaltig. Indes wird ihr Blick ungewollt von seinen ungewöhnlich großen, kräftigen Händen beinahe magnetisch angezogen.

Nanu, denkt sie verblüfft. *Was will denn ausgerechnet dieser Kerl von uns beiden?*

Im nächsten Augenblick fühlt sie eine Hand in ihrem Rücken. Sie gehört Tobias Heller, der seine Partnerin unauffällig weiter in Richtung des Vorgesetzten schiebt, der sich nun ebenfalls hinter seinem Schreibtisch erhoben hat. Selbstverständlich hat auch Tobias den Besucher sofort anhand eines Fotos erkannt!

»Schön, dass Sie es einrichten konnten«, begrüßt sie der Kriminaldirektor nacheinander mit Handschlag und kommt sofort zum Anlass ihres Hierseins: »Ich darf Ihnen zunächst meinen anderen Besucher vorstellen«, erklärt er im Plauderton auf dem Weg zur Besprechungsecke. »Herr Fuchs ist ein ... nun, sagen wir, er ist ein *sehr* enger Freund des Landrats. Dieser hat heute eine ... wie soll ich es formulieren ... eine etwas ungewöhnliche *Bitte* an mich herangetragen, die ich ihm jedoch zu erfüllen gedenke. Ihre Mithilfe vorausgesetzt«, fügt Albrecht bedeutungsvoll hinzu.

»Wir kennen die geheime Identität dieses Herrn«, unterbricht Denise Malowski ihren Vorgesetzten vorlaut. »Rufus Fox, richtig?«

»Sagte ich es Ihnen nicht, Herr Fuchs?«, wendet Albrecht sich lächelnd an den Mann, der Denise mit hochgezogenen Augenbrauen überrascht mustert. »Das sind zwei meiner besten Ermittler, sie arbeiten seit vielen Jahren als Team und erreichen gemeinsam eine Aufklärungsquote von über neunzig Prozent. Es darf einen daher kein bisschen wundern, dass Frau Malowski und Herr Heller ihre Identität in Windeseile aufgedeckt haben!«

»Ich bin zutiefst beeindruckt und freue mich schon sehr auf unsere Zusammenarbeit!«, nickt Rainer Fuchs Alias Rufus Fox selbstbewusst. Seine Stimme ist volltönend und klingt durchaus angenehm. Allerdings stört sein stechender Blick den Gesamteindruck gewaltig, sodass er von einer sympathischen Erscheinung nach Denises Ansicht meilenweit entfernt ist.

Zusammenarbeit? Was zum Teufel meint dieser Mensch damit? Denise Malowski schaut den Kriminaldirektor mit mindestens drei Fragezeichen auf der Stirn verwirrt an, wobei sie sich nicht sicher ist, ob ihr dessen längst überfällige Erklärung gefallen wird. Tobias Heller an ihrer Seite geht es nicht anders, obwohl er im Gegensatz zu seiner Partnerin einen Verdacht hat.

»Herr Fuchs wünscht, sozusagen als Vorbereitung zu seinem neuen Kriminalroman, an vorderster Front bei polizeilichen Ermittlungen mitzuwirken, um auf diese Weise ein authentisches Bild von unserer Arbeit zu erhalten«, hebt Albrecht endlich zu einer Erklärung an. »Er wird Sie daher in den nächsten Tagen auf Schritt und Tritt begleiten. Sie haben einen neuen Fall auf dem Tisch, wie mir Herr Erster Hauptkommissar Donner sagte? Wunderbar, dann kann es ja sofort losgehen!«

Sind wir jetzt in einer dieser saublöden amerikanischen Krimiserien gelandet?, schießt es Tobias Heller durch den Kopf. *Nur dass der hier nicht Richard Castle heißt, sondern Rufus Fox!*

Denise Malowski schaut den Kriminaldirektor entgeistert an. Sie ist sprachlos, was für sich allein schon bemerkenswert ist. »Aber …«, findet sie endlich ihre Stimme wieder, wird jedoch sofort unterbrochen.

»Sie werden das schon meistern!«, klopft Albrecht ihr und Tobias gönnerhaft auf die Schultern. »Dann ist es also abgemacht: Herr Fuchs wird Sie ab morgen auf und bei Ihren Ermittlungen begleiten. Ich darf doch von Ihrer absoluten Diskretion ausgehen, was seine Identität anbelangt? Fein!«

Da ihre eigene Meinung zu dieser Angelegenheit offenbar nicht gefragt ist, nicken die Kommissare nur stumm dazu. Eine Minute später stehen sie auf dem Gang und warten auf den Aufzug, immer noch sprachlos über das, was ihnen soeben widerfahren ist.

Im Grunde hatten sie nie eine reelle Chance, die ›Bitte‹ des Vorgesetzten abschlägig zu bescheiden, da dieser ihre Antworten gleich mit übernahm und sie dadurch auf gekonnte Weise ausmanövrierte. »Wir werden das aber nicht alleine ausbaden, Tobi!«, knurrt Denise grimmig, als sich die Kabine endlich in Bewegung setzt. »Die anderen sollen auch etwas davon haben!«

»Sieh es einmal positiv«, gibt Tobias trocken zurück. »Jetzt haben wir den Kerl sozusagen unter ständiger Beobachtung. Das wolltest du doch, oder?«

KAPITEL 3

09:32 Uhr

»Es wurde mir zugesagt, dass ich an *allen* Aktivitäten ihrer Kommissare beteiligt werde!«, trumpft Rainer Fuchs lautstark und in einem für Donners Begriffe extrem unverschämten Tonfall auf. »Und jetzt muss ich hören, dass Ihre leitenden Ermittler *allein* zur Obduktion eines Mordopfers aufgebrochen sind! Ich werde mich an höchster Stelle über Sie beschweren!«

»Dienstbeginn ist um 08:00 Uhr!«, gibt der Erste Hauptkommissar gefährlich leise zurück. Einen Sitzplatz hat er Fuchs nicht angeboten, sodass dieser sich in voller Größe vor seinem Schreibtisch aufgebaut hat. »Sie hätten ja früher erscheinen können. Und was Ihre Teilnahme an den Ermittlungen angeht, werden Sie sich damit abfinden müssen, dass dies hier *mein* Kommissariat ist und Sie eine *Zivilperson* sind, die sich an die hier herrschenden Regeln zu halten hat! Und wenn sie alle Landräte dieser Welt persönlich kennen!«

»Und womit beschäftige ich mich dann so lange, bis Malowski und Heller wieder hier sind?«, fährt Fuchs seinen aggressiven Tonfall eine winzige Nuance zurück. Einen Tick zu wenig für den Geschmack des Kommissariatsleiters.

»Das ist Ihre Sache! Setzen Sie sich meinethalben in die Cafeteria oder fallen Sie meinen drei im Kommissariat verbliebenen Ermittlern auf die Nerven. Ich kann allerdings nicht versprechen, dass die ebenso duldsam mit Ihnen sind, wie ich es bin! Im Übrigen ist Ihre Teilnahme an Obduktionen und vergleichbaren forensischen Untersuchungen ohnehin nicht vorgesehen, was im besonderen Maße ebenfalls für Einsätze gilt, bei denen die Gefahr einer bewaffneten Auseinandersetzung besteht! Und nun entschuldigen Sie mich, ich habe wichtige *Polizeiarbeit* zu erledigen!«

* * *

Tobias Heller stellt den Audi auf einem freien Stellplatz des Universitätsgeländes ab, wo außer den Fakultäten der hier angebotenen Studienfächer das rechtsmedizinische Institut unter der Leitung von Doktor Martina de Luca angesiedelt ist. Dankenswerterweise ist es von hier nicht weit bis zum Eingang.

Die Ermittler sind ohnehin zu spät dran, was vornehmlich daran liegt, dass die Rechtsmedizinerin sie heute Morgen ausgesprochen kurzfristig persönlich im Kommissariat anrief und zur Leichenschau beorderte. Aber auch dies ist bei der höchst eigenwilligen Pathologin durchaus nichts Ungewöhnliches.

»Selten habe ich mich mehr über einen derart knapp bemessenen Termin in der Rechtsmedizin gefreut wie heute«, gibt Tobias Heller gutgelaunt bekannt, nachdem er den Motor abgestellt und den Sicherheitsgurt abgelegt hat.

»Du meinst einen Termin ohne die Nervensäge!«, grinst Denise Malowski und bezieht sich auf die erfreuliche Tatsache, dass sie es geschafft haben, das Haus zu verlassen, bevor ihr neuer Schatten auftauchte. »Der ist aber selber Schuld, dass wir ohne ihn los sind. Wenn er mit uns mithalten will, muss er in Zukunft eben früher aufstehen!«

»Mir ist es sowieso lieber, wir binden ihm nicht gleich alles auf die Nase, solange nicht mit Sicherheit ausgeschlossen werden kann, dass er in der Sache irgendwie mit drin hängt!«

»An mir soll es nicht liegen, Tobi! So, und nun sollten wir deine ›spezielle Freundin‹ nicht länger warten lassen!«, lacht Denise Malowski und bezieht sich dabei auf das etwas angespannte Verhältnis, das von Anbeginn ihrer Zusammenarbeit zwischen Tobias Heller und der Pathologin herrscht. Die beiden hatten sich bei ihrer ersten Begegnung vor anderthalb Jahren irgendwie auf dem falschen Fuß erwischt und daran hat sich bis heute kaum etwas geändert.

* * *

Christina Ohlsen und Wolfgang Müller sind, ebenso wie Horst Weiland in seinem neuen Einzelbüro am Ende des Ganges, seit Dienstbeginn mit der Sichtung der in den letzten Tagen im Rhein-Sieg-Kreis eingegangenen Vermisstenmeldungen beschäftigt. Ziel der Maßnahme ist es, die Identität der gestern gefundenen Frauenleiche zu lüften, bisher leider ohne Erfolg.

Da hierzu auch eigenständige Städte außerhalb ihres Zuständigkeitsbereichs wie etwa Bonn oder Köln und der gesamte Rheinisch-Bergische Kreis nördlich der Wahnbachtalsperre gehören, haben die drei für den heutigen Tag schon genügend zu tun. Da braucht es ganz sicher nicht zusätzlich einen total von sich eingenommenen Bestsellerautor und ausgemachten Kotzbrocken wie Rainer Fuchs, der in diesem Augenblick in Ermangelung anderer Kollegen, denen er auf den Zeiger gehen kann, in Chrissies und Wolfgangs Büro platzt. Ohne vorher anzuklopfen, versteht sich.

»Fährt denn niemand von Ihnen raus, um Ermittlungen anzustellen?«, poltert der Schriftsteller gleich los. »Wie wollen Sie einen Fall aufklären, wenn alle hier untätig herumsitzen?«

Chrissie Ohlsen hat sofort eine geharnischte Antwort parat, beißt sich aber im letzten Moment auf die Zunge. *Das ist vielleicht* die *Gelegenheit, ihn unauffällig auszuhorchen*, überlegt sie. *Wenn ich es geschickt anfange und ihn bei seinem übergroßen Ego packe, ist womöglich etwas aus dem Kerl herauszubringen, was er ansonsten freiwillig nicht preisgeben würde!*

»Was mein Kollege und ich hier praktizieren, *ist* Ermittlungsarbeit!«, erklärt sie ihm daher geduldig. »Wir gehen die Vermisstenmeldungen der letzten Tage durch. Kommen Sie nur herein, wir können jede Hilfe gebrauchen!« Dienstbeflissen holt sie ihr Notebook hervor und reicht es ihm. »Hier! Suchen Sie sich einen Platz zum Arbeiten, ich werde Ihnen zeigen, was zu tun ist.«

Völlig überrumpelt von Christina Ohlsens forscher Art, greift Rainer Fuchs in einem Reflex nach dem dargebotenen Computer und setzt sich widerspruchslos auf einen der Besucherstühle vor den Schreibtischen der Kommissare. Wolfgang Müller grinst still in sich hinein. Mit Chrissie legt man sich besser nicht an!

* * *

Doktor Martina de Luca bringt mit einer anmutigen Kopfbewegung ihre wallende schwarze Mähne in Ordnung, nachdem sie die bei der Leichenschau getragene Kopfhaube abgenommen und zusammen mit Handschuhen und Mundschutz in einen bereitstehenden Abfallbehälter entsorgt hat. Das Haargummi, mit dessen Hilfe sie ihre weit auf den Rücken fallende Haarpracht für die Dauer der Autopsie gebändigt hatte, erleidet das gleiche Schicksal.

Denise Malowski und Tobias Heller blicken der sich gemessenen Schrittes nähernden Frau erwartungsvoll entgegen. Nach einer knapp zweistündigen Prozedur, die sie wie immer aus respektvoller Entfernung verfolgt hatten, hoffen die Ermittler auf wertvolle Erkenntnisse aus der vorangegangenen Leichenschau.

»Diese Frau wurde eindeutig erdrosselt!«, beginnt de Luca übergangslos mit ihrem Bericht, nachdem sie sich vor ihnen aufgebaut hat. Die hochgewachsene Pathologin ist nur einen halben Kopf kleiner als Tobias, mit dem sie sich somit fast auf Augenhöhe unterhalten kann. »Den Würgemalen gemäß von jemandem mit großen, kräftigen

Händen. Sie hatte aufgrund ihrer Statur wahrscheinlich nicht den Hauch einer Chance gegen den Übergriff!«

»Demnach hat sie sich nicht gewehrt?«, will Tobias Heller wissen. »Wie sieht es mit Abwehrverletzungen aus?«

»Die sind durchaus vorhanden! In Brust- und Schulterbereich und an den Armen weisen Hämatome auf einen heftigen Kampf hin, den die junge Frau aber letztendlich leider verloren hat, wie Sie sehen.«

Denise Malowskis Augen leuchten auf. »Dann hat sie womöglich fremde DNA unter den Fingernägeln, Frau Doktor de Luca! Ich gehe doch recht in der Annahme, dass Sie das ebenfalls untersucht haben?«

»Selbstverständlich habe ich das!«, lächelt die Rechtsmedizinerin nachsichtig. »Ich werde die Proben umgehend der Humangenetik überantworten, die DNA-Analyse erhalten Sie spätestens mit meinem offiziellen Bericht. Diesem wird dann auch ein vollständiger Zahnstatus beiliegen, falls Sie einen solchen zur Identifikation benötigen. Vorerst kann ich nur sagen, dass es sich um eine gesunde junge Frau im Alter von etwa fünfundzwanzig Jahren gehandelt hat. Den Todeszeitpunkt vermag ich leider nur grob einzugrenzen, da mir aufgrund der Umstände, unter denen die Leiche gefunden wurde, wichtige Parameter nicht bekannt sind. Er liegt, wie ich Ihnen bereits gestern sagte, zwischen 08:00 Uhr und 10:00 Uhr am Montagmorgen.«

»Haben Sie vielen Dank, Frau Doktor de Luca«, verabschiedet sich Tobias artig von der Pathologin. Denise ist beeindruckt, diese Begegnung verlief ausnahmsweise einmal ohne die sonst üblichen Reibereien.

»Keine Ursache. Ich habe aber zum Abschied noch ein kleines Geschenk für sie!« De Luca hält ihm einen Beutel hin, in dem einige schmale, längliche Gegenstände zu sehen sind. »Die habe ich zwischen den Haaren des Opfers gefunden, sie stammen unzweifelhaft von einem Baum. Ihre Forensiker werden sicher feststellen, von welcher Art. Ich persönlich kann ihnen nur sagen, dass an der Fundstelle weit und breit *keine* Nadelbäume stehen. Es könnte sich demnach um einen Hinweis auf den Tatort handeln, Sie müssen jetzt nur noch die Bäume finden, von denen diese Nadeln gefallen sind!«

* * *

»Wie schreibt man eigentlich so einen Bestseller?«, stellt Christina Ohlsen eine eher beiläufig klingende Frage an den Schriftsteller. »Braucht man dazu nicht viel Ruhe und Konzentration? Also, *ich* könnte sowas ja nicht!«, fügt sie bewundernd und mit entsprechendem Augenaufschlag hinzu.

Aus dem Augenwinkel sieht sie ihren Partner überrascht den Kopf heben. Dass seine Freundin jemandem dermaßen unverhohlen schmeichelt, ist eine vollkommen neue Erfahrung für ihn und er vermutet mit einiger Berechtigung einen Hintergedanken, wie sie seinem nachdenklichen Stirnrunzeln entnimmt. Für Chrissie hingegen ist diese Vorstellung geradezu eine Paradedisziplin, da die achtundzwanzigjährige Kommissarin aufgrund ihrer zierlichen, mädchenhaften Erscheinung von den meisten Menschen ohnehin unterschätzt wird.

»Nun, da haben Sie vollkommen recht, Frau Ohlsen!«, schluckt Fuchs ahnungslos den hingeworfenen Köder. »Kennen Sie ›Misery‹ von Stephen King? In diesem Meisterwerk schreibt der Held der Geschichte seine Bücher in einer einsamen Hütte mitten in der Wildnis. Lassen wir einmal die Tatsache, dass er im Verlauf der Handlung einer irren Bewunderin seiner Werke in die Hände fällt und die ihn beinahe umbringt, beiseite. Ich habe mir nämlich unlängst ebenso eine Hütte abseits der Zivilisation gekauft. Dort habe ich in aller Ruhe die letzten Kapitel meines aktuellen Bestsellers ›Straße des Todes‹ geschrieben!«

»Dann stimmt es also: Sie haben ausgerechnet *diese* Blockhütte erworben, in der einer der Morde geschah, die Sie offenbar in ihrem Buch zum Vorbild nahmen? Sie geben doch sicher zu, dass diese Geschichte einer wahren Begebenheit entlehnt ist?«

»Ich hatte diesbezüglich meine Quellen«, nickt der Autor selbstbewusst, nicht ahnend, dass er soeben in eine sorgfältig vorbereitete Falle getappt ist. »Daher war ich mir selbstverständlich darüber im Klaren, was es mit dieser Blockhütte im Wald auf sich hatte. Es war mir aber gleichgültig, ich glaube nämlich weder an Gespenster noch an irgendwelche Flüche, die angeblich auf ›Mordhäusern‹ liegen!«

»Ihr Buch ist im letzten Monat erschienen«, bringt sich jetzt auch Wolfgang Müller in das Gespräch ein. Er begreift langsam, um was es seiner Freundin eigentlich geht. »Waren Sie danach noch einmal in der Hütte?«

»Sobald ich das Wort ›Ende‹ unter das Manuskript geschrieben habe, halte ich es wie der Kollege in ›Misery‹: Dann sieht mich die Einsamkeit bis zum nächsten Buch nicht wieder, ich bin schließlich einen gewissen Luxus gewohnt! Es wird demnach etwa drei Monate her sein, dass ich zuletzt dort war.«

Damit liefert Fuchs geradezu eine Steilvorlage für Ohlsens letzte Frage: »Dann ist Ihnen sicher bekannt, dass die Villa, die Sie bewohnen, ebenfalls ein ›Mordhaus‹ ist?«, erkundigt sie sich im unschuldigsten Tonfall, zu dem sie in der Lage ist und blickt ihrem ›Opfer‹ aufmerksam dabei ins Gesicht.

Der schaut sie entgeistert an. »Was sagen Sie da? Nein, davon wusste ich nichts!« Seine schlagartig wächsern gewordene Gesichtsfarbe sagt der Kommissarin, dass Fuchs diesbezüglich bis zu diesem Augenblick tatsächlich ahnungslos war. »Ich habe diese Immobilie in gutem Glauben im vergangenen Jahr von den Erben des verstorbenen Vorbesitzers erworben«, haucht der Mann fassungslos. »Der Preis von zwei Millionen Euro lag durchaus im Rahmen, da denkt man bestimmt nicht an sowas!«

»Da Sie nach eigenem Bekunden nicht an Geister glauben, kann Ihnen das doch im Grunde genommen vollkommen gleichgültig sein!«, grinst Wolfgang Müller den empörten Mann offen an, bevor er sich erneut seinen Vermisstenanzeigen widmet.

»Ob Sie es glauben, oder nicht«, gibt Fuchs trocken zurück, »aber ich kenne längst nicht alle Räumlichkeiten in diesem Gemäuer. Es wäre also durchaus möglich, dass sich irgendwo Gespenster aus der Vergangenheit eingenistet haben!«

»Was wollen Sie eigentlich ganz allein mit so vielen Zimmern?«, wundert sich Christina Ohlsen. »Ich war bei unseren damaligen Ermittlungen selbst einmal in diesem Haus, es ist riesig!«

»Nun ja, meine Bediensteten bewohnen den gesamten Ostflügel, und ich persönlich habe es gerne etwas luxuriöser. Allein die Bibliothek umfasst weit über zweitausend Bücher! Dazu mehrere Bäder, Arbeitszimmer, Salon ... Also, mir gefällt dieser Lebensstil!«

»Wenn Sie in der Lage sind, eben mal ein paar Millionen für eine Villa auszugeben, stellt dieser exorbitante Lebenswandel ja auch kein Problem für Sie dar«, kommentiert Chrissie seine Angeberei sarkastisch. Solche Großkotze sind ihr aus tiefstem Herzen zuwider.

»Ach, ich weiß nicht einmal genau, wie viel ich besitze«, bemerkt Fuchs leichthin. »Mit Geld kann ich nämlich überhaupt nicht umgehen, daher kümmert sich meine Hausdame um die gesamten Finanzen und erledigt auch die Buchführung, einschließlich der Abrechnungen mit dem Verlag. Ich wäre ohne sie vollkommen aufgeschmissen, wenn ich ehrlich sein soll. So aber habe ich mit diesem ganzen leidigen Kram nichts zu tun und kann mich unbeschwert der hohen Kunst des Schreibens widmen. Hausangestellte sind schließlich dafür da, einem die unangenehmen Arbeiten abzunehmen, nicht wahr?«

* * *

»Sie möchten jemanden als vermisst melden?«, vergewissert sich Horst Weiland noch einmal bei der vor wenigen Augenblicken von einem Wachmann hereingeführten Besucherin. Er hat ein ungutes Gefühl in der Magengegend, da es sich bei der jungen Frau altersmäßig durchaus um eine Freundin oder Schwester der unbekannten Toten handeln könnte.

In diesem von Zufälligkeiten und verblüffenden Überschneidungen mit Altfällen geprägten Mordfall ist offenbar mittlerweile *alles* möglich, warum dann nicht auch eine Vermisstenmeldung für die Tote genau zur rechten Zeit? Jetzt, wo sämtliche verfügbaren Kräfte mit Hochdruck damit beschäftigt sind, deren Identität zu lüften und dadurch endlich eine Basis für Ermittlungen in ihrem sozialen Umfeld zu schaffen!

»Es geht um meine Freundin!«, holt ihn die Stimme der Besucherin aus seinen Grübeleien. Der Wachmann hat sich längst zurückgezogen. »Chloé ... Chloé Bertrand. Sie ist seit Montagmorgen verschwunden, nachdem sie unsere gemeinsame Wohnung nach dem Frühstück verlassen hatte, um etwas Dringendes zu erledigen, wie sie sagte. Sie ist aber seitdem nicht wieder aufgetaucht und das bereitet mir die allergrößten Sorgen!«

»Sie leben zusammen?«, vergewissert sich Weiland. »Sagen Sie mir doch zunächst *Ihren* Namen und die Anschrift«, fordert er sie auf, während er das für solche Zwecke vorgesehene Formular in seinen Computer lädt.

»Bitte entschuldigen Sie, Herr Kommissar«, erinnert sich die junge Frau an ihr Versäumnis. »Ich heiße Laura Fischer, hier ist mein Personalausweis.« Sie reicht ihm das Dokument, nachdem sie es aus ihrer Tasche gekramt hat. »Chloé und ich studieren beide an der Uni in Bonn und teilen uns eine Wohnung. Es handelt sich also eher um eine WG, wenngleich wir schon gute Freundinnen sind!«

»Nun, dann erzählen Sie mir etwas über Ihre Freundin, damit ich ein Bild von ihren Gewohnheiten bekomme. Wenn Sie ein Foto von ihr dabei hätten, wäre das ebenfalls hilfreich.«

Laura Fischer zieht mit verlegenem Gesichtsausdruck einen schmalen Papierstreifen aus der Tasche. »Ich habe nur das hier«, bedauert sie.

Was Horst Weiland Augenblicke später in Händen hält, entpuppt sich als eine Folge von Schwarz-Weiß-Fotos, wie man sie von Fotoautomaten kennt. Auf allen vier Bildern sind zwei ausgelassen lachende und herumalbernde junge Frauen zu sehen. Eine davon ist Laura Fischer und die andere …

»Ich habe leider eine traurige Mitteilung für Sie, Frau Fischer«, informiert Weiland sie mit einem dicken Kloß im Hals.

***

»Was soll das Ihrer Meinung nach werden?«, fährt der Kommissariatsleiter Rainer Fuchs an, der als Letzter den Raum betritt und zielsicher den Besprechungstisch ansteuert, an dem die Kommissare bereits vollzählig ihre Plätze eingenommen haben. »Dies ist eine *interne* Dienstbesprechung! Es ist schon schlimm genug, dass Sie meinen Leuten hinterherlaufen und diese permanent bei der Arbeit stören. Hier drin haben Sie aber nichts verloren, suchen Sie sich also derweil eine andere Beschäftigung!«

»Ich hatte gedacht …«, versucht der Autor eine lahme Rechtfertigung für seine unerwünschte Anwesenheit.

»Das Denken überlassen Sie getrost uns, Herr Fuchs. Ich kann leider nicht verhindern, dass sie uns allen hier kräftig auf den Zeiger gehen, weil ihr Freund, der Landrat, es nun einmal so bestimmt hat. Aber die internen Angelegenheiten sind allein unsere Sache. Und nun verlassen Sie bitte unverzüglich diesen Raum, damit wir endlich beginnen können!«

Nachdem sich die Tür hinter dem wutentbrannt hinausstürmenden Schriftsteller geschlossen hat, atmet Donner einmal tief ein und aus. Er darf sich als Leiter dieses Kommissariats ihrem ›Gast‹ gegenüber einiges erlauben. Seinen Leuten sind diesbezüglich leider die Hände gebunden, falls ihnen an ihrer beruflichen Karriere etwas liegt.

»Dieser Kerl ist lästig wie ein Furunkel am … am Gesäßmuskel!«, berichtigt er noch schnell unter dem breiten Grinsen seiner Mitarbeiter den unflätigen Ausdruck, den er ursprünglich auf der Zunge liegen hatte.

»Es könnte sich aber womöglich als Glücksfall erweisen, dass wir ihn jetzt an der Backe haben«, wirft Christina Ohlsen ein. »Wir haben ihn dadurch sozusagen ständig unter Kontrolle. Sollte Fuchs irgendwie in dieser Sache mit drin hängen, kommen wir ihm so vielleicht auf die Schliche. Ich habe ihn vorhin vorsichtig ausgefragt und es scheint so, dass er beispielsweise von dem Mord in der Villa, die er im vergangenen Jahr erworben hat, gar nichts gewusst hat. Seine Verärgerung darüber, als ich es ihm sagte, war jedenfalls nicht gespielt, da bin ich mir sicher! Von dem Mord in der Waldhütte hatte er jedoch Kenntnis, wie er zugab. Er benutzt sie, um in Ruhe seine Bücher zu schreiben und seit der Vollendung von ›Straße des Todes‹ war er angeblich nicht mehr dort.«

»In dieser Hütte würde ich mich gerne einmal gründlich umschauen!«, stößt Donner hervor. »Einen Durchsuchungsbeschluss können wir uns aber nach Lage der Dinge abschminken und um Erlaubnis fragen will ich ihn vorerst nicht. Damit würden wir ihn nur aufscheuchen, sofern er tatsächlich Dreck am Stecken hat. Wir müssen also einen anderen Weg finden!«

»Vielleicht haben wir den schon, Chef!«, meldet sich Tobias Heller zu Wort und berichtet von der am Vormittag stattgefundenen Leichenschau. »Ich habe die in den Haaren des Opfers gefundenen Nadeln in die Forensik gegeben«, schließt er seine

Ausführungen ab. »Jürgen sagt, es handelt sich zweifelsfrei um Fichtennadeln. Es gibt am Fundort der Leiche nur Laubbäume, aber das Blockhaus des Herrn Fuchs liegt dafür mitten in einem Mischwald. Fichten sind in der gesamten Wahner Heide zwar im Verhältnis weniger häufig anzutreffen als zum Beispiel Tannen, aber dort habe ich einige stehen sehen, wenn mich meine Erinnerung nicht trügt!«

»Wann hätte sie das jemals?«, lächelt Donner und reibt sich vergnügt die Hände. »Damit ändert sich die Lage gewaltig, Leute! Ich werde umgehend einen Beschluss zur Durchsuchung der Waldhütte beantragen. Falls wir dort etwas finden, das auf die Anwesenheit des Opfers hindeutet, bekommen wir garantiert ebenfalls die Erlaubnis für einen DNA-Vergleich. Die Analyse der unter den Fingernägeln der Frau gefundenen Hautpartikel sollte bis dahin auch vorliegen!«

»Die übrigens seit einer halben Stunde einen Namen hat!«, ergreift Horst Weiland die Gelegenheit, seine eigenen Erkenntnisse des Tages vorzutragen. »Ich hatte nämlich vorhin Besuch von einer Frau, die ihre Freundin als vermisst melden wollte. Ich habe sie sofort auf den Bildern erkannt, die Laura Fischer mir zeigte. Es handelt sich um eine Austauschstudentin aus Frankreich namens Chloé Bertrand, die an der Uni Bonn Germanistik und Medienwissenschaften studiert hat. Frau Fischer sagte mir zu, dass wir uns in ihrer gemeinsamen Unterkunft umsehen dürfen. Jetzt ist sie in der Uni, aber morgen früh wäre es ihr recht!«

»Das werden Chrissie und Wolfgang in die Hand nehmen«, legt Donner die weitere Vorgehensweise fest. »Holt euch ein paar Forensiker dazu, falls es in der Wohnung irgendwelche Hinweise gibt! Sucht vor allem nach schriftlichen Notizen und elektronischen Geräten wie Notebook, Tablet oder Handy.«

»Wird erledigt, Chef!«, antworten Christina Ohlsen und Wolfgang Müller fast gleichzeitig. Ihre Begeisterung über den Auftrag ist ihnen förmlich anzusehen. Wohnungsdurchsuchungen können auf eine ganz besondere Art durchaus spannend sein!

»Tobias und Denise statten der Uni einen Besuch ab und hören sich bei den Kommilitonen um«, fährt der Erste Hauptkommissar fort. »Chloé Bertrand hat Medienwissenschaften belegt, dieses Studienfach beinhaltet auch den Journalismus. Womöglich ist ihre Ermordung die Folge von etwas, das sie im Rahmen von Recherchen herausgefunden hat. Es wäre durchaus möglich, dass sie sich einem ihrer Mitstudenten oder ihrer Freundin anvertraut hat«, nickt er in Richtung Chrissie Ohlsen. »Fragt sie danach! Angehörige werden wir hier in Deutschland wohl keine antreffen, wenn die Frau aus Frankreich ist.«

Der Kommissariatsleiter atmet einmal tief durch und wendet sich dann an Horst Weiland, der bei der Verteilung von Aufgaben bislang leer ausgegangen ist und ihn erwartungsvoll anschaut. »Sollte ich bis dahin den Durchsuchungsbeschluss haben, fährst du mit mir und dem Rest von Jürgens Leuten zu dieser Waldhütte. Ihr alle könnt für heute in den Feierabend gehen, morgen könnte es ein langer Tag werden. Denkt aber daran, dass *eine* Gruppe dann unseren Autor mitnehmen muss!«

HOLMES & WATSON

Wie schon bei ihrem ersten Besuch vor drei Tagen, schieben die Jungs ihre Fahrräder einige Dutzend Meter vom Blockhaus entfernt in ein dichtes Gebüsch abseits des schmalen Waldweges, den sie für die Fahrt hierher benutzt haben. Hier sind die Räder vor den direkten Blicken zufällig vorbeikommender Leute verborgen und werden nur gefunden, wenn man gezielt nach ihnen sucht.

»Es ist kaum zu glauben, dass ich so verrückt war, schon wieder mit dir hierherzufahren!«, schimpft Tim Berger leise, während er sich neben den Freund in den Schatten des direkt am Waldrand stehenden hölzernen Laubcontainers kauert. Etwa zwanzig Meter entfernt liegt die Hütte friedlich und offenbar auch verlassen vor ihnen im roten Licht der Abendsonne. Die Fenster sind dunkel, die Jalousien hochgezogen. Kein Fahrzeug ist weit und breit zu sehen und ohne ein solches ist man hier draußen in der Wildnis nahezu aufgeschmissen.

»Wir sind alleine hier!«, stellt Wolfram Schmitz nach einer Weile fest und erhebt sich entschlossen aus der Deckung. »Komm mit!«, fordert er den Freund flüsternd auf, ihm zu folgen. Worauf dieser sich, mit einem unguten Kribbeln in der Magengegend, zögernd in Bewegung setzt. Bei allen Verrücktheiten, die sein Kumpel mitunter an den Tag legt, käme es ihm niemals in den Sinn, ihn im Stich zu lassen.

Wie zuvor pirschen sie sich, anstatt über den freien Platz zu laufen, im Schatten der säumenden Nadelbäume vorsichtig bis zum verwaisten Carport, um dort zunächst zu verschnaufen und behutsam um die Ecke zu linsen. Vor dem hölzernen Haus ist jedoch nach wie vor keine Bewegung auszumachen, bis auf die allgegenwärtigen Singvögel und vielleicht ein paar Hasen und Rehen sind sie wahrscheinlich die einzigen Lebewesen im Umkreis von etlichen hundert Metern.

Vor der massiven Haustür angekommen, zieht Wolfram mit wichtiger Miene ein ledernes Etui aus der Hosentasche und entnimmt diesem drei oder vier stabförmige Gegenstände, die aussehen wie lange Nadeln mit gebogenen Spitzen.

»Was ist denn das?«, will Tim sofort wissen und ihm schwant Schlimmes. »Das sind doch nicht etwa …?«

»Dietriche«, nickt sein Freund selbstbewusst und beginnt zu seinem Entsetzen umgehend damit, das Schloss in der Tür mit den Einbruchswerkzeugen zu bearbeiten!

»Was treibst du da?«, ächzt Tim fassungslos. »Du wirst doch nicht etwa einbrechen? Damit will ich nichts zu schaffen haben!«

»Was bleibt mir denn übrig? Die Polizei glaubt uns kein Wort und ich muss endlich wissen, was am Montag in dieser Hütte passiert ist. Es hat einen Kampf gegeben und es werden garantiert immer noch Spuren vorhanden sein. Wir werden uns eben selber da drin gründlich umschauen. Was hältst du davon, an der Straße Schmiere zu stehen? Von dort kannst du auf hundert Meter sehen, ob einer kommt!«

In Wahrheit geht es ihm nur darum, den Freund fortzuschicken, damit dieser nicht mitbekommt, dass er mit den Dietrichen überhaupt nicht umgehen kann. Konzentriert widmet er sich erneut dem Türschloss, sobald Tim seinen Blicken entschwunden ist, um wie befohlen an der Straße Posten zu beziehen.

Wolfram Schmitz würde es selbst unter Folter niemals zugeben: Aber nach allem, was in diversen Fernsehkrimis gezeigt wurde, hatte er sich das Knacken eines Schlosses wesentlich leichter vorgestellt.

* * *

Zehn Minuten später ist der Junge immer noch mit dem Türschloss beschäftigt, das sich seinen Bemühungen standhaft widersetzt. Dabei schien das mit den Dietrichen den Videos zufolge, die er sich zuvor auf *Youtube* angeschaut hatte, doch so einfach zu sein! Gerade, als er sich schweren Herzens dazu entschlossen hat, die Aktion abzubrechen, stürzt Tim auf ihn zu, heftig mit beiden Armen gestikulierend. »Da kommt einer!«, ruft er schon von weitem.

Panisch lässt Wolfram Schmitz alles fallen, was er in den Händen hält, und wendet sich zur Flucht. Aber wohin? Gehetzt blickt er um sich: Nirgends ist ein sicheres Versteck in Sicht. Hätte er sich doch nur früher darum gekümmert!

»Schnell, dort zum Laubcontainer!«, herrscht ihn Tim Berger an und reißt den kopflosen Freund am Arm mit sich. Atemlos kauern sie sich erneut in den Schatten der Box, nachdem sie die zwanzig Meter dorthin in Rekordzeit zurückgelegt haben. Keine Sekunde zu früh, denn in diesem Augenblick biegt ein Kleinwagen um die Ecke und hält direkt vor dem Haus an. Kurz darauf steigt ein Mann aus, der den beiden – auch wenn sie ihn wie beim ersten Mal bloß von hinten zu sehen bekommen – nur allzu bekannt vorkommt!

»Mist, ich hab meine Dietriche verloren!«, keucht Wolfram, immer noch atemlos von der schnellen Flucht. Hilflos muss er mitansehen, wie der Ankömmling sich vor der Haustür nach den Einbruchswerkzeugen bückt, diese mit einem nachdenklichen Gesichtsausdruck einsteckt und anschließend seinen Blick prüfend über das Gelände schweifen lässt. Wolfram und Tim drücken sich in ihrem Versteck so weit wie möglich in den Schatten, bis der Mann zu ihrer grenzenlosen Erleichterung endlich das Haus betritt.

»Wir klettern in die Box!«, schlägt ausgerechnet Tim vor, nachdem sich die Tür hinter dem Mann geschlossen hat und dieser ihren Blicken entschwunden ist. »In den Brettern sind sicher Astlöcher! Wir können von drinnen also in aller Ruhe beobachten, was der Kerl treibt! Der ist garantiert zurückgekommen, um die Leiche zu entsorgen!«

»Das hätte er doch längst erledigen können!«, widerspricht Wolfram ihm. »Und außerdem ist dieser Mensch mit einem winzigen Auto hier, wie will er denn damit eine Leiche transportieren?« Trotzdem folgt er dem Freund, der bereits aufgesprungen ist und ihm den schweren Deckel offen hält, hastig in das Innere der Box.

Solange der Mörder sich drinnen aufhält, hat er ihrer Meinung nach keinerlei Veranlassung, aus dem Fenster zu schauen. Zudem steht der Laubcontainer im Schatten der umliegenden Bäume und ist vom Haus aus ohnehin kaum richtig zu sehen. Dennoch ist Eile geboten!

* * *

»Jetzt ist der Kerl schon eine geschlagene halbe Stunde da drin!«, flüstert Tim Berger, das Auge an ein Astloch gepresst. »Bald geht die Sonne unter und dann sehen wir hier gar nichts mehr! Was dauert denn da so lange? Auf jeden Fall ist das derselbe Wagen, der am Montag im Carport stand, da bin ich mir hundertprozentig sicher!«

»Mich würde eher das Kennzeichen interessieren«, gibt sein Freund in der gleichen Lautstärke zurück. Auch er hat ein Guckloch gefunden. »Das ist aber von hier aus nicht zu erkennen! Weißt du was? Ich schleiche mal schnell dorthin. Wenn der Kerl aus dem Haus kommt, laufe ich einfach weg. Soll der mich erstmal einholen, zwischen den Bäumen kann er mir mit dem Auto ja nicht folgen! Du bleibst unter allen Umständen hier in dieser Kiste!«, schärft er Tim ein und bevor dieser ihn davon abhalten kann, hebt er entschlossen die schwere hölzerne Abdeckung über ihren Köpfen an.

In diesem Augenblick wird die Haustür geöffnet. Erschrocken lässt der Junge die Klappe wieder los, die mit einem lauten, hallenden Geräusch zufällt. Panisch schauen die beiden sich in die Gesichter. Hat man das dort drüben, gute zwanzig Meter entfernt, gehört?

Die Antwort auf diese unausgesprochene bange Frage erhalten sie schneller, als ihnen lieb ist. Schritte nähern sich zielstrebig ihrem Versteck und wenige Augenblicke später wird die Klappe mit einem Ruck geöffnet. Ein bösartig grinsendes Gesicht erscheint in der Öffnung, das sie wegen der Blendwirkung der tief stehenden Sonne aber nur schattenhaft erkennen können.

»Habe ich euch Drecksbengel endlich erwischt!«, stößt der Mann wütend hervor. »Ich werde euch lehren, hier herumzuspionieren! Leider habe ich jetzt keine Zeit, mich gebührend mit euch zu befassen, aber ich bin bald wieder zurück!«

In der nächsten Sekunde fällt die Klappe mit einem lauten Knall zu und die verängstigten Kinder vernehmen das hässliche Geräusch eines stählernen Riegels, der ein Entkommen aus dieser Falle wirksam verhindern wird. Dann ist alles ruhig, sie sind wieder allein und in einem dunklen und feuchten Verlies gefangen, ohne Nahrung und ohne Wasser!

Kapitel 4

Donnerstag, 17. Oktober

10:23 Uhr

Der Hörsaal für die Vorlesungen in Medienwissenschaften liegt im ersten Obergeschoss der Universität und laut Lehrplan ist aktuell eine Veranstaltung im Gange, die noch etwa eine halbe Stunde dauern wird. Tobias Heller und Denise Malowski betreten den Saal dennoch.

Sie wissen zwar, dass die Dozenten solchen Störungen meist wenig abgewinnen können, aber darauf kann eben in diesem Fall keine Rücksicht genommen werden. Zeit ist ein kostbares Gut, wenn es gilt, ein Verbrechen aufzuklären. Mit jedem Tag, der verstreicht, sinkt die Wahrscheinlichkeit, dem Täter auf die Spur zu kommen, drastisch.

Der Raum ist abgedunkelt. Professor Herkenrath, der diese Veranstaltung leitet und soeben eine multimediale Vorführung kommentiert, wendet sich den Eintretenden unwillig zu, das Geschehen auf der Leinwand lässt er mittels einer Fernbedienung in seiner Hand einfrieren.

Gleichzeitig flammt die Beleuchtung auf und alle Studenten verfolgen gebannt, wie einer der beiden Störenfriede – ein hochgewachsener, langhaariger Mann in Jeans und Lederjacke – dem Professor einen Ausweis zeigt und ihm minutenlang etwas zuflüstert, wobei er mit einer Hand beiläufig das Mikrofon auf dem Podium abdeckt. Herkenrath nickt mehrfach zustimmend mit ernstem Gesicht dazu und überlässt ihm schließlich mit einer einladenden Geste das Pult.

»Ich bin Kriminalhauptkommissar Tobias Heller von der Kripo in Siegburg«, ertönt gleich darauf die kräftige Stimme des Langhaarigen. »Ich möchte jeden von euch, der mit Chloé Bertrand näher bekannt oder mit ihr befreundet ist, bitten, nach der Vorlesung hier auf uns zu warten und sich für einige Fragen zur Verfügung zu halten. Erklärungen folgen später, vielen Dank!«

Tobias Heller nickt dem Professor abschließend noch einmal dankend zu und verlässt mit seiner Begleiterin ohne ein weiteres Wort den Saal. Die bewusst kryptisch gehaltene Ankündigung erhöht seiner Meinung nach die Bereitschaft der Studenten, der Aufforderung Folge zu leisten, und wenn es nur aus reiner Neugier ist.

* * *

Chrissie Ohlsen parkt den Wagen vor dem Haus, in dem Laura Fischer gemeinsam mit ihrer Mitstudentin und Freundin Chloé Bertrand eine Wohngemeinschaft hat. Oder hatte, wie man nun leider sagen muss. Das Losglück war ihr und Wolfgang Müller dieses Mal nicht gewogen, sodass sie gezwungen waren, Rainer Fuchs mitzuschleppen, der auf dem Rücksitz mitgefahren ist und dankenswerterweise den ganzen Weg über geschwiegen hat.

Kurz schweifen die Gedanken der Kommissarin zu einer unerfreulichen Begebenheit vor ihrer Abfahrt ab: Kommissariatsleiter Donner hatte erst wenige Minuten zuvor von der Staatsanwaltschaft die niederschmetternde Nachricht erhalten, dass Richter Biber den beantragten Durchsuchungsbeschluss für das Blockhaus verweigert hatte. In entsprechender Laune befand sich dann auch ihr Vorgesetzter, darüber reden konnte sie mit ihrem Partner in Anwesenheit von Rainer Fuchs aber natürlich nicht.

Die drei ebenfalls mitgekommenen Forensiker haben ihr Fahrzeug bereits verlassen, jeder mit den für das jeweilige Spezialgebiet notwendigen Gerätschaften ausgestattet. Amara Jones, die IT-Spezialistin aus Vogels Truppe, schwenkt vergnügt ihre kleine Tasche. Sie enthält alles, was für eine Vor-Ort-Untersuchung elektronischer Geräte benötigt wird.

Die Kommissare, in gespannter Erwartung dessen, was sie in der Wohnung der Getöteten vorfinden werden, gesellen sich mit ihrem Begleiter unverzüglich dazu. Schutzmonturen zur Vermeidung von Verunreinigungen sind zum Glück dieses Mal nicht vonnöten, da es sich hierbei nicht um einen Tatort handelt.

Fuchs, für den es der erste Außeneinsatz mit den Kriminalisten ist, wird von Christina Ohlsen vor dem Betreten des Gebäudes aufgefordert, sich unter allen Umständen bei dem, was nun folgt, tunlichst zurückzuhalten. Der frostige Blick, mit dem sie ihn bei der Belehrung über die Folgen einer Behinderung von Ermittlungen bedenkt, hat den einzigen Zweck, diesen lästigen Menschen nachhaltig von jeglicher Einmischung abzuhalten.

Bei der vermuteten Beratungsresistenz des zur Selbstüberschätzung neigenden Autors bleibt zwar abzuwarten, ob diese eindringliche Ermahnung etwas bewirkt, aber die Hoffnung stirbt ja bekanntlich zuletzt. Nach einem auffordernden Nicken seiner Partnerin drückt Wolfgang Müller entschlossen auf die Klingel für die Wohnung im Dachgeschoss.

* * *

Beim erneuten Betreten des Hörsaals finden Denise Malowski und Tobias Heller fünf junge Leute vor, die auf sie warten. Drei Frauen und zwei Männer, mehr als sie zu hoffen gewagt hatten.

Die restlichen der etwa dreißig Studenten, die hier vor einer halben Stunde noch den Worten ihres Dozenten lauschten, sind gegangen. Tobias Heller hatte Herkenrath vorhin bei seinem kurzen Gespräch mit ihm darum gebeten, mit den potenziellen Zeugen allein sein zu dürfen.

Die Ermittler entfernen sich mit einer der Studentinnen einige Meter von den vier anderen, um ungestört reden zu können. Nur, wenn die Studenten einzeln befragt werden, sind unvoreingenommene Antworten zu erwarten. Davon, dass diese sich vorab abgesprochen haben, gehen die Kommissare eigentlich nicht aus, da keiner von ihnen wissen konnte, worum es geht.

»Chloé …«, flüstert Vanessa Stern eine Minute später, nachdem Denise ihr behutsam den Grund ihrer Anwesenheit mitgeteilt hat. »Ich kann nicht glauben, dass sie tot sein soll … Also, nicht dass wir jetzt Superfreundinnen gewesen wären, aber Chloé … sie war so lebenslustig, man konnte einfach nicht anders, als sie zu mögen!«

»Kam sie Ihnen in letzter Zeit verändert vor?«, erkundigt sich Tobias Heller. »Hatte sie Angst vor jemandem oder benahm sie sich auffällig?«

Vanessa Stern schüttelt den Kopf. »Nein, im Gegenteil! Sie schrieb schon seit geraumer Zeit an einer Abhandlung über einen VIP und sie sei im Zuge ihrer Recherchen auf einen Skandal gestoßen, vertraute sie mir erst letzte Woche an. Ich weiß aber nicht, um wen es dabei ging. Möglich, dass es ein Politiker war, jedenfalls wirkte sie auf mich nahezu euphorisch, weil sie offenbar etwas über diese Person herausgefunden hatte.«

Denise Malowski und Tobias Heller tauschen einen ernsten Blick. Könnte diese Information der Beginn einer Spur zu ihrem Mörder sein? Möglich wäre es! Beide sind in Gedanken bei Chrissie und Wolfgang, die in diesem Augenblick die Wohnung der Getöteten auseinandernehmen. Falls sie dabei auf schriftliche Unterlagen zu dieser Recherche stoßen oder gar einen Computer mit den entsprechenden Dateien fänden, wäre dies womöglich der Durchbruch. Sie benötigen jetzt vor allem dringend einen Namen und ein Motiv!

»Haben Sie vielen Dank, Frau Stern!«, verabschiedet Denise die auskunftsfreudige Studentin

mit einem Lächeln und reicht ihr eine ihrer Visiten-
karten. »Falls Ihnen noch etwas dazu einfällt, rufen
Sie mich an. Und nun schicken Sie uns bitte einen
ihrer dort drüben wartenden Kommilitonen her-
über.«

* * *

Zwei der Forensiker verteilen sich sofort auf die
Räume, die nach Angabe Laura Fischers von ihrer
Mitbewohnerin benutzt wurden: Ein kleiner Schlafraum, die Küche und das gemeinsame, ebenfalls
nicht sehr große Wohnzimmer, das jedoch vollbe-
packt ist mit Regalen, in denen vornehmlich
Bücher untergebracht sind.

Ihre Aufgabe wird es sein, schriftliche Unterlagen aufzustöbern, die Auskunft über das Leben der
bis dato unbekannten Chloé Bertrand geben. Währenddessen fahndet IT-Spezialistin Amara Jones
nach elektronischen Geräten wie Notebook, Tablet
oder Smartphone, die oftmals eine wahre Fund-
grube an Informationen darstellen.

»Das meiste davon ist von Chloé«, wendet sich
die Studentin erklärend an Chrissie Ohlsen, die ihre
Blicke bewundernd über die recht umfangreiche
Büchersammlung schweifen lässt. Ihr eigener
›Bücherschrank‹, wenn man das kleine Regal im
Wohnzimmer denn so nennen will, umfasst gerade
einmal eine Handvoll Schmöker, wobei es sich
dabei meist um leichte Kost wie zum Beispiel Lie-
besromane handelt.

»Ich studiere ja BWL«, fährt Laura Fischer fort.
»Da braucht es nur die übliche Fachliteratur, die ich
bequem in einem Regal unterbringen kann, das

sich in meinem Schlafraum befindet. Chloé ist ... war dagegen eine richtige Leseratte. Sie interessierte sich vornehmlich für deutsche Literatur, die sie auch mit ihren perfekten Sprachkenntnissen problemlos lesen konnte.«

»Das wäre meine nächste Frage gewesen«, nickt Christina Ohlsen. »Wissen Sie, womit sich Ihre Freundin zuletzt befasst hat? Ihr Studienfach beinhaltet ja auch den Journalismus. Könnte es sein, dass sie einer großen Sache auf der Spur war?«

»Sie glauben, jemand, dem sie zu nahe kam, hat sie umgebracht?«, haucht die Studentin fassungslos und schlägt sich erschrocken die Hand vor den Mund, um dann aber den Kopf zu schütteln. »Nein, nicht dass ich wüsste!«

»Wissen Sie, ob Chloé ein Mobiltelefon besaß? Bei ihr wurde nämlich keins gefunden. Mit der Handynummer könnten wir von ihrem Provider ein Bewegungsprofil erstellen lassen, sowas kann für die Ermittlungen mitunter sehr nützlich sein.«

»Ja, sie hatte eins. Aber die Nummer kenne ich leider nicht, sie hatte erst vor ein paar Wochen den Provider gewechselt und ich habe versäumt, sie mir zu notieren. Schließlich wohnen ... äh, wohnten wir ja zusammen, daher schien mir das nicht so wichtig zu sein.«

Ein Aufschrei hinter ihnen lässt Chrissie Ohlsen und Wolfgang Müller, der der Unterhaltung bisher stumm gefolgt ist, auf dem Absatz herumfahren. Rainer Fuchs ist – entgegen der vorherigen strikten Anordnung der Kommissarin, in ihrer Nähe zu bleiben – im Zimmer umhergewandert und steht nun vor einem der Bücherregale. »Hier sind alle meine ... äh, sämtliche Werke von Rufus Fox!«, ruft er begeistert aus. »Tödliches Heidemoor ... Abgründe ... Straße des Todes ... es fehlt nicht ein einziges Buch!«

»Ja, die hat sie sich alle innerhalb weniger Wochen gekauft«, erinnert sich Laura Fischer. »Sie schien förmlich besessen von diesem Autor zu sein.«

Wolfgang Müller nimmt den letzten Band der Reihe zur Hand und schlägt ihn auf. »Sie kannten Chloé Bertrand?«, fragt er nach einem Blick auf die erste Seite in betont harmlosem Tonfall, wobei er das Buch so hält, dass Fuchs nicht hineinschauen kann. Wohl aber seine Partnerin Christina Ohlsen, die überrascht die Augenbrauen hebt.

»Selbstverständlich *nicht*, das hätte ich Ihnen doch gesagt!«, entrüstet sich der Schriftsteller lautstark.

»Und wie kommt dann *das* hier in ein Buch von ihr?« Müller dreht ›Straße des Todes‹ in sein Gesichtsfeld. »›*Für Chloé*‹ steht dort. Darunter Datum und Unterschrift. Es handelt sich eindeutig um eine persönliche Widmung und es ist nicht einmal zwei Wochen her, dass sie geschrieben wurde!«

»Das ... das habe ich ... das ist nicht von Rufus Fox!«, stößt Fuchs entgeistert hervor und wird übergangslos kreidebleich. »Wie Ihnen sicher bekannt ist, meidet dieser Autor die Öffentlichkeit! Wie könnte er dann eine Widmung verfasst haben, wo doch niemand seine wahre Identität kennt?«

Damit hat er ausnahmsweise recht! Das ist ein Rätsel, das wir dringend lösen sollten, überlegt Christina Ohlsen. *Ob sich jemand für ihn ausgegeben hat? Aber aus welchem Grund? Oder er lügt uns an und kannte die Frau, doch das müsste man ihm erst einmal nachweisen!*

»Das Buch nehmen wir mit!«, verkündet sie an die Adresse Laura Fischers, die dem Dialog verständnislos gefolgt ist und nun kopfnickend ihre Zustimmung erteilt. Wolfgang Müller wendet sich derweil Amara Jones zu, die sich an einem kleinen Tisch in einer Zimmerecke mit einem Notebook abmüht, das sie zuvor in einer Schublade gefunden hatte.

»Hast du darauf etwas entdeckt, das uns weiterhelfen könnte?«, fragt er die Spezialistin, die einen für sie völlig untypischen frustrierten Ausdruck im Gesicht trägt. Jones sagt man nämlich nach, dass es auf dieser Welt keinen Computer gibt, dem sie nicht in kürzester Zeit seine Geheimnisse zu entreißen vermag.

Ihre Augen blitzen ihn wütend an. »Wenn auf der Rückseite nicht ein Aufkleber mit dem Namen der Eigentümerin angebracht wäre, wüsste ich nicht einmal, wem das Teil gehört!«, schimpft sie und zieht mit übertriebener Kraft einen USB-Stick aus einem Slot an der Seite des Geräts. »Der Computer ist mit einem Kennwort geschützt und offenbar hat seine Besitzerin allergrößten Wert auf Diskretion gelegt, jedenfalls ist es mir mit den üblichen Methoden bislang nicht gelungen, das Passwort zu knacken!«

»Und wie sieht es mit einem direkten Zugriff auf die Festplatte aus?«, erkundigt sich Müller zaghaft. Er weiß aus diversen Abhandlungen im Internet, dass es Mittel und Wege gibt, das auf dem Rechner befindliche Betriebssystem zu umgehen.

Die IT-Spezialistin fuchtelt mit dem USB-Stick vor seinem Gesicht herum: »Damit habe ich es versucht, aber die Festplatte ist mit einem hochwertigen *256-Bit-AES-Code* verschlüsselt. Die Decodierung geht nur mit *diesem* Rechner und dem korrekten Passwort, womit wir wieder am Anfang wären.«

»Dann haben wir keine Chance, an die Daten zu kommen?«, erkundigt sich Wolfgang Müller enttäuscht.

»Habe ich das gesagt?«, grinst Amara Jones ihn an, wobei ihre perfekt weißen Zähne einen überwältigenden Kontrast zur Gesichtsfarbe bilden. Die junge Wissenschaftlerin ist die Tochter nigerianischer Einwanderer und schwarz wie die Nacht. »Es dauert eben ein paar Tage länger, das ist alles!«

* * *

»Ich hatte mir Ihre Arbeit zugegebenermaßen anders vorgestellt!«, äußert sich Rainer Fuchs eine Viertelstunde später vom Rücksitz des Audi. Er klingt enttäuscht.

»Ach! Und wie laufen kriminalistische Ermittlungen Ihrer Meinung nach ab?«, erkundigt sich Wolfgang Müller unwillig, während er den Wagen in den fließenden Verkehr einfädelt. Nun geht es zunächst ins Kommissariat zurück, wobei es ungewiss ist, ob und was die Auswertung der in Chloé Bertrands Räumen sichergestellten Unterlagen bringen wird.

Vor allem hofft er aber, dass Amara Jones bald in der Lage sein wird, den Inhalt des Notebooks zu entschlüsseln. Denn mehr haben sie derzeit nicht vorzuweisen, nicht einmal ein Handy war in der Wohnung zu finden und die Tote hatte keines bei sich, als sie gefunden wurde. Dies hat seine Laune ohnehin schon auf einen Tiefpunkt absinken lassen, von dem verweigerten Durchsuchungsbeschluss für das Blockhaus ihres diesbezüglich vollkommen ahnungslosen Passagiers ganz zu schweigen.

»Na, irgendwie … spannender!«, antwortet Fuchs endlich auf die eher rhetorisch gemeinte Frage des Oberkommissars. »Mehr ›Action‹ eben. Meine Leser schlafen ja ein, wenn ich sowas schreibe!«

»Ich fürchte, Sie schauen sich zu viele dieser amerikanischen Krimiserien im Fernsehen an!«, brummt Müller wenig begeistert. »Wilde Verfolgungsjagden sind bei uns eher die Ausnahme. Ich persönlich habe zum Beispiel, außer beim Schießtraining, noch nie meine Waffe benutzt.«

»Wisst ihr, was *ich* spannend fände?«, lässt sich Chrissie Ohlsen vom Beifahrersitz vernehmen. »Zu sehen, wie ein Bestsellerautor seine Romane schreibt!«

Sie dreht sich zu Fuchs um: »Ich stelle mir das total romantisch vor, in einer einsamen Blockhütte fernab jeglicher Zivilisation ein Buch zu schreiben«, gesteht sie mit einem bewundernden Augenaufschlag. »Ob Sie mir das wohl bei Gelegenheit einmal zeigen könnten?«

Wolfgang Müller hätte um ein Haar laut aufgelacht und das Steuer verrissen. *So ein raffiniertes Biest!*, denkt er grinsend, was Fuchs aber natürlich nicht sehen kann.

»Oh, das lässt sich sicher einrichten, Frau Kommissarin!«, gibt dieser hörbar geschmeichelt zurück. »Wann würde es Ihnen denn passen?«

»Wie wäre es mit *jetzt*? Wir haben doch bestimmt noch etwas Zeit, oder?«, fragt sie ihren Partner mit einem suggestiven Unterton. Der brummt nur ein »aber klar« und wechselt ohne weiteren Kommentar an der nächsten Kreuzung die Richtung, um auf die B56 zu gelangen, die sie an ihr neues Ziel bringen wird.

* * *

Oberkommissar Horst Weiland ist in Gedanken immer noch beim morgendlichen Ausbruch seines Vorgesetzten. Als Donner von der Staatsanwaltschaft die lapidare Mitteilung erhielt, dass die vorgetragenen Indizien nicht ausreichen, eine in Personenrechte eingreifende Maßnahme wie eine Hausdurchsuchung zu rechtfertigen, wäre er beinahe an die Decke gegangen.

Der Chef war dieses Mal mächtig sauer, erinnert er sich. Aber auch er selbst war zugegebenermaßen ziemlich enttäuscht über die richterliche Entscheidung, hätte ihm ein Durchsuchungsbeschluss doch eine willkommene Abwechslung geboten, jetzt wo sein langjähriger Partner Wolfgang ständig mit Chrissie unterwegs ist. Er schreckt aus seinen zu nichts führenden Gedanken, als es an der Tür klopft.

Die beiden Frauen, die von einem Wachmann in sein kleines Büro geführt werden, kommen ihm vage bekannt vor, wenn er auch auf Anhieb nicht zu sagen wüsste, wann und bei welcher Gelegenheit er ihnen schon einmal begegnet sein könnte.

Über ein unfehlbares optisches Gedächtnis, wie Kollege Tobias Heller eines besitzt, verfügt er zu seinem Verdruss nicht, jedoch soll sein Wissensdurst bezüglich der Identität der Besucherinnen – Weiland schätzt beide auf Ende dreißig oder Anfang vierzig – schon in den nächsten Sekunden gestillt werden.

»Wir sind ja so froh, Sie heute anzutreffen, Herr Kommissar!«, beginnt eine der Damen übergangslos, nachdem beide auf den Besucherstühlen Platz genommen haben. Sie wirken übernervös auf ihn und – ja, auch etwas verschreckt.

»Sie haben meinen Tim und Heidruns Wolfram doch schon einmal wiedergefunden, als die Kinder tagelang verschollen waren und wir alle vom Schlimmsten ausgehen mussten«, wendet die andere Frau sich tränenerstickt an ihn. Hoffnungsvoll schaut sie ihm dabei ins Gesicht.

»Die Jungs sind gestern Abend nicht nach Hause gekommen«, flüstert Heidrun Schmitz fast unhörbar. Weiland fallen übergangslos die Namen der Frauen ein und die Begebenheit vor vier Jahren, auf die sich Eleonore Berger bezieht. Tim und Wolfram

Alias Huckleberry Finn und Tom Sawyer, wie die beiden damals zehnjährigen Lausbuben sich im kindlichen Spiel nannten.

»Ihre Söhne waren Anfang der Woche hier bei uns im Kommissariat«, informiert er die verwirrt lauschenden Mütter. Offenbar hatten sie bis zu diesem Augenblick keine Kenntnis von den Umtrieben ihrer Kinder, aber wann wäre das bei Eltern halbwüchsiger Lausebengel jemals der Fall?

»Sie gaben eine verdächtige Begebenheit nahe der Wahnbachtalsperre zu Protokoll, deren Zeuge sie gewesen sein wollen«, fährt er fort. »Dort werden wir uns zuallererst umschauen. Haben Sie aktuelle Fotos der Jungs bei sich? Außerdem benötige ich die Handynummern für den Fall, dass wir ihre Mobiltelefone orten müssen.«

Wenige Augenblicke später hält Horst Weiland das Gewünschte in den Händen, Eleonore Berger und Heidrun Schmitz hatten an alles gedacht. Er verfasst schnell noch ein Protokoll für die Akten und ist dann wieder mit sich und seinen Gedanken allein. *Hoffentlich ist den Jungs nichts Schlimmes widerfahren*, denkt er voller düsterer Vorahnungen.

Er beschließt, seinen Vorgesetzten über den Vorfall in Kenntnis zu setzen, der außer ihm selbst der einzige im Kommissariat verbliebene Beamte ist, und begibt sich umgehend dorthin.

* * *

»Tim! Timmi – wach auf!« Das heftige Rütteln an der Schulter dringt nur langsam in die fiebrigen Träume des Vierzehnjährigen.

Obwohl es keine vierundzwanzig Stunden her ist, dass der Unbekannte sie in diesem hölzernen Verlies zurückließ, kleben ihnen die Zungen am Gaumen und sie haben schrecklichen Durst. Zudem war die Nacht kalt und ungemütlich und die Freunde mussten sich gegenseitig wärmen, um in der frostigen Oktobernacht nicht zu erfrieren.

Zu Beginn ihrer Gefangenschaft hatten Tim und Wolfram versucht, die schwere Klappe gemeinsam hochzustemmen, aber alle Bemühungen waren vergebens und nach einer Stunde gaben beide erschöpft auf. Die Option, mit ihren Handys Hilfe herbeizurufen, stand nämlich niemals zur Verfügung. Diese Stelle hier im Wald liegt offenbar in einem Funkloch, was wohl auch der Grund dafür gewesen sein mag, dass ihnen die Telefone nicht abgenommen wurden.

»Lass mich wenigstens in Ruhe sterben!«, nuschelt Tim Berger mit spröden, trocken Lippen, ohne die Augen zu öffnen. Im Duo Wolfram/Tim war er immer schon der am wenigsten Belastbare. Sein Kumpel Wolfie ist derjenige mit der Energie, die allerdings meist für sie beide reicht.

»Quatsch keinen Blödsinn!«, schimpft dieser und rüttelt weiter an der Schulter des Freundes. »Ich habe ein Auto gehört! Man sucht vielleicht nach uns!«

Sofort ist Tim hellwach und richtet sich mühsam auf. »Meinst du? Aber was, wenn es der Mörder ist? Er sagte, dass er zurückkommen würde!«

»Das lässt sich ja feststellen!«, übernimmt Wolfram Schmitz erneut die Führung. »Schauen wir uns die Sache doch mal an!« In der nächsten Sekunde presst er ein Auge an eins der Astlöcher. Auch sein Freund, jetzt wieder mit neuem Lebensmut ausgestattet, wagt einen Blick. Zum Glück herrscht strahlender Sonnenschein, sodass selbst hier unter den Bäumen noch genug zu erkennen ist.

Drei Menschen schicken sich an, das Gebäude zu betreten, wobei der Mann an der Spitze soeben die Tür öffnet. Ob es derselbe ist, der sie gestern hier eingesperrt hat, können die Jungs nicht erkennen, er wird von der gewaltigen Gestalt des Schlussmannes fast vollständig verdeckt. Die dritte Person ist eine kleine, zierliche Frau mit zerzausten blonden Haaren. Sie und der Mann an ihrer Seite tragen Schusswaffen am Gürtel!

»Den großen Kerl kenne ich!«, ruft Tim Berger krächzend aus. Seine Stimmbänder sind vom Wassermangel trocken und rau. »Das ist doch einer der beiden Kommissare, die uns damals vernommen haben, als die Sache im Moor passiert war! Müller heißt der, glaube ich! Das ist die Polizei, Wolfie! Wir sind gerettet!«

»Erst einmal müssen die uns hier drin finden«, dämpft Wolfram Schmitz die Begeisterung seines Kumpels. »Sie sind nämlich gerade alle im Haus verschwunden!«

»Dann warten wir eben, bis sie wieder herauskommen und schreien laut um Hilfe! Die können ja nicht ewig in dieser Hütte bleiben!«

* * *

»Bei Gebäuden wie diesem vermutet man eher Klappläden aus Holz vor den Fenstern«, kritisiert Chrissie Ohlsen beim Betreten des Hauses die Tatsache, dass mit den Rollläden ihrer Meinung nach ein klarer Stilbruch an dem ansonsten recht ansprechend gestalteten Blockhaus verübt wurde. »Warum ist das hier nicht der Fall?«

»Ich habe das Haus so gekauft«, hebt Fuchs gleichgültig die Schultern. »Zudem sind Jalousien erheblich sicherer als Klappläden, denn die kann man von außen aufbrechen und dieses Anwesen ist ja die meiste Zeit über verlassen!«

»Aber hier sind an allen Fenstern die Rollläden hochgezogen!«, wendet Wolfgang Müller ein. Er hat in stummer Absprache mit seiner Freundin die Aufgabe übernommen, sich unauffällig umzuschauen. Chrissie wird derweil den Schriftsteller in ein Gespräch verwickeln und vom eigentlichen Geschehen ablenken. Mit Erfolg, denn Fuchs frisst ihr nahezu aus der Hand. Aber das, erinnert sich Müller, war schon immer ihr größtes Talent.

»Sie werden normalerweise heruntergelassen«, wundert sich der Hausherr. »Ich muss es wohl beim letzten Mal vergessen haben.« Offenbar stört ihn diese Diskrepanz nicht weiter, denn er schlendert sorglos zum nächsten Raum, der im vorderen Teil des Gebäudes liegt.

»Kommen Sie!«, fordert er die Kommissarin auf, ihm zu folgen. »Dies hier ist mein Arbeitszimmer, dort wurden die letzten und damit auch wichtigsten Kapitel von ›Straße des Todes‹ geschrieben. Das wollten Sie sich doch unbedingt anschauen!«

Für Müller ist das *die* perfekte Gelegenheit, das rechts außen liegende Zimmer auf der Rückseite anzusteuern. In dem Wohnzimmer wurde nach Aussage von Tim Berger und Wolfram Schmitz der von ihnen mitangesehene Mord begangen, wobei zu dieser Zeit jedoch angeblich die Rollläden herabgelassen waren.

Der Oberkommissar sieht sich gewissenhaft um, aber außer der Tatsache, dass der Raum blitzsauber und penibel aufgeräumt ist, ist nichts Bemerkenswertes festzustellen. Dasselbe gilt für alle übrigen Räumlichkeiten, soweit er es beurteilen kann, ohne Verdacht zu erregen. Leise vor sich hin pfeifend gesellt er sich gerade rechtzeitig wieder zu Chrissie und ›ihrem‹ Autor, der soeben seine kleine Führung beendet hat.

* * *

»Hört ihr das auch?«, fragt Christina Ohlsen ihre beiden Begleiter auf dem Weg zum Wagen. Sie hält den Kopf schief und lauscht in den Wind, der vom Haus weg in Richtung Wald weht. Sie vermeint, ein entferntes, aber schnell lauter werdendes Geräusch zu vernehmen. Etwas, das hier in die Abgeschiedenheit dieses Ortes nicht hinzugehören scheint. Es klingt wie …

* * *

Die Kinder pressen ihre Münder an die Astlöcher und rufen, so laut es ihre ausgedörrten Kehlen zulassen, um Hilfe. »*Hier sind wir! … Hört uns denn niemand? … Wir sind hier drinnen! … Haaallllooooo!*« In ihrer Aufregung gestikulieren beide heftig mit den Armen dabei, obwohl dies natürlich überhaupt keinen Erfolg verspricht.

Während einer Atempause schaut Wolfram durch das Loch in der Holzwand und sieht, wie die kleine Polizistin lauschend den Kopf in den Wind hält, der offenbar ungünstigerweise von ihr fort in Richtung des Containers weht, in dem die Jungs festsitzen. Sofort beginnt er wieder mit den Hilferufen.

»Spar dir deine Kräfte, Wolfie!«, flüstert sein Kamerad mutlos. Von fern ist ein schnell lauter werdendes Brummen zu vernehmen. »Die hören uns nicht!«

* * *

»Ein Flugzeug!«, ruft Wolfgang Müller aus und deutet nach oben, wo sich soeben ein Schatten über die Baumwipfel schiebt. Der Triebwerkslärm der im Steigflug befindlichen Passagiermaschine übertönt jetzt alles, selbst die eigenen Worte werden ihm sofort von den Lippen gerissen.

»Das ist ja riesig!«, wundert sich seine Freundin mit weit in den Nacken gelegtem Kopf. Aus ihrer Perspektive scheint das Flugzeug direkt über ihnen zu schweben. »Man könnte glauben, dass es jeden Augenblick herunterfällt!«

»Das sieht nur so aus. Der Flughafen ist hier sozusagen um die Ecke und die Maschine ist wahrscheinlich nicht einmal einen Kilometer hoch. Lasst uns fahren, hier ist es mir entschieden zu laut!« Wolfgang Müller zieht den Schlüssel für den

Audi aus der Tasche und setzt sich zielstrebig in Bewegung.

Spätestens mit dem Einsteigen in das schalldichte Fahrzeug ist die letzte Chance für die Kinder in ihrem hölzernen Gefängnis vertan. Langsam lässt Müller den Wagen über den Waldweg rollen, bevor er ihn nach hundert Metern auf die Bundesstraße Richtung Siegburg lenkt.

Zehn Minuten später – bis zum Kommissariat sind es noch knapp vier Kilometer – meldet sich Chrissie Ohlsens Diensthandy mit ihrem speziellen ›Der-Boss-ist-dran-Klingelton‹. »Ja, Chef?«, nimmt sie stirnrunzelnd das Gespräch an. Ein schneller Blick zu ihrem Passagier auf der Rückbank zeigt ihr einen friedlich schlummernden Rainer Fuchs. Offenbar ist der Bestsellerautor vor lauter Langeweile eingeschlafen!

* * *

Kommissariatsleiter Peter Donner legt mit einem nachdenklichen Gesichtsausdruck den Hörer seines Diensttelefons auf. »Chrissie und Wolfgang sind auf dem Weg hierher«, informiert er Horst Weiland, in dessen Anwesenheit er das Gespräch mit der Kommissarin geführt hat. »Sie waren erst vor einer Viertelstunde in der Hütte und haben sich gründlich umgeschaut. Von den zwei vermissten Jungs war weit und breit nichts zu sehen, sagt Chrissie!«

»Sie waren *in* dem Blockhaus?«, staunt der Oberkommissar. »Ich möchte wissen, wie sie das bewerkstelligt haben – und was die beiden überhaupt dort zu suchen hatten! Ihr Einsatzgebiet lag doch in der entgegengesetzten Richtung!«

»Glaub mir, Horst: Über solche Eskapaden wundere ich mich bei euch seit gefühlten hundert Jahren nicht mehr! Meine grauen Haare werden auch schon jeden Tag zahlreicher«, fügt er theatralisch hinzu. »Erstaunlicherweise führen eure ständigen Extratouren aber nicht selten zum Ziel und das ist schließlich die Hauptsache!«

»Dieses Mal leider nicht, Chef«, erinnert Weiland den Vorgesetzten an den Zweck seines Anrufs: Chrissie und Wolfgang sollten zum Blockhaus fahren, um sich nach den vermissten Kindern umzusehen. »Dort waren die Jungs nicht, diese Spur ist demnach kalt. Wir können jetzt nur noch auf die Handyortung hoffen!«

»Ich habe bereits probiert, die Jungs auf ihren Mobiltelefonen zu erreichen«, nickt Donner. »Ich nehme an, das werden ihre Eltern auch schon versucht haben. Mit demselben entmutigenden Ergebnis: Die Telefone sind entweder ausgeschaltet oder haben kein Netz. Chrissie und Wolfgang werden in wenigen Minuten hier sein. Sobald Tobias und Denise ebenfalls zurückgekehrt sind, ist umgehend eine Lagebesprechung fällig!«

* * *

»*Ihr* wart in der Hütte?«, wiederholt Denise Malowski ungläubig, nachdem von allen Teams die Erkenntnisse des Tages vorgetragen wurden. »Wie habt ihr das denn bewerkstelligt? Ich dachte, es gibt keinen Durchsuchungsbeschluss!«

»Sagen wir es mal so«, schmunzelt Wolfgang Müller. »Unser allseits unbeliebter Bestsellerautor kann offenbar meiner überaus charmanten Partnerin nichts abschlagen, wenn sie ihn auf ihre unnachahmliche Art anschmachtet!«

Chrissie streckt ihm kess die Zunge heraus. »Höre ich da die gelbe Kreatur der Eifersucht?«, neckt sie ihn augenzwinkernd. »Ich habe nur die Gelegenheit genutzt!«, rechtfertigt sie sich. »Bei Fuchs war das im Übrigen überhaupt nicht schwer. Der Kerl hat ein dermaßen aufgeblasenes Ego, da braucht man ihm nur zu sagen, was er hören will. Der Rest erledigt sich dann ganz von alleine!«

»Jedenfalls ist jetzt sichergestellt, dass die verschollenen Kinder dort nicht zu finden sind«, übergeht Müller die kleine Stichelei und nimmt wieder Bezug auf das Wesentliche. »In der Hütte war zudem nichts zu sehen, das auf eine tätliche Auseinandersetzung oder gar einen Mord hindeutet, von zwei Halbwüchsigen ganz zu schweigen. Einen Keller haben diese Blockhäuser ja nicht, wie wir seit unserer damaligen Ermittlung wissen!«

»Habt ihr euch den Laubcontainer angeschaut?«, erkundigt sich Tobias Heller nachdenklich. »Dort wurde seinerzeit die Leiche von Simone Wichmann untergebracht, bevor der Mörder sie an der Talsperre deponierte. Und in der entsprechenden Box einer anderen Blockhütte fanden wir ein weiteres, zum Glück noch lebendes Opfer desselben Täters!«

»Äh … Nein!« Chrissie Ohlsen ist übergangslos blass geworden. »Wir waren ja auch nicht des-

96

wegen dort, wir wussten zu diesem Zeitpunkt doch nicht, dass Tim Berger und Wolfram Schmitz vermisst werden!«

Kommissariatsleiter Donner ist der Diskussion seiner Ermittler mit immer grimmiger werdender Miene gefolgt und greift jetzt entschlossen zum Telefon. Sprachlos hören seine Leute mit an, wie er einer Funkstreife die Anweisung erteilt, den bewussten Laubcontainer zu untersuchen und diesen notfalls mit Gewalt zu öffnen.

»Da oben patrouillieren ständig Streifenwagen«, erklärt er seinen Mitarbeitern anschließend seine Entscheidung. »Die Kollegen sind im Zweifel erheblich schneller vor Ort als wir!«

»Ohne richterliche Anordnung, Chef?«, wirft Christina Ohlsen vorlaut ein.

»Die ist mir momentan sowas von egal!«, knurrt der Erste Hauptkommissar. »Hier geht es um das Leben zweier Kinder! Und wehe, die finden die Jungs dort! Dann schwöre ich euch, dass ich diese verdammte Hütte mit meinen eigenen Händen auseinandernehme!«

»Die DNA-Analyse der unter den Fingernägeln des Opfers gefundenen Hautpartikel steht ja auch noch aus, Chef!«, erinnert Denise Malowski den aufgebrachten Vorgesetzten. »Uns fehlt aber eine Vergleichsprobe! Sollten wir nicht den Eigentümer der Hütte fragen, ob er …?«

»Auf gar keinen Fall!«, unterbricht Donner die Hauptkommissarin rüde. »Ich will nicht, er etwas mitbekommt, solange kein konkreter Verdacht gegen ihn vorliegt! Erst müssen klare Fakten geschaffen werden, bislang haben wir nur die Aussagen zweier nicht eben glaubwürdiger Jugendlicher!« *Die aber nun spurlos verschwunden sind!*, fügt er erschüttert in Gedanken hinzu.

Als hätte er es mit seinen Worten herbeigeredet, klingelt wie auf Kommando das Telefon. Der Kommissariatsleiter sieht auf die Uhr: Es ist kaum eine Viertelstunde her, dass er die Funkstreife in Marsch gesetzt hat. Nach einem tiefen Atemzug nimmt er den Hörer ab. Chrissie Ohlsen dagegen schaut nachdenklich zu Denise, die vorhin etwas äußerst Interessantes sagte.

»Der Container war leer«, informiert Donner die gebannt lauschende Mannschaft mit Grabesstimme, nachdem er das von seiner Seite höchst einsilbige Gespräch beendet hat. »Das mit der DNA-Probe hat sich damit ja wohl erledigt!«

* * *

Auf dem Weg zu ihrem gemeinsamen Büro treffen Chrissie Ohlsen und Wolfgang Müller auf Rainer Fuchs, der soeben aus dem Zimmer der Hauptkommissare kommt und mit ratlosen Blicken die Türschilder absucht. In der Hand hält er eine leere Kaffeetasse.

»Kann ich Ihnen irgendwie helfen?«, bietet die Kommissarin freundlich ihre Hilfe an, wobei sie das Trinkgefäß mit einem beinahe gierigen Blick bedenkt.

»Gerne. Gibt es hier so etwas wie eine Teeküche? Ich wollte vor der Heimfahrt noch schnell meine benutzte Tasse in die Spülmaschine stellen, falls ihr überhaupt eine habt.«

»Klar haben wir eine! Die Küche ist im anderen Gang, an den Aufzügen vorbei ... Ach, geben Sie schon her, ich werde das für Sie erledigen!«, lächelt Chrissie Ohlsen freundlich und nimmt mit spitzen Fingern den Becher entgegen, den der Mann ihr dankbar in die Hand drückt. Dass sie dabei einen Zipfel vom Ärmel ihres Pullovers zum Anfassen benutzt, fällt wohl nur ihrem Partner auf, der die Szene aufmerksam verfolgt.

Kaum, dass Fuchs ihren Augen entschwunden ist, hält Wolfgang Müller ihr mit einem breiten Grinsen einen Spurensicherungsbeutel hin, in den sie das Beweisstück kommentarlos und mit betont unbeteiligtem Gesichtsausdruck eintütet. Es fällt ihr aber schwer, dabei nicht laut loszuprusten.

KAPITEL 5

Freitag, 18. Oktober

09:14 Uhr

Tobias Heller stürzt geradezu in den Besprechungsraum, eine große Papierrolle in der Hand schwenkend. Er und Denise Malowski, die direkt hinter ihm ebenfalls im Laufschritt den verwaisten Raum betritt, sind die Ersten der in aller gebotenen Eile von ihm selbst einberufenen Fallbesprechung.

Der Hauptkommissar entrollt hastig die mitgebrachte Landkarte und heftet sie gemeinsam mit seiner Partnerin mittels einiger Magnete an die Tafel. Dass sie dazu sämtliche vorherigen Tabellen, Fotos und Ermittlungsergebnisse überdecken, ist ihnen in diesem Augenblick gleichgültig. Hier geht es buchstäblich um jede Minute! Währenddessen beginnt der Raum sich zu füllen, wie sie an dem hektischen Stühlerücken hinter ihrem Rücken erkennen. Als sie sich endlich umdrehen, sehen sich Denise und Tobias daher mit vier fragenden Augenpaaren konfrontiert.

»Wir haben vor wenigen Minuten die Funkzellenauswertung bezüglich der Bewegungsprofile der Mobiltelefone von Tim Berger und Wolfram Schmitz erhalten!«, beginnt Tobias Heller unverzüglich und nimmt einen Laserpointer zur Hand.

Für eine umfangreiche Präsentation über Beamer und Leinwand ist jetzt keine Zeit!

»Wie ihr alle von unserem letzten Einsatz in diesem Gebiet wisst«, er vollführt mit dem Lichtstrahl eine kreisende Bewegung auf der Karte, die das Gelände rund um die Wahnbachtalsperre zeigt, »sind die Funkzellen dort äußerst spärlich verteilt. Sie sind jeweils mindestens einen Kilometer voneinander entfernt und befinden sich hier ... hier ... hier und hier! Ich bringe bewusst diese Sendemasten rund um die uns nur allzu bekannte Blockhütte zur Sprache, weil in einer davon die beiden Handys zuletzt eingebucht waren, bevor der Kontakt am Mittwochnachmittag um genau 17:23 Uhr abgerissen ist. Die Telefone wurden danach von keiner Funkzelle mehr erfasst!«

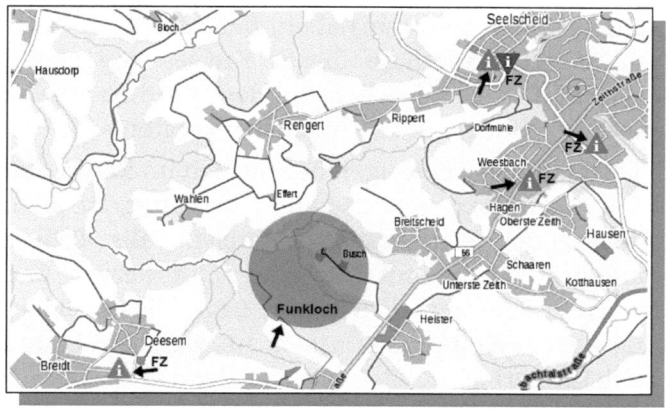

»Aufgrund der Anordnung der Sendemasten wird eine Triangulation zur exakten Bestimmung des Zielgebiets wohl nicht möglich sein«, überlegt der Kommissariatsleiter mit einem kritischen Blick auf den Plan. »Gehe ich recht in der Annahme, dass im Zentrum des Kreises, den du auf der Karte markiert hast, die Blockhütte steht?«

»Das ist korrekt, Chef! Die Jungs waren bereits einmal dort und könnten zurückgekehrt sein, nachdem wir ihnen keinen Glauben geschenkt hatten! Die Hütte haben wir gestern überprüft, sie war ebenso leer wie der Laubcontainer. Der Kreis hat einen Radius von fünfhundert Metern rund um das Blockhaus und an seiner Peripherie, also etwa hier«, er lässt den Laserpointer kurz auf einer Stelle der Karte ruhen, die die von ihm angebrachte Kreislinie tangiert, »sind die Handysignale erloschen.«

Er schaut mit ungewöhnlichem Ernst in die Runde: »Wenn die Jungs nicht ihre Telefone ausgeschaltet oder verloren haben, befinden sich beide zur Stunde innerhalb dieses Kreises. Sie wären andernfalls unweigerlich in den Einflussbereich einer der umliegenden Funkzellen geraten!«

Betroffenes Schweigen breitet sich im Raum aus. Was das in letzter Konsequenz bedeutet, ist allen Anwesenden schmerzlich bewusst: Falls Tobias' Schlussfolgerung zutrifft, sind Tim Berger und Wolfram Schmitz nicht in der Lage, dieses Gebiet aus eigener Kraft zu verlassen, aus welchem Grund auch immer!

»Okay, Leute!« Donner klatscht auffordernd in die Hände. »Wir fahren *alle* auf der Stelle dorthin! Dazu nehmen wir so viele Uniformierte mit, wie auf die Schnelle zu bekommen sind, sowie eine komplette K9-Staffel. Denise und Tobias: Ihr fahrt schon mal vor und besorgt euch unterwegs bei den Eltern der Kinder Kleidungsstücke für die Hunde. Los geht's!«

Seine letzten Worte sind noch nicht verhallt, als er sich alleine im Raum sieht. Seine Leute sind bereits zur Tür hinausgestürmt. »Ach ja!«, ruft er ihnen nach. »Der Schreiberling kommt ebenfalls mit, dann haben wir ihn wenigstens unter Kontrolle, sollte es sich als notwendig erweisen!«

Der Kerl ist uns lange genug auf der Nase herumgetanzt, denkt er grimmig, bevor er sich im Laufschritt seinen davoneilenden Ermittlern anschließt.

* * *

»Nein, in Umfeld meiner Blockhütte gibt es kein Handynetz«, beantwortet Rainer Fuchs die Frage der Kommissarin nach den technischen Gegebenheiten in ihrem Zielgebiet. Sie folgen seit zehn Minuten dem Konvoi von Einsatzfahrzeugen, die mit teils eingeschalteten Blaulichtern zu dem von Tobias Heller bezeichneten Gebiet unterwegs sind.

Das Aufgebot, von Donner innerhalb kürzester Zeit zusammengestellt, kann sich durchaus sehen lassen: Die Fahrzeuge der Kriminalpolizei, besetzt mit jeweils zwei Kollegen des Kriminalkommissariats 1, vier Streifenwagen mit zusammen acht Polizeibeamten sowie drei Mannschaftswagen der Hundestaffel mit insgesamt zwölf Hunden und deren Führern.

»Dann haben Sie dort ja auch kein Internet!«, wundert sich Christina Ohlsen. »Gehört zum

Schreiben von Büchern nicht eine gewisse Recherche?«

»Das erledige ich vorher von zu Hause aus, sofern es notwendig ist«, erklärt Fuchs ihr geduldig. »Was wollten diese Kinder überhaupt an meiner Hütte? Sie steht seit Monaten leer!«

»Das wissen wir nicht«, gibt Wolfgang Müller missgelaunt vom Fahrersitz zurück. Ausgerechnet er und Chrissie Ohlsen haben mal wieder die Arschkarte gezogen und diesen Widerling aufs Auge gedrückt bekommen. »Fest steht nur, dass ihre Handysignale in dieser Gegend das letzte Mal geortet wurden und seither Funkstille herrscht! Aus diesem Grund werden wir heute mit einer K9-Staffel das gesamte Gebiet nach ihnen absuchen!«

Eine Weile ist es wohltuend still auf der Rücksitzbank. »Was bedeutet eigentlich dieses ›K9‹?«, ertönt es schließlich zaghaft von hinten. In der Zwischenzeit hat der Konvoi das Zielgebiet fast erreicht. »Ich sehe da irgendwie keinen Zusammenhang zu Hunden oder steht das etwa für Kommissariat 9?«

»Womit wir wieder bei den lieben Recherchen wären«, brummt Müller halblaut in seinen nicht vorhandenen Bart. Hundert Meter vor ihnen biegt die Kolonne jetzt in einen Waldweg ein, der an den Rand des abzusuchenden Gebiets führt.

»Dann müsste es ›PK9‹ heißen, für Polizeikommissariat 9«, nimmt sich seine Freundin dennoch die Zeit für eine Erklärung. »K9 kommt ursprünglich vom lateinischen ›canis‹ für Hund. Im englischen Sprachraum heißt es ›canine‹. Wenn man

K9 englisch ausspricht, klingt es genauso und es ist einfacher, daher hat sich dieses Kürzel bei uns ebenfalls eingebürgert. Mit der Abkürzung DNA verhält es sich übrigens ebenso: Korrekt wäre im deutschen ›DNS‹, aber so spricht es sich eben leichter aus.«

Auf dem Fahrersitz rollt ihr Partner genervt mit den Augen. Seiner Meinung nach ist dieser Kerl bloß ein aufgeblasener Nichtskönner, der das unverschämte Glück hatte, genügend Leser zu finden, die ihm seinen unqualifizierten Mist abkaufen. Wobei noch zu klären wäre, woher die Fakten für seine Romane stammen, deren Titel alle verdächtig nach Kriminalfällen klingen, die das Kriminalkommissariat 1 in den letzten Jahren bearbeitet hat.

»Wir sind da!«, verkündet Wolfgang Müller unnötigerweise, weil er den Wagen soeben hinter den anderen Einsatzfahrzeugen am Wegesrand abgestellt hat.

Ganz vorn in der Reihe stehen die Fahrzeuge der Suchhunde-Staffel, deren vierbeinige ›Spezialisten‹ in diesem Augenblick von ihren menschlichen Betreuern ins Freie geführt werden. Die Tiere ziehen ungeduldig an ihren Führungsgeschirren: Sie wissen genau, was in den nächsten Stunden von ihnen erwartet wird.

* * *

Tobias Heller begrüßt Polizeihauptkommissar Kurt Heimann, den Leiter der K9, mit Handschlag. Die Einsätze, an denen mindestens ein Hund seiner Staffel in den letzten zehn Jahren beteiligt war, sind kaum noch zu zählen. Entsprechend kameradschaftlich gehen die Kollegen mittlerweile miteinander um.

»Diese Geschichte ist genau genommen reichlich bizarr!«, informiert er Heimann, dessen Labrador Retriever Hündin Cassy wie immer neben ihm sitzt und geduldig auf ihren Einsatz wartet.

»Erinnerst du dich an die Leiche, die dein Hund letztes Jahr im Rahmen einer Übung an der Talsperre fand? Nun, dieser Fall hängt auf eine noch zu klärende Weise irgendwie damit zusammen!« Er gibt dem Kollegen in aller gebotenen Eile eine Zusammenfassung der bislang erarbeiteten Fakten und Hypothesen.

»Die Jungs, die die ganze Sache ins Rollen brachten, sind seit zwei Tagen verschollen«, schließt er seinen kurzen Bericht ab. »Du kennst sie, wir haben vor vier Jahren schon einmal nach ihnen gesucht. Damals hatten sich die Lauser im Heidemoor versteckt. Dieses Mal vermuten wir sie anhand der Bewegungsprofile ihrer Handys irgendwo in dem etwa einen Kilometer durchmessenden Gebiet, an dessen Rand wir stehen.«

Kurt Heimann studiert gewissenhaft den Plan mit den Markierungen, den Tobias Heller mitgebracht hat und ihm nun überreicht. »Wir gehen folgendermaßen vor«, bestimmt der erfahrene Polizist das Vorgehen und übernimmt damit faktisch die Einsatzleitung. Donner, der sich mit dem Rest seiner Ermittler mittlerweile dazugesellt hat, quittiert es mit einem zustimmenden Kopfnicken. Hier ist Routine im Aufspüren vermisster Personen kriminalistischem Spürsinn deutlich überlegen!

»Ich werde meine Hunde so weit wie möglich fächern, so sind wir in der Lage, eine große Fläche gleichzeitig abzusuchen«, fährt Heimann fort. »Deine Leute und die Kollegen in Uniform füllen die Lücken dazwischen aus, damit bilden wir eine Reihe von zweihundert Metern Länge mit acht Metern Abstand untereinander. Wir alle bewegen uns in gerader Linie in Richtung Zentrum des Kreises. Hast du die Duftproben für die Hunde dabei? Okay, wir werden sie so aufteilen, dass die Tiere abwechselnd eine der beiden Proben erhalten, dann sind wir auf der sicheren Seite. Wenn nichts weiter dagegen steht, kann es jetzt losgehen!«

* * *

Sie kommen nur langsam voran. Die insgesamt sechsundzwanzig Personen haben sich gemäß Polizeihauptkommissar Heimanns Anweisung in einer Reihe so aufgestellt, dass jeweils ein ›normaler‹ Polizist sich mit einem Hundeführer abwechselt.

Da bei dieser Vorgehensweise einer übrig bleibt, durchkämmen auf dem rechten Flügel Denise Malowski und Tobias Heller nebeneinander das Terrain. Links daneben hat sich Kurt Heimann mit Hündin Cassy einsortiert und der eigentlich überzählige Rainer Fuchs begleitet auf eigenen Wunsch Christina Ohlsen in der Mitte der Rotte, die das mit einem gleichgültigen Schulterzucken zur Kenntnis nahm. Offenbar fühlt der Schriftsteller sich zu ihr hingezogen, weil sie die Einzige ist, die ein gewisses Interesse an seiner Arbeit zeigt. Dass dies aus reinem Kalkül erfolgt, braucht sie ihm ja nicht gleich auf die Nase zu binden.

Aufgrund der Bodenbeschaffenheit – die Bäume stehen hier sehr dicht und sind meist von großen Sträuchern umgeben – und des unebenen Geländes mit teils handbreit aus dem Waldboden ragenden Baumwurzeln benötigen sie im Schnitt eine Viertelstunde und mehr für hundert Meter.

Keiner der Hunde hat bisher angeschlagen oder auf eine andere Weise zu erkennen gegeben, dass er eine Spur erschnüffelt hat. Jetzt, nach einer halben Stunde, wird etwa die Hälfte der Strecke von der Peripherie bis zum Mittelpunkt des gedachten Kreises zurückgelegt worden sein, vermutet Tobias Heller mit einem Blick auf seine Armbanduhr. Das Blockhaus müsste demnach bald in ihr Gesichtsfeld geraten.

Dies ist weitere hundert Meter und zwanzig ereignislose Minuten später tatsächlich der Fall. Es ist aber nicht das ohnehin erwartete Auftauchen der Hütte, das sofort die Aufmerksamkeit des gesamten rechten Flügels erregt, sondern das Verhalten Cassys, die nach einem kurzen, auffordernden Bellen stärker an ihrem Geschirr zieht und ihren menschlichen Führer mit unwiderstehlicher Gewalt zu einem großen Gebüsch dirigiert.

* * *

»Da rechts außen hat man etwas entdeckt, glaube ich!«, ruft Rainer Fuchs Christina Ohlsen zu, deren Aufmerksamkeit das Spektakel in einigen Dutzend Meter Entfernung ebenfalls nicht entgangen ist. »Sollten wir nicht nachsehen, was dort los ist?«

»Ich darf den Platz in der Reihe nicht verlassen«, bescheidet die Kommissarin ihm kopfschüttelnd. »Es ist ja nicht gesagt, dass die tatsächlich was gefunden haben und wenn ich mich von meinem Posten entferne, besteht die Gefahr, etwas zu übersehen. Sie dagegen können aber meinetwegen zu denen hinübergehen!«

Das lässt er sich nicht zweimal sagen, schließlich sind Einsätze wie dieser der Grund, weshalb er sich den Ermittlern überhaupt angeschlossen hat. Trotz seines Bekanntheitsgrades und der Freundschaft zum Landrat als oberstem Dienstherrn der Kriminalpolizei war zugegebenermaßen etwas Überredungskunst damit verbunden.

Im Laufschritt legt er die Strecke in weniger als einer halben Minute zurück und kommt gerade noch rechtzeitig dort an, um mitzuerleben, wie die Hauptkommissare Malowski und Heller mit vereinten Kräften und versteinerten Gesichtern etwas unter dem Gebüsch hervorziehen. Um was es sich dabei handelt, kann er aus seiner Position jedoch nicht erkennen, weil der Polizist mit seinem Hund ihm die Sicht versperrt.

* * *

Tobias Heller steckt das Telefon ein, nachdem er die Gespräche mit den Eltern der vermissten Kinder beendet hat. »Die Rahmennummern stimmen überein«, informiert er seine Partnerin tonlos. »Das sind zweifellos die Fahrräder von Tim Berger und Wolfram Schmitz!« Er zeigt auf die unter dem Gebüsch gefundenen Gegenstände. »Die Eigentümer der Räder müssten demnach hier irgendwo sein«, schlussfolgert er mit einem bezeichnenden Blick zum Blockhaus, das zwischen den Bäumen hindurch in vierzig bis fünfzig Metern Entfernung zu erkennen ist.

»Sie sind also tatsächlich noch einmal zurückgekehrt«, nickt Denise Malowski. »Wären die Kinder wohlauf, würden ihre Fahrräder sicher nicht seit zwei Tagen hier liegen. Es muss ihnen etwas zugestoßen sein!« Ihre Stimme klingt leicht zittrig, was aber wohl nur von ihrem langjährigen Partner wahrgenommen wird.

Tobias liest in ihr wie in einem aufgeschlagenen Buch: Seit Denise eine kleine Tochter hat, ist sie extrem dünnhäutig, was Gewalt gegen Kinder anbelangt. Er legt ihr kameradschaftlich eine Hand auf den Arm. »Wir werden Tim und Wolfram finden!«, gibt er sich kämpferisch.

»Ich hätte dazu einen Vorschlag«, meldet sich Kurt Heimann mit seiner kräftigen Stimme zu Wort. »Diese Räder wurden von irgendjemandem hier deponiert«, fährt er fort, ohne auf eine Antwort zu warten. »Das waren entweder die Eigentümer selbst oder eine fremde Person. In jedem Fall aber führt von hier eine Spur zum Ausgangsort, der wir folgen sollten. Der Rest meiner Leute wird in der Zwischenzeit das markierte Gebiet weiter durchsuchen, dann verlieren wir wenigstens keine wertvolle Zeit.«

Ohne eine Zustimmung seitens der Ermittler abzuwarten, winkt Heimann seinen Leuten, die sich daraufhin erneut in Bewegung setzen, nachdem sie vorher ihren Vormarsch auf ein Zeichen ihres Anführers gestoppt hatten.

Der Leiter der K9-Einheit aber stupst die Schnauze seiner Hündin mehrmals behutsam in die Erde des schmalen Fußweges, an dessen Rand sie sich befinden. Hiermit gibt er dem gelehrigen Tier zu verstehen, dass es einer neuen Duftspur folgen soll. Gehorsam setzt sich Cassy in Bewegung. Die empfindliche Nase nur Millimeter über den Boden haltend, steuert sie zielstrebig das durch die Bäume schimmernde Blockhaus an.

Die Spur führt, nachdem sie den Wald hinter sich gelassen haben, zunächst um das Haus herum auf die Rückseite, wo die Hündin mehrmals unentschlossen hin und her läuft. Schließlich geht es wieder nach vorn und einige Male kreuz und quer über den freien Platz vor dem Gebäude, bis ihr Weg an der Eingangstür ein vorläufiges Ende findet.

Die Verweildauer ist aber nur kurz. Wenige Augenblicke später, die das Tier wohl benötigte, sich zu orientieren und die neuen von den alten Witterungen zu trennen, setzt es sich erneut in Bewegung und zieht mit unwiderstehlicher Gewalt davon. Direkt auf den unter den Bäumen befindlichen hölzernen Laubcontainer zu, der zumindest Denise Malowski und Tobias Heller in unheilvoller Erinnerung ist.

Vor der Box setzt Cassy sich zum Zeichen, ihre Aufgabe erfüllt zu haben, hin und schaut ihren Führer auffordernd an. Offenbar sind sie an ihrem Ziel angekommen.

»Bitte treten Sie drei Schritte zurück!«, fordert Denise Malowski den mitgekommenen Autor und Eigentümer dieses Anwesens mit befehlsmäßigem Ton auf. Zu den beiden vorgenannten Attributen ist nämlich soeben ein drittes gekommen: Rainer Fuchs wird spätestens ab jetzt stillschweigend als Verdächtiger gehandelt, zumindest was das Verschwinden zweier Halbwüchsiger angeht!

Tobias Heller hebt derweil gemeinsam mit Kurt Heimann den schweren Deckel der Box an. Ein Durchsuchungsbeschluss ist dafür dieses Mal nicht notwendig, da Gefahr im Verzuge ist. Dennoch haben die Polizisten ein ungutes Gefühl dabei. Denn allein schon die Tatsache, dass der stählerne Riegel nicht vorgelegt war, lässt befürchten, dass sich dort drin niemand befindet, der aus eigener Kraft in der Lage wäre, sein Gefängnis zu verlassen.

»Falls die Jungs jemals hier waren, sind sie es jetzt nicht mehr!«, informiert Heller seine Kollegin nach einem Blick ins Innere des Containers. »Aber damit war eigentlich zu rechnen, nachdem die Kollegen schon gestern nachgeschaut hatten. Wir benötigen jetzt umgehend ein Spurensicherungsteam!« Mit diesen Worten holt er sein Handy hervor, um die Forensik zu informieren.

Danach wendet er sich an den Schriftsteller: »Sie werden uns aufs Revier begleiten, Herr Fuchs! Ich denke, es gibt einige dringende Fragen zu klären.« Diese Aufforderung ist im Grunde eine reine Formsache und dient lediglich dem Protokoll, da der Mann ohnehin mitgekommen wäre. Der Tonfall des Hauptkommissars lässt indes wenig Raum für einen Widerspruch, obwohl eine Festnahme nicht ausgesprochen wurde.

»Wir werden zudem nicht nur diese Box hier einer kriminaltechnischen Untersuchung unterziehen«, setzt Heller aber noch eins drauf. »Ihr Blockhaus wird ebenfalls auf den Kopf gestellt. Es wäre besser für Sie, uns dazu ihre Erlaubnis zu erteilen. Andernfalls kämen wir mit einem Gerichtsbeschluss wieder, was die Angelegenheit jedoch nur unnötig verzögern würde. Ihre Entscheidung!«

Anstelle einer Antwort holt Fuchs seine Schlüssel hervor und löst mit einiger Mühe und zitternden Fingern einen davon von dem Ring. »Tun Sie, was Sie nicht lassen können!«, brummt er unfreundlich und drückt ihn Tobias Heller in die Hand.

* * *

»Wir sind im Grunde keinen Schritt weitergekommen!«, bringt es Kommissariatsleiter Donner einige Stunden später auf den Punkt. Die übliche Zeit für den Dienstschluss ist längst verstrichen, aber hier geht es um das Leben zweier Kinder, von denen man außer ihren Fahrrädern nach wie vor keine Spur gefunden hat. Sie möglichst lebend aufzuspüren, haben sich alle Ermittler des Kommissariats auf die Fahnen geschrieben, da jeder Einzelne von ihnen aus genau diesem Grund Polizist geworden ist.

»Wir haben nahezu jeden Quadratmeter in dem Waldstück abgesucht!«, bringt Wolfgang Müller müde vor. Im Gegensatz zu Denise Malowski, Tobias Heller und dem Chef waren er, Chrissie

Ohlsen und Horst Weiland bis zum bitteren Ende an der Suchaktion beteiligt. Dementsprechend erschöpft sind die drei.

»Ich habe das Technische Hilfswerk um Hilfe gebeten«, eröffnet der Kommissariatsleiter seinen Mitarbeitern. »Eine Hundertschaft des THW wird morgen das ganze Gebiet ein weiteres Mal absuchen, wobei sie den Radius noch einmal verdoppeln werden.«

»Was sagt unser Schriftsteller denn dazu?«, will Chrissie Ohlsen wissen. Wie die anderen auch, ist sie erst vor kurzem ins Kommissariat zurückgekehrt, weshalb sie keine Informationen über die Vernehmung des nunmehr dringend Tatverdächtigen besitzt.

»Fuchs leugnet nach wie vor jegliche Mitschuld am Verschwinden der Jungen und eine Beteiligung an dem Mord der Chloé Bertrand können wir ihm nicht nachweisen, solange wir keinen Beweis dafür haben, dass diese in seinem Blockhaus getötet wurde.« Donner schaut auffordernd zu Jürgen Vogel, der als Vertreter der Forensik ebenfalls zu dieser späten Stunde an der Fallbesprechung teilnimmt.

»Mit der Spurenlage sind wir derzeit noch beschäftigt«, erhebt der Leiter der KTU seine Stimme. »Wir werden aber sicher den ganzen morgigen Tag benötigen, bis wir die Lokalität vollständig überprüft haben. Oberflächlich war heute nichts zu finden, das auf die Anwesenheit fremder Personen hindeutet. Alle Räumlichkeiten waren im Gegenteil dermaßen penibel sauber, dass man denken könnte, das Gebäude wäre erst gestern einer gründlichen Reinigung unterzogen worden. Unter Umständen befinden sich in den Staubsaugern, mit denen wir die Fußböden und Polstermöbel bearbeitet haben, Hautschuppen oder Haare, aber die Auswertung wird einschließlich etwaiger DNA-Vergleiche ein paar Tage dauern, schätze ich.«

»Als wir gestern in dem Haus waren, ist mir das ebenfalls aufgefallen«, wirft Chrissie Ohlsen ein. »Nirgends war auch nur ein einziges Stäubchen zu sehen! Findet ihr das nicht merkwürdig? Wenn Fuchs seit einem Vierteljahr nicht mehr in der Hütte war, wie er behauptet, müsste doch fingerdick Staub auf den Möbeln liegen!«

»Das bringt uns aber nicht weiter!« Der Erste Hauptkommissar rauft sich in komischer Verzweiflung die spärlichen Haare. »Es ist schließlich nicht strafbar, sein Haus sauber zu halten! Wenn wir keinen Beweis für seine Täterschaft vorlegen können, wird der Staatsanwalt spätestens am Montagmorgen seine Freilassung anordnen! Leider wird der Vergleich seiner DNA mit den unter den Fingernägeln des Opfers gefundenen Hautzellen aber mindestens bis Dienstag oder Mittwoch dauern!«

»Jetzt wäre der richtige Zeitpunkt für ein Geständnis!«, flüstert Wolfgang Müller seiner Freundin zu und stößt sie augenzwinkernd mit dem Ellenbogen an.

Kommissariatsleiter Donner verfügt über ein ausgezeichnetes Gehör. »Chrissie?«, wendet er sich mit hochgezogenen Augenbrauen an seine jüngste Mitarbeiterin.

»Äh … Es gibt womöglich eine Möglichkeit, etwas früher an das Ergebnis des DNA-Vergleichs zu gelangen, Chef!«, eiert die Kommissarin herum.

»So?« Donner kneift ein Auge zusammen. »Heraus mit der Sprache! Was hast du wieder angestellt?«

»Nun ja … Es könnte sein, dass ich *zufällig* eine benutzte Kaffeetasse von Fuchs gefunden habe, die dann *irgendwie* in die Humangenetik gelangt ist, wo man *eventuell* einen Abgleich mit der DNA unter den Fingernägeln des Mordopfers durchgeführt hat.«

Chrissie grinst nach diesem Wortkonstrukt breit von einem Ohr zum anderen. »Ich weiß natürlich, dass diese Vorgehensweise nicht den Vorschriften entspricht, aber …«, fügt sie etwas ernster hinzu.

»… aber das war dir mal wieder völlig egal!«, nickt Donner und schickt einen tiefen Seufzer hinterher. »Du weißt sicher selbst, dass ein Ergebnis, ganz gleich, wie es ausfällt, vor Gericht nicht anerkannt wird? Was jedoch in diesem Fall wohl ohne Bedeutung ist, da wir eine offizielle Speichelprobe haben«, relativiert der Vorgesetzte seine vorherige Bemerkung in versöhnlichem Tonfall. »Wann wird uns denn diese *hypothetische* DNA-Analyse vorliegen?« In die Luft gemalte Anführungszeichen unterstreichen den sarkastischen Unterton des Kommissariatsleiters.

»Sie haben versprochen, sich zu beeilen«, antwortet Chrissie und jeder im Raum hört ihr erleichtertes Aufatmen. »Sicher ist das Ergebnis Montag in der Post, vielleicht auch schon morgen!«

»In Ordnung, dann wird das noch abgewartet, bevor wir darüber nachdenken, ob unser derzeit einziger Verdächtiger nach Hause darf oder nicht.« Donner beschließt, das heikle Thema vorerst auf sich beruhen zu lassen, und wendet sich wieder dem Leiter der Forensik zu: »Was ist mit der Untersuchung dieses Laubcontainers? Habt ihr darin Spuren für die Anwesenheit der Kinder gefunden?«

»Nicht direkt«, schüttelt Jürgen Vogel den Kopf. »Es gab aber haufenweise Fichtennadeln, die wir mit denen aus den Haaren des Mordopfers vergleichen werden. Falls es eine genetische Übereinstimmung gibt, wäre dies immerhin ein Beweis dafür, dass die Tote zeitweilig dort untergebracht war. Außerdem lag tief in der knöchelhohen Schicht aus Blättern und Nadeln ein kaputtes Mobiltelefon. Möglich, dass es einem der Jungs gehört hat, es könnte sich natürlich auch um das Handy von Chloé Bertrand handeln. Es ist aber völlig zerstört, wahrscheinlich wurde mehrfach darauf getreten. Amara nimmt sich das Teil derzeit vor. Wenn irgendjemand ihm seine Geheimnisse zu entreißen vermag, ist sie es!«

»Dann bleibt nur zu hoffen, dass wir am Montag diesbezüglich alle etwas schlauer sein werden!«, kommentiert Donner die Aussage des Forensikers launig. »Falls die Ermordung der Studentin und das Verschwinden der Jungs ursächlich zusammenhängen – und davon bin ich mittlerweile felsenfest überzeugt – besteht eine allerletzte Chance, die beiden zu finden, indem wir den Mörder aufspüren!«

Eine tiefe Sorgenfalte erscheint auf seiner hohen Stirn. »Hoffentlich ist es dann für Tim Berger und Wolfram Schmitz nicht zu spät! Da uns jedoch die Hände gebunden sind, solange keine neuen Erkenntnisse vorliegen, könnt ihr jetzt ins Wochenende gehen, denke ich. Denise und Tobias«, wendet er sich abschließend an seine leitenden Ermittler, »einen von euch beiden benötige ich aber morgen für die Koordination der Suche durch das THW. Wer meldet sich freiwillig?«

Tobias Heller nickt seiner Partnerin beruhigend zu. *Geh du nach Hause zu deiner Tochter*, bedeutet es. »Ich erledige das, Chef!«, sagt er laut und deutlich.

HOLMES & WATSON

»Weißt du, welcher Tag heute ist, Wolfie?« Tim Berger hockt lustlos auf dem Fußboden und brütet düster vor sich hin.

»Ich glaube, es ist Samstag oder Sonntag«, gibt sein Freund nach einer Weile zurück. »Es könnte aber auch schon Montag sein. Der Kerl hat uns ja die Armbanduhren abgenommen. Ich weiß also, was die Zeit angeht, nicht mehr als du. Dieser Keller hat keine Fenster, wie du siehst!«

Zum Glück gibt es aber eine Beleuchtung und eine spärliche Möblierung, die aus einem Tisch, einem Stuhl und einem alten, abgenutzten Sofa besteht. Sogar zwei recht bequeme Matratzen nebst Kopfkissen und Decken hat ihr Kerkermeister ihnen zur Verfügung gestellt. Sein Gesicht haben die Jungs bisher nicht zu sehen bekommen, da er sowohl im Wald als auch jedes Mal, wenn er das Essen brachte, eine Skimaske übergezogen hatte. Zuvor sahen sie ihn entweder nur von hinten oder waren von der Sonne geblendet.

Diese Tatsache veranlasst die Unglücksraben zu der etwas optimistischen Einschätzung, dass zumindest derzeit ihr Leben nicht in akuter Gefahr ist. Wer sein Gesicht verbirgt, will einen nicht gleich umbringen, meinte Wolfram dazu. Diese Weisheit hat er aus diversen Fernsehkrimis, wo es um Geiselnahmen ging und die er sich verbotenerweise heimlich angeschaut hat.

Wo genau sie sich befinden, wissen die beiden aber nicht, da sie in einer Art Lieferwagen transportiert wurden und der Mann ihnen zusätzlich die Augen verbunden hatte, nachdem er sie nacheinander aus dem Holzkasten geholt und gefesselt hatte.

»Das ist alles allein meine Schuld!«, meldet sich Tim ein paar Minuten später wieder.

»Was meinst du damit?«

»Na, wenn ich nicht vorgeschlagen hätte, uns in dem Holzkasten zu verstecken, befänden wir uns jetzt nicht in dieser Situation!«

»Daran war ich genauso beteiligt«, schüttelt Wolfram den Kopf. »Ich bin es schließlich gewesen, der den Deckel fallen gelassen hat, wodurch der Kerl ja erst auf uns aufmerksam geworden ist!«

»Unser Spiel ist wohl jetzt zu Ende, *Holmes*!«, grinst Tim Berger schief. »Ist irgendwie aus dem Ruder gelaufen, wie?«

»Unsinn!« Wolfram Schmitz springt förmlich von dem alten Sofa, auf dem er gesessen hat und baut sich vor dem Freund auf. Seine Augen funkeln unternehmungslustig. »Jetzt geht es im Gegenteil erst richtig los, Timmi! Jede Wette, dass der *echte* Sherlock Holmes längst einen Plan entwickelt hätte, wie er und Watson hier herauskommen! Lass uns nachdenken, Zeit haben wir ja mehr als genug!«

»Wenn wir die Handys noch hätten, wären wir in der Lage, anhand der GPS-Koordinaten unsere derzeitige geografische Position zu ermitteln«, äußert sich Tim zaghaft dazu.

»Ha, ha! Wirklich witzig! Mit den Telefonen könnten wir Hilfe rufen!«, weist Wolfram ihn auf einen Denkfehler hin. »Wir haben aber keine, weil sie uns abgenommen wurden! Dabei fällt mir ein: *Dir* hat er es nicht weggenommen, obwohl er dich ebenso gefilzt hat wie mich! Was hast du damit angestellt? Hast du es verloren?«

»Sowas in der Art. Ich hatte durch das Astloch heimlich ein paar Fotos von seinem Auto geschossen, kurz bevor dieser Mensch uns einkassiert hat. Das Nummernschild war auch mit drauf, glaube ich. Das Handy habe ich dann schnell zwischen dem Laub versteckt, mit dem der Boden bedeckt war. Ich dachte: Falls die Polizisten, die wir zuvor dort gesehen hatten, noch einmal wiederkommen sollten, wären sie mit den Aufnahmen vielleicht in der Lage, etwas über unseren Entführer herausfinden!«

»Hey, das war eine Superidee! Warum rückst du erst jetzt damit heraus?«

Tim Berger druckst ein paar Sekunden herum. »Weil das Handy wahrscheinlich kaputt ist!«, flüstert er dann mutlos. »In dem Gerangel bei der Gefangennahme müssen wir beide jeder ein paarmal darauf getreten sein. Ich habe jedenfalls deutlich gehört, wie etwas unter unseren Schuhen mehrmals gebrochen und gesplittert ist. Das kann nur mein Handy gewesen sein. Selbst, wenn es gefunden wurde, hat bestimmt niemand mehr was damit anfangen können. Andernfalls wäre die Polizei längst hier!«

KAPITEL 6

Montag, 21. Oktober

09:04 Uhr

Erneut sitzt ihnen ihr derzeitiger Hauptverdächtiger im Vernehmungsraum gegenüber, und wenn in den nächsten Minuten kein mittleres Wunder geschieht, wird es auch das letzte Mal sein. Rainer Fuchs ist nämlich gleichzeitig der einzige Tatverdächtige, den Donners Team momentan vorzuweisen hat, weswegen die Tatsache, praktisch nichts gegen ihn in der Hand zu haben, doppelt schwer wiegt.

Dass die beiden jugendlichen Abenteurer in der Nähe seines Anwesens verschwunden sind, reicht für einen Haftbefehl nicht aus, ein unumstößlicher Beweis dafür, dass sie sich in dem Laubcontainer befunden haben, ist derzeit nicht zu erbringen und die Analyse der darin vorgefundenen Fichtennadeln steht ebenfalls noch aus. Die Zeit arbeitet momentan deutlich gegen sie!

Tobias Heller schaut auf die Uhr: In spätestens einer Stunde wird Donner den Mann nach Hause schicken, falls bis dahin nicht neue Beweise auf den Tisch kommen. In diesem Sinne wäre es hilfreich, wenn wenigstens das Ergebnis der DNA-Analyse schon vorläge!

Außerdem sitzt den Kommissaren die Zeit in einer weiteren, weitaus schlimmeren Weise im Nacken: Tim und Wolfram konnten nämlich trotz des Einsatzes einer Hundertschaft des THW am Wochenende nicht gefunden werden, obwohl man das Gebiet mehrmals akribisch absuchte und die Suche sogar auf den Sonntag ausdehnte.

Dementsprechend gedrückt ist die Stimmung im Kommissariat und alle Ermittler hoffen inständig, dass Fuchs doch noch einknickt und ihnen wenigstens den Aufenthaltsort der Jungen verrät. Selbstverständlich hat sich die gesamte Mannschaft im Beobachtungsraum versammelt, um die wahrscheinlich letzte Vernehmung durch Denise Malowski und Tobias Heller mit eigenen Augen und Ohren zu verfolgen.

* * *

»Dies wird eine der letzten Möglichkeiten für Sie sein, uns die volle Wahrheit zu sagen und endlich ein Geständnis abzulegen!«, beginnt Tobias Heller mit dem Verhör, wobei er gemeinsam mit seiner Partnerin von Anfang an versucht, einen gewissen Druck auf den Verdächtigen auszuüben. Die ihnen zur Verfügung stehende Zeit ist dieses Mal äußerst knapp bemessen!

»Die vorliegenden Indizien belegen eindeutig, dass die verschwundenen Kinder sich zuletzt in oder an Ihrem Blockhaus aufgehalten haben«, übernimmt Denise Malowski, ohne Fuchs Zeit zum Nachdenken zu lassen. »Mit einiger Wahrscheinlichkeit hatten die zwei sich in dem Laubcontainer versteckt, der zu Ihrem Anwesen gehört. Wenn erst alle Spuren ausgewertet sind, die in nicht geringem Maße vorliegen, sind Sie überführt. Dann ist es vorbei mit dem Bonus, den es für ein umfassendes Geständnis gibt!«

»Ich war seit Dienstag ständig mit mindestens einem von Ihnen zusammen«, erinnert Rainer Fuchs die Kommissare. »Erklären Sie mir bitte, wie ich die Entführung Ihrer Meinung nach bewerkstelligt haben soll! Außerdem fahre ich selbst gar kein Auto, ich besitze ja nicht einmal einen Führerschein.«

»Die genaue Uhrzeit, wann das passiert ist, kennen wir noch nicht«, beantwortet Tobias Heller die erste Frage wahrheitsgemäß. »Es könnte sich demnach durchaus außerhalb Ihrer Anwesenheit hier bei uns zugetragen haben und was das Auto angeht: Wie sind Sie denn jeden Tag hierher gelangt?«

»Mein Chauffeur hat mich morgens hier abgesetzt und abends wieder abgeholt. Fragen Sie den doch, ob er die Kinder in seiner Gewalt hat!«

Denise wirft Tobias einen von einem Stirnrunzeln begleiteten Seitenblick zu. Die protzige Limousine, von der Fuchs spricht, haben die Kommissare tatsächlich einige Male mit einem in Chauffeuruniform gekleideten Mann am Steuer vorfahren sehen. Die Frage ist: Befinden sich in seinem Fuhrpark noch weitere Fahrzeuge? Eventuell sogar ein Lieferwagen, wie er mutmaßlich beim Transport der Leiche von Chloé Bertrand zum Einsatz kam?

»Nein, das ist das einzige Straßenfahrzeug«, beantwortet Fuchs die entsprechende Frage der

Hauptkommissarin, ohne zu zögern. »Ansonsten besteht der Fuhrpark lediglich aus Geräten, die zur Landschaftspflege benötigt werden. Mein Grund und Boden umfasst immerhin über einen Morgen Land! Selbstverständlich besitzen einige Bedienstete privat ein eigenes Auto, wovon aber keiner ein Transporter ist.«

»Es gibt deutliche Hinweise darauf, dass die junge Frau, deren Ermordung wir seit einer Woche aufzuklären versuchen, in Ihrem Blockhaus getötet wurde!«, konfrontiert Tobias Heller den Mann erstmals mit den entsprechenden Fakten. Mit Genugtuung sieht er Rainer Fuchs bei seinen Worten erbleichen. »Für diese Tat haben Sie nämlich *kein* Alibi, da sie am Montagmorgen verübt wurde! Und kaum, dass die Leiche von uns gefunden wird, tauchen Sie – Simsalabim – bei uns auf und verlangen, an den Ermittlungen beteiligt zu werden!«

»Sobald eine genetische Verwandtschaft der Fichtennadeln, die an der Leiche sichergestellt wurden, mit denen aus Ihrem Laubcontainer nachgewiesen ist, werden wir darüber Gewissheit haben, dass der Mord in *Ihrem* Blockhaus verübt wurde«, ergänzt Denise Malowski. »Das ist nur eine Frage der Zeit. Das gilt im gleichen Maße für die Hautpartikel unter den Fingernägeln der Toten! Was meinen Sie: Werden wir eine Übereinstimmung mit *Ihrer* DNA feststellen?«

»Es wird Ihnen auch nicht helfen, dass Sie den Tatort nach der Tat in einen nahezu klinisch sauberen Zustand versetzt haben«, setzt Tobias Heller noch eins drauf. »Sie haben mit Sicherheit etwas übersehen. Man übersieht immer irgendetwas und sei es nur ein Haar oder eine Hautschuppe in einer Ritze zwischen den Dielen! Unsere Spezialisten werden es finden und dann sind Sie fällig!«

»Kommt ihr mal kurz?«, durchdringt in diesem Augenblick die Stimme des Vorgesetzten die nach den Worten des Hauptkommissars entstandene Stille. Donner steht mit einem säuerlichen Gesichtsausdruck in der Tür, offenbar gibt es schlechte Neuigkeiten.

Tobias Heller erteilt dem Wachmann an der Tür mit einem Wink die Order, auf den Verdächtigen aufzupassen, und folgt Denise Malowski nach draußen, wo nicht nur der Kommissariatsleiter auf sie wartet, sondern auch die Kollegen. Alle vier haben ein Gesicht aufgesetzt wie sieben Tage Regen und Chrissie Ohlsen hält ein amtlich aussehendes Dokument in den Händen.

* * *

»Nachdem das Ergebnis jetzt schwarz auf weiß vorliegt, werden wir nicht umhinkommen, Rainer Fuchs umgehend auf freien Fuß zu setzen!«, bekräftigt Donner noch einmal nachdrücklich. »Ich habe bereits alles Notwendige veranlasst. Laut DNA-Analyse kommt er für den Mord an Chloé Bertrand nicht infrage, und hatte somit keinerlei Motiv, sich an den beiden Kindern zu vergreifen, die die Tat möglicherweise mitangesehen haben. Außerdem ist seine Einlassung, in der vergangenen Woche die meiste Zeit hier bei uns im Kommissariat oder mit euch gemeinsam draußen bei Ermittlungen verbracht zu haben, kaum zu widerlegen.«

»Wir stehen also wieder am Anfang!«, knurrt Tobias Heller unter beifälligem Gemurmel der Kollegen missmutig.

»Wer wird denn gleich das Schlimmste annehmen?«, lächelt Donner hintergründig. »*Ein* Gutes hatte dieses Intermezzo immerhin: Fuchs verzichtet zwar darauf, rechtliche Schritte gegen unsere Behörde wegen Freiheitsberaubung einzuleiten – womit er ohnehin keinen Erfolg hätte – er will aber ab sofort auf eine ›weitere Zusammenarbeit‹ mit uns verzichten, wie er es ausdrückte. Wir sind diese Nervensäge also in jeder Hinsicht los! Die DNA-Analyse hat übrigens zweifelsfrei ergeben, dass die Hautpartikel unter den Fingernägeln des Opfers eine männliche DNA aufweisen. Wir wissen demnach jetzt mit Bestimmtheit, was bisher nur eine Vermutung war: Unser Mörder ist ein Mann!«

»Wir dürfen die Möglichkeit nicht außer Acht lassen, dass die Kinder höchstwahrscheinlich die Tat mitbekommen haben«, äußert sich Denise Malowski dazu. »Auch wenn wir ihnen viel zu lange keinen Glauben geschenkt haben, wie ich jetzt mit Bedauern zugeben muss. Aber die Fakten sprechen für sich: Alles deutet darauf hin, dass Chloé Bertrand in diesem Blockhaus umgebracht wurde und wir werden herausfinden, von wem!«

»Oberste Priorität muss momentan haben, die beiden Jungs zu finden!«, erinnert der Kommissariatsleiter seine Leute an die Misserfolge der letzten Tage. »Wie es scheint, gilt es zunächst jedoch, ihren Entführer aufspüren, sofern es denn überhaupt einen gibt. Aber wenn, ist er mit dem gesuchten Mörder identisch. Irgendwelche Vorschläge dazu?«

»Das kommt darauf an, was die KTU bezüglich der Blockhütte herausgefunden hat«, meint Tobias Heller und schaut den ebenfalls anwesenden Leiter der Forensik fragend an. »Falls sich herausstellt, dass das Blockhaus nichts mit dem Mord zu tun hat, benötigen wir dringend einen anderen Ansatz für unsere Ermittlungen und fangen wieder ganz von vorn an, falls aber doch …«

»Dass die Kinder wenigstens zeitweise in dem Laubcontainer waren, ist eine unumstößliche Tatsache, Tobi!«, widerspricht Denise Malowski ihrem Partner aufgebracht. »Heimanns Hündin Cassy hat es eindeutig erschnüffelt und ich vertraue ihrer Spürnase, sie hat bisher immer richtig gelegen!«

»Ja, aber wer sagt uns, dass die zwei nicht bloß wieder irgendein Spiel gespielt haben? Die Tatsache, dass sie da drin waren, besagt überhaupt nichts! Erinnere dich bitte daran, dass sie uns schon einmal an der Nase herumgeführt haben, als sie sich damals tagelang in dieser Bunkerruine in der Wahner Heide versteckt hatten!«

»Darf ich dazu vielleicht auch mal was sagen?«, unterbricht Jürgen Vogel ungehalten die ungewöhnlich hitzige Debatte. Hier treffen offenbar zwei total gegensätzliche Ansichten aufeinander: Tobias' pragmatische Analyse der Situation gegen Denises von Muttergefühlen genährte Sorge um die vermissten Kinder. Dass die beiden sich derart uneins sind, kommt beileibe nicht oft vor.

»Fein, dann kann ich euch ja jetzt die Erkenntnisse aus meiner Hexenküche unterbreiten!«, fährt Vogel sarkastisch fort, nachdem endlich Ruhe eingekehrt ist und er die ungeteilte Aufmerksamkeit der Kriminalisten hat. »Ich denke, dass wir zumindest in der Lage sind, die Eingangsfrage zu beantworten, nämlich die nach dem Tatort. Das Ergebnis des genetischen Vergleichs der Fichtennadeln steht zwar noch aus, aber aufgrund der von mir persönlich durchgeführten mikrobiologischen Untersuchung besteht eine fünfundneunzigprozentige Wahrscheinlichkeit dafür, dass die Nadeln aus den Haaren des Opfers von denselben Bäumen gefallen sind, wie die in dem Laubcontainer vorgefundenen. Mit anderen Worten: Die Leiche hat zumindest zeitweise in diesem Behältnis gelegen!«

»Das ist eine gute Nachricht!«, nickt Donner. Man sieht ihm die grenzenlose Erleichterung über Vogels Aussage förmlich an. »Wir müssen demnach nicht *völlig* von vorn beginnen, wobei der Zusammenhang aber nach wie vor unklar ist: Wer zum Teufel hat dort einen Mord verübt, wenn der Eigentümer der Hütte definitiv nicht dafür verantwortlich ist? Wer hatte einen Schlüssel zu dem Haus und wer wusste außerdem, dass es derzeit nicht in Benutzung ist?«

»Bleibt noch zu erwähnen, dass wir in den Beuteln der Staubsauger, die in den Räumlichkeiten zum Einsatz kamen, einige wenige Hautschuppen fanden, sowie ein einzelnes Kopfhaar, das nach Länge und Farbe vom Opfer stammen könnte«, meldet sich Jürgen Vogel noch einmal zu Wort. »Die entsprechenden DNA-Analysen sind in Arbeit, die Ergebnisse erwarte ich bis Mitte der Woche.«

»Und was ist mit dem Handy, das ihr in dem Container gefunden habt?«

»Das ist laut Amara völlig zerstört. Da sei nichts mehr zu retten, sagt sie. Mit dem Notebook ist sie auch noch nicht weitergekommen, sie bittet euch daher um ein paar Tage Geduld. Sie hat momentan viel um die Ohren.«

»Hast du wenigstens eine Meinung zu der Widmung eingeholt, die in einem der Bücher aus Chloé Bertrands Besitz zu finden ist?«, fällt Chrissie Ohlsen ein weiteres Versäumnis der letzten Tage ein. »Fuchs behauptet ja, dass sie von ihm nicht sein könne, weil er niemals seine Werke signiert!«

»Gut, dass du mich daran erinnerst. Ich habe die Widmung zusammen mit der Schriftprobe, die du mir besorgt hast, an einen befreundeten Schriftsachverständigen gemailt. Von Professor Franken erhielt ich am Wochenende die Antwort, die beiden Schriften seien seiner Meinung nach *nicht* identisch!«

»Ist der Schriftsteller nicht vom Haken?«, wundert sich Donner. »Was soll denn das jetzt noch mit dieser Widmung?«

»Ist nur so ein Gefühl, Chef!«, rechtfertigt sich Ohlsen. »Chloé hatte laut ihrer Mitbewohnerin einen VIP, wie sie es nannte, im Visier. Irgendeinen Promi, über den sie was herausgefunden haben will. Und sie hatte nicht nur *sämtliche* Bücher von Rufus Fox im Schrank, sondern sogar eines davon mit einer offenbar gefälschten Widmung! Irgendwer muss die ja schließlich verfasst haben! Was, wenn die Studentin einem Betrüger auf den Leim gegangen ist, und *der* sie umgebracht hat?«

»Das scheint mir jetzt aber sehr an den Haaren herbeigezogen!«, schüttelt der Kommissariatsleiter den Kopf. »Na gut, meinetwegen kannst du der Sache nachgehen, wende dich diesbezüglich am besten zuerst an den Verlag!«

»Danke, und wo wir gerade dabei sind, hätte ich bezüglich der Blockhütte auch noch eine Theorie: Der Mörder könnte doch ein früherer Mieter sein, der sich seinerzeit einen Schlüssel nachmachen ließ!«

»Um dann jahrelang abzuwarten, bis er dort ein Verbrechen begeht? Außerdem kämen da hunderte in Betracht, da wären wir bis zum Sankt-Nimmerleins-Tag beschäftigt! Ganz davon abgesehen, dass wir keine rechtliche Handhabe zur Herausgabe der Buchungslisten hätten! Ich denke nicht, dass das einen brauchbaren Ermittlungsansatz darstellt.«

»Solange Chrissie mit ihrer Recherche bezüglich der mysteriösen Widmung zugange ist, würde ich mir gerne ihren Ermittlungspartner ›ausleihen‹«, überlegt Horst Weiland. »Die Eltern der vermissten Kinder kennen Wolfgang und mich noch von der Sache damals im Heidemoor und vertrauen uns. Ich fände es daher keine schlechte Idee, wenn wir beide es wären, die sie über den Stand der Ermittlungen informieren!«

»In Ordnung. Erledigt das am besten sofort«, stimmt Donner zu. »Geht aber nicht zu sehr ins Detail, was die mögliche Verquickung mit einem

Mord angeht! In groben Zügen wissen die ja ohnehin Bescheid, da Tobias sie über den Fortgang der Suche am Wochenende ständig telefonisch auf dem Laufenden gehalten hat.«

* * *

»Das Schicksal der Kinder geht mir genauso an die Nieren wie dir!«, rechtfertigt sich Tobias Heller. Denise Malowski ist seit ihrer Rückkehr ins gemeinsame Büro ziemlich einsilbig und würdigt den Partner kaum eines Blickes. Selbst ihre volle Kaffeetasse hat sie entgegen ihrer sonstigen Gewohnheit nicht angerührt. Es besteht kein Zweifel: Die Kollegin ist wegen seiner kritischen Äußerungen vorhin im Besprechungsraum immer noch verstimmt!

»Ich will ja nur sicherstellen, dass wir uns nicht in etwas verrennen, Denise!«, spricht er weiter in die Luft, weil er keine erkennbare Reaktion mit seiner Rede erzielt hat. »Das Blockhaus und der dazugehörige Laubcontainer sind derzeit zugegebenermaßen unsere einzige brauchbare Spur, die aber trügerisch sein kann. Ich wollte nur verhindern, dass wir einer falschen Fährte folgen. Das hätte für die Kinder verheerende Konsequenzen!«

»Dann bist du ebenfalls der Meinung, dass die zwei sich in dem Holzkasten versteckt hatten und von dem Mörder erwischt und verschleppt wurden?«, bequemt sich Denise endlich zu einer Antwort und schaut ihn hoffnungsvoll an.

»Es ist wohl die einzig plausible Erklärung für alles«, gesteht Tobias. »Ich habe mir mal aus dem Gedächtnis eine Skizze angefertigt«, erklärt er und schiebt Denise ein Blatt Papier über den Schreibtisch zu. »Links in der Ecke befindet sich der Busch, unter dem wir die Fahrräder fanden. Von dort führte uns Cassy zielstrebig den Weg entlang bis zum Blockhaus und dann auf dessen Rückseite zum Wohnzimmerfenster, wo Tim und Wolfram den Mord gesehen haben wollen. So weit stimmt das mit ihren Aussagen überein, da gibt es wohl keinen Zweifel!«

»Ich sehe, was du sagen willst. Aber dann müsste die zweite Spur zwei Tage später entstanden sein, da sie laut ihren Eltern erst am Mittwoch verschwunden sind. Sie sind demnach zurückgekommen, haben sich an der Haustür zu schaffen gemacht und wurden dabei vom Täter überrascht, der ebenfalls wiederkam, aus welchem Grund auch immer. Sie konnten aber offenbar noch zu der Laubbox flüchten und sich dort verstecken.«

»Von der Tür führt die Fährte direkt zum Container, wo sie ohne jeden Zweifel endet«, nickt Tobias. »Da dieser aber nachweislich leer war, als wir nachgeschaut haben, bleibt eigentlich nur eine Möglichkeit: Jemand hat die beiden herausgeholt und zu einem bereitstehenden Fahrzeug getragen. Ansonsten hätte Cassy die Spur nicht verloren!«

Denise Malowskis Kopf ruckt wie elektrisiert hoch: »Meinst du, wir finden jetzt noch Reifenspuren von diesem Auto?«

»Das ist höchst unwahrscheinlich. Da sind so viele Füße herumgetrampelt, dass kaum was übriggeblieben sein dürfte. Aber bevor wir etwas versäumen, sollten wir lieber nachschauen.« Tobias Heller springt mit neuem Elan von seinem Stuhl auf und greift nach seiner Lederjacke. »Komm, lass uns fahren!«

Denise Malowski streift ihren mittlerweile kalt gewordenen Kaffee mit einem bedauernden Blick und folgt unverzüglich ihrem Partner, der bereits zur Tür hinausgestürmt ist. Das ist wieder der Tobias, wie sie ihn seit Jahren kennt!

* * *

»Bitte sagen Sie uns die Wahrheit! Besteht noch Hoffnung, die Kinder lebend wiederzufinden?« Eleonore Berger schaut die Besucher abwechselnd an, in ihren Augen spiegeln sich Hoffen und Bangen gleichermaßen.

Tims Mutter mag zwar in Gegenwart der Polizisten versuchen, einen gefassten Eindruck zu hinterlassen, ihr vom Weinen verquollenes Gesicht spricht aber eine andere Sprache. Außerdem weisen ihre fahrigen Bewegungen darauf hin, dass die arme Frau seit mehreren Nächten nicht geschlafen hat.

Helmut Berger, der neben seiner Ehefrau sitzt und ihre Hand hält, sieht nicht weniger übernächtigt aus, versucht jedoch seiner Rolle als Familienoberhaupt gerecht zu werden, indem er seinen Schmerz krampfhaft zu verbergen sucht. Mit mäßigem Erfolg, wie Wolfgang Müller und Horst Weiland nicht umhinkommen, zu bemerken.

»Beschönigende Worte nutzen uns nichts!«, lässt sich jetzt auch Peter Schmitz vernehmen. Er und seine Frau Heidrun sind ebenfalls im Hause Berger anwesend und sitzen mit am Tisch. Die beiden Familien verbindet seit vielen Jahren eine enge Freundschaft. Auch in den Gesichtern von Wolframs Eltern haben die letzten Tage unübersehbare Spuren hinterlassen.

»Wir haben ein Recht darauf, zu erfahren, was unseren Söhnen widerfahren ist!«, fährt Peter Schmitz fort, wobei er versucht, seiner Stimme einen festen Klang zu verleihen. Aber auch er kann ein leichtes Zittern darin nicht vollständig unterdrücken.

Die Ermittler wechseln einen stummen Blick des Einverständnisses. »Ich sagte Ihnen ja bereits am Donnerstag, dass Tim und Wolfram am Montag vergangener Woche bei uns im Kommissariat waren«, entschließt sich Horst Weiland, den Eltern zumindest teilweise reinen Wein einzuschenken. »Sie gaben zu Protokoll, einen … ein Verbrechen mitangesehen zu haben, und zwar war dies in der Gegend von Heister oben an der Talsperre. Meine Kollegen Malowski und Heller haben den Ort sofort aufgesucht, konnten jedoch keine verdächtigen Aktivitäten feststellen.«

»Nachdem Sie die beiden am Donnerstag als vermisst gemeldet hatten, haben wir ein Bewegungsprofil ihrer Handys erstellt und festgestellt, dass Tim und Wolfram sich zuletzt in genau dieser Gegend aufgehalten haben, von der mein Kollege vorhin gesprochen hat«, fährt Wolfgang Müller fort. »Wir haben mit einer Suchmannschaft, die aus weit über hundert Personen und insgesamt einem Dutzend Suchhunden bestand, drei Tage lang ein Gebiet von etwa zwei Kilometern Durchmesser durchkämmt, jedoch keine Spur von den beiden gefunden.«

»Dass die Fahrräder der Kinder in diesem Waldstück entdeckt wurden, haben wir Ihnen ja schon gesagt«, übernimmt Horst Weiland wieder. »Was Sie nicht wissen, ist, dass einer der Hunde ihre Fährte bis zu dem Ort zurückverfolgen konnte, wo die Jungs am Montag Zeugen einer Straftat wurden. An dieser Stelle verliert sich die Spur leider.«

»Wenn die Kinder sich nachweislich in diesem Gebiet aufgehalten, es aber nicht wieder verlassen haben, müssen sie noch dort sein!«, folgert Peter Schmitz aus dem Gesagten. »Es sein denn, jemand hätte sie in seine Gewalt gebracht und verschleppt! Ist es das, was Sie uns sagen wollen, Herr Kommissar?«

»Das ist derzeit unsere Arbeitshypothese«, nickt Wolfgang Müller. »Wir vermuten, dass der Täter die beiden dort herumschnüffeln sah und sie ... in Gewahrsam nahm. Momentan gehen wir davon aus, dass er vorhat, sie als Druckmittel gegen uns zu verwenden. In diesem Fall wären Tim und Wolfram zurzeit in relativer Sicherheit.«

»Das wissen Sie aber nicht mit Bestimmtheit?«, erkundigt sich Eleonore Berger zaghaft. Neue Hoffnung glimmt in ihren Augen.

»Nein, es ist jedoch eine Möglichkeit und wir werden alles daransetzen, ihren mutmaßlichen Entführer zu enttarnen und die Kinder zu Ihnen zurückzubringen!«, verspricht Horst Weiland den Eltern abschließend. »Wir werden Sie selbstverständlich über die Fortschritte unserer diesbezüglichen Bemühungen umgehend informieren. Ich schlage aber vor, dass sie professionelle Hilfe in Anspruch nehmen. Wenn Sie einverstanden sind, schicke ich eine Kollegin vom psychologischen Dienst vorbei, die Ihnen beratend zur Seite stehen wird.«

»Das wäre sehr hilfreich«, nickt Eleonore Berger. »Danke!«

»Ach, noch etwas!«, ergreift Wolfgang Müller ein letztes Mal das Wort. »Falls Lösegeldforderungen an Sie herangetragen werden, melden Sie uns dies bitte *unverzüglich*. Keine Alleingänge, ganz gleich, was man von Ihnen fordert!«

Eleonore Berger schlägt sich erschrocken eine Hand vor den Mund. »Halten Sie das denn für möglich, Herr Kommissar?«, haucht sie beinahe unhörbar. Auch ihr Mann und das Ehepaar Schmitz schauen die Ermittler ungläubig an.

»Glauben Sie wirklich, dass jemand unsere Kinder deswegen entführt hat?«, fragt Helmut Berger. »Wir sind nicht gerade vermögend!«

»Davon gehen wir eigentlich nicht aus«, wiegelt Wolfgang Müller ab. »Die hätten sich ansonsten sicher längst gemeldet. Aber es könnte Trittbrettfahrer geben, die aus Ihrem Leid Kapital schlagen wollen. Daher noch einmal die dringende Bitte: Melden Sie sich in einem solchen Fall *sofort* bei uns!«

* * *

Der junge Verlagsmitarbeiter, die Kommissarin schätzt ihn auf keinen Tag älter als fünfundzwan-

zig Jahre, reicht Christina Ohlsen höflich zur Begrüßung die Hand. »Ihre Stimme am Telefon ... Ich
hatte Sie mir ...« Er sucht verlegen nach den richtigen Worten.

»Größer vorstellt?«, beendet Chrissie lachend
seinen begonnenen Satz und nimmt auf dem dargebotenen bequemen Besucherstuhl vor seinem
riesigen Schreibtisch Platz. »Das passiert mir
andauernd!«

Die Polizistin wird von Leuten, die sie bis dato
nur vom Telefon kannten, nicht selten in dieser
oder ähnlicher Weise angesprochen. Ihre kräftige,
volltönende Stimme bildet nämlich einen krassen
Gegensatz zu ihrer zierlichen Figur, bei einer Körpergröße von nur 1,62 Meter.

Genau genommen liegt sie damit einen Zentimeter unter den Einstellungsvoraussetzungen für
den Polizeidienst in Nordrhein-Westfalen, jedoch
wurden diese Standards mittlerweile von Gerich-
ten für ungültig erklärt, da sie dem Gleichbehand-
lungsgrundsatz widersprechen. Zudem weiß die
ehemalige Landesjugendmeisterin und Trägerin
eines schwarzen Gürtels für den 2. Dan in Ju-Jutsu
sich ihrer Haut durchaus auch ohne Schusswaffe zu
wehren, wenn es darauf ankommt.

Statt ihre Recherche bezüglich der mysteriösen
Signatur in ›Straße des Todes‹ telefonisch zu erledigen, setzte sich Chrissie Ohlsen nach einem kurzen
Telefonat, mit dem sie ihr Kommen ankündigte,
kurzerhand in den Dienstwagen und fuhr persönlich zu dem Verlag in Köln, der laut Impressum
Rufus Fox unter Vertrag hat.

Dies war von ihrem Vorgesetzten Donner garantiert so nicht vorgesehen, als er ihr gestattete, der Angelegenheit nachzugehen, explizit ausgeschlossen hatte er es allerdings auch nicht. *Ich muss mich etwas in Acht nehmen*, geht es ihr durch den Kopf, während der Verlagsmitarbeiter sie weiterhin abwartend mustert. *Mein Kontingent an Extratouren müsste für diesen Monat nahezu erschöpft sein!*

»Darf ich fragen, was unser Autor Rufus Fox mit der Kriminalpolizei zu schaffen hat?«, ergreift Dennis Schröder endlich das Wort. Dieser Name steht jedenfalls auf dem Messingschild auf seinem Schreibtisch. Bevor er sich ebenfalls hinsetzt, öffnet er einen Aktenschrank und entnimmt diesem mit sicherem Griff einen recht umfangreichen Hängeordner, den er vor sich auf der Schreibtischplatte ablegt.

»Falls es um seine wahre Identität geht, muss ich Sie aber leider enttäuschen, Frau Ohlsen«, äußert er sich anschließend geschäftsmäßig. »Für diese Auskunft werden Sie einen richterlichen Beschluss benötigen. Es ist der ausdrückliche Wunsch des Herrn Fox, als Privatperson unerkannt zu bleiben, und wir nehmen die Bedürfnisse und Eigenarten unserer Autoren selbstverständlich sehr ernst!«

»Wir kennen die Identität des Herrn Fuchs!«, informiert Christina Ohlsen ihr Gegenüber und sieht dessen Augenbrauen sofort in die Höhe schnellen. Spontan entschließt sie sich zu einem Experiment und nimmt ihr sorgfältig vor Antritt der Fahrt präpariertes Smartphone zur Hand. Es ist nur eine Eingebung, aber für ihr untrügliches Bauchgefühl ist Chrissie bei den Kollegen im Kommissariat mittlerweile ja bekannt.

»Haben Sie diese Frau schon mal gesehen?«, fragt sie und hält Schröder das Handy mit einem Gesichtsfoto von Chloé Bertrand auf dem Display vor die Nase.

»Darf ich?« Dennis Schröder greift nach dem Gerät und gibt vor, sich das Konterfei aus der Nähe ansehen zu wollen. Aber Christina Ohlsen verfügt wie die meisten Kriminalisten über eine ausgeprägte Beobachtungsgabe, es ist ihr daher nicht verborgen geblieben, dass er es sofort erkannt hat und offenbar nur Zeit schinden will.

»Wie ich sehe, kennen Sie diese Person?«, konfrontiert sie ihn augenblicklich mit ihrer Vermutung, die jedoch durch sein heftiges Zusammenzucken zur Gewissheit wird. »Sie war hier, nicht wahr?«

* * *

»Am besten stellen wir den Wagen schon hier ab, Tobi!«, schlägt Denise Malowski vor, als hinter der Wegbiegung das Blockhaus zwischen den Bäumen erscheint. »Auf der freien Fläche vor dem Haus und dem Container könnten die Reifenspuren sein, wegen denen wir hier sind. Auf diese Weise wird sichergestellt, dass wir sie nicht zerstören.«

»Du weißt aber schon, dass seit unserem letzten Besuch haufenweise Menschen hier herumgelaufen sind?«, erinnert Tobias Heller sie, stellt den Audi jedoch gehorsam am Rand der Waldlichtung ab, auf der das Haus steht und schaltet den Motor aus.

»Die meisten davon waren zu Fuß unterwegs und Jürgens Leute stellen ihre Fahrzeuge sowieso immer so weit wie möglich vom Geschehen ab, um keine Spuren zu vernichten. Dort können allenfalls Reifenspuren von Chrissie und Wolfgang zurückgeblieben sein, als sie am Donnerstag hier waren. Wie ich die beiden kenne, hatten sie den Wagen aber direkt vor der Tür geparkt. Und jetzt lass uns anfangen, der Platz ist ja nicht gerade klein und wir haben keine Zeit zu verschenken!«

Eine halbe Stunde später, in der sie praktisch jeden Quadratzentimeter der freien Fläche gewissenhaft unter die Lupe genommen hatten und nicht den Hauch einer Reifenspur erkennen konnten, ist ihre Laune auf einem Tiefpunkt angelangt. Beide stehen vor dem Laubcontainer, der in einer Nische zwischen den Bäumen platziert wurde. Dort wäre der Waldboden zwar feucht und nachgiebig, Raum für ein Fahrzeug ist links und rechts daneben aber nicht vorhanden.

»Es hat tagelang nicht mehr geregnet«, kommentiert Tobias Heller ihren Misserfolg unzufrieden. »Dementsprechend ist der ganze Platz hier staubtrocken, Denise. Hier werden wir nichts finden, selbst von Chrissies und Wolfgangs Anwesenheit letzte Woche ist nicht die leiseste Spur zu erkennen, wie du siehst. Es ist daher absolut zwecklos, hier noch weiterzusuchen!«

»Staubtrocken, sagtest du?«, wird Denise Malowski sofort aufmerksam und blickt nachdenklich an ihrem Partner vorbei, auf den nur wenige Meter hinter ihm beginnenden Baumbestand.

»Wenn mich meine botanischen Kenntnisse nicht im Stich lassen, hält sich Feuchtigkeit in einem Waldboden wochenlang«, überlegt sie. »Vielleicht hat der Täter sein Fahrzeug ja unter den Bäumen abgestellt. Es sind nur ein paar Meter bis dorthin und der Boden ist garantiert weich genug für eine saubere Reifenspur!« Ohne eine Antwort abzuwarten, schreitet sie auch schon zügig in die angegebene Richtung.

Tobias folgt ihr augenrollend. Denises Vorgehen ähnelt seiner Meinung nach dem kaum Erfolg versprechenden Versuch, einen in einer dunklen Ecke verlorenen Gegenstand unter einer Laterne zu finden, weil dort mehr Licht ist.

Umso überraschter ist er, als er schon nach wenigen Sekunden durch einen Zuruf zu größerer Eile angespornt wird. »Komm schnell, Tobi!«, winkt Denise ihn aufgeregt herbei. »Hier ist tatsächlich eine deutlich erkennbare Reifenspur unter den Bäumen!«

* * *

»Äh … ja, ich kenne sie«, findet Dennis Schröder endlich seine Sprache wieder. Verlegen reicht er der Kommissarin ihr Telefon zurück. »Sie erschien vor einiger Zeit hier bei mir im Verlag und wollte Informationen zu Rufus Fox, genau wie Sie jetzt. Sie sagte, sie sei Studentin und schreibe an einer Semesterarbeit über diesen Autor. Äh … Sie hatte einen französisch klingenden Namen, Chloé irgendwas … Ihr Akzent war jedenfalls nicht zu überhören. Es klang irgendwie niedlich, wenn sie sprach, obwohl ihr deutsch recht gut war.«

»Wann war das, wissen Sie das noch?«

»Das war letzte ... nein, warten Sie ... vorletzte Woche. Dienstag oder Mittwoch. Ich konnte ihr naturgemäß nicht viel sagen, aber sie fragte nach einem Autogramm, bevor sie ging. Daran erinnere ich mich genau, weil dieser Autor keine Autogrammkarten schreibt und ich ihr die Bitte daher abschlagen musste.«

»Und wie erklären Sie sich dann das handsignierte Exemplar von ›Straße des Todes‹ in Mademoiselle Bertrands Bücherschrank?«, spielt Chrissie Ohlsen gekonnt ihre letzte Trumpfkarte aus und sieht ihr Gegenüber ein weiteres Mal zusammenzucken.

»Äh ... stimmt, jetzt fällt es mir wieder ein«, stottert Schröder. »Ich gab ihr eins der Exemplare, die Rufus Fox für eine geplante Verlosung zur Neuerscheinung seines neuesten Werkes signierte. Die ... äh ... Verlosung fand dann aber auf seinen ausdrücklichen Wunsch doch nicht statt.«

Was für ein miserabler Lügner!, kommentiert die Kommissarin diesen ihrer Meinung nach ausgemachten Unsinn in Gedanken. *Jede Wette, dass der Kerl das Buch selbst signiert hat, um die schöne Französin zu beeindrucken! Wie sonst wäre ihr Name in die Widmung gelangt, wenn der Autor diese nur pauschal verfasst hätte? Aber warte, dich kriege ich!*

»Ob Sie mir wohl ebenfalls ein solches Exemplar geben würden?«, bittet sie einige Augenblicke später den Verlagsmitarbeiter mit jenem gekonnten

Augenaufschlag, mit dem sie schon seinen Star-Autor herumgekriegt hatte. »Ich bin nämlich ein großer Fan seiner Bücher!«

Mit einem gemurmelten »da muss ich erst nachschauen, ob noch eins da ist« verlässt Schröder fluchtartig den Raum, offenbar froh, den inquisitorischen Fragen der Kommissarin für eine kleine Weile zu entkommen. Die aber greift sich, kaum dass die Tür sich hinter ihm geschlossen hat, den Aktenordner auf dem Schreibtisch, der wie erwartet mit ›Rufus Fox‹ beschriftet ist.

Jetzt muss es schnell gehen! Mit einer Hand schlägt sie den Ordner auf, während sie mit der anderen das Handy in den Foto-Modus versetzt. Gleich auf der ersten Seite findet sie die erhofften Informationen. Nur Augenblicke später ist das Blatt abfotografiert und alles wieder an Ort und Stelle zurückgelegt.

Mit sich und der Welt zufrieden, wartet sie auf die Rückkehr Schröders. Ob mit oder ohne signiertem Buch, ist ihr eigentlich egal!

* * *

Tobias Heller kniet neben dem tief in den weichen Boden gestanzten Abdruck nieder, zieht ein für solche Zwecke ständig mitgeführtes Maßband aus der Jackentasche und legt es quer darüber.

»Der Reifenabdruck hat eine Breite von exakt zweihundertvierzig Millimetern«, liest er auf der Skala ab. »Es handelt sich um ein recht grobes Profil, er scheint demnach von einem größeren Fahrzeug hinterlassen worden zu sein. Von einem Sprinter oder einem ähnlichen Transporter, wie der Abdruck am Fundort der Leiche. Du hattest mal wieder recht, Denise!«, gibt er widerwillig zu. Ohne die Hartnäckigkeit seiner Partnerin wäre diese Spur unentdeckt geblieben, wie er neidlos zugeben muss.

Denise Malowski holt wortlos ihr Handy hervor und fotografiert den Abdruck mehrmals aus unterschiedlichen Blickwinkeln, wobei sie darauf achtet, das Maßband stets im Bild zu haben. Es garantiert eine spätere exakte Auswertung der Reifenspur durch die Forensik, da weder sie noch ihr Partner geeignete Mittel mitführen, um einen Gipsabdruck davon anzufertigen.

Rufus Fox

»Ihr Nachmittagskaffee, *Sir!*« Die stets gleichmäßig neutrale und etwas näselnde Stimme des Butlers riss mich abrupt aus meinen Überlegungen, die sich naturgemäß mit den teilweise wenig erfreulichen Ereignissen der vergangenen Tage beschäftigten.

Ich klappte schnell den Deckel des tragbaren Computers herunter, um meine Arbeit vor den vorwitzigen Blicken des Hausdieners zu verbergen. »Danke, *Charles!* Servieren Sie doch bitte im Salon, ich werde mich unverzüglich dorthin begeben.«

»Sehr wohl, *Sir!* Darf man fragen, ob *Sir* an einem neuen Roman arbeiten? Ich kam nicht umhin, zu bemerken, dass das Notebook bei meinem Eintreten aufgeklappt war, *Sir!* Zudem glaubte ich, Tastengeräusche gehört zu haben!«

Was für ein impertinentes, neugieriges Würstchen!, ärgerte ich mich einmal mehr über die vornehme Aufdringlichkeit meines Dieners. *Der ist auch erst zufrieden, wenn er alles weiß!*

»Sagen wir, ich habe möglicherweise den vagen Anflug einer Idee zu einem neuen Buch«, beantwortete ich die Frage so unverbindlich wie möglich. »Ach, *Charles!*«, hielt ich, einer Eingebung folgend, den Butler zurück, der sich nach dieser für ihn offenbar wenig befriedigenden Auskunft mit seinem Tablett zur Tür wenden wollte, um den Kaffee, wie von mir gewünscht, im Salon zu servieren.

»*Sir?*«

»Wurde das Anwesen im Wald bei Heister nach meiner Abreise im Sommer gewartet und grundgereinigt, wie ich es angeordnet hatte?«

»Selbstverständlich, *Sir!* Ihre Hausdame hat die Arbeiten höchstpersönlich beaufsichtigt. Ist etwas nicht zu Ihrer Zufriedenheit verlaufen, *Sir?*«

Ich muss ihm dieses ewige SIR *dringend abgewöhnen*, nahm ich mir vor. *Der geht mir nämlich gewaltig auf den Zeiger mit seinem vornehmen Getue, dabei ist er nicht einmal Brite!*

»Ach, nichts weiter«, überging ich die Frage geflissentlich. »Wissen Sie, ob die von der Putzkolonne beim Verlassen des Hauses die Jalousien herabgelassen haben, oder ob später noch jemand von uns dort gewesen ist?«

»Ich werde mich umgehend bei Frau Schlich erkundigen. Gibt es eine Veranlassung für Ihre Frage, *Sir?*«

»Sie werden sicher bemerkt haben, dass ich drei Tage nicht zu Hause war?«

»Wir alle hatten uns in der Tat über Ihre mehrtägige Abwesenheit sehr gewundert, *Sir!*«

»Nun, der Grund dafür war, dass die Polizei mich irrtümlich der Entführung zweier Halbwüchsiger verdächtigte und einem höchst peinlichen Verhör unterzog. Ich wurde sogar inhaftiert! Und das nur, weil sich diese Kinder Tage zuvor an meinem Blockhaus herumgetrieben haben sollen. Bei einem Ortstermin ist uns dann aufgefallen, dass die Jalousien an allen Fenstern hochgezogen waren!«

»Wenn die Rotzlöffel ihre Nasen in Angelegenheiten stecken, die sie nichts angehen, müssen sie sich nicht wundern, dass so etwas geschieht!«, gab der Butler zurück und wendete sich endgültig zum Gehen.

»Ich hatte nichts dergleichen erwähnt, *Charles!* Wie kommen Sie jetzt darauf, dass die Kinder dort herumgeschnüffelt haben?«

»Es war lediglich eine Vermutung, *Sir!* Diese Bengel haben doch alle nur ständig Unfug im Sinn und keine Achtung vor dem Eigentum anderer Leute! Darf ich im Namen der Belegschaft davon ausgehen, dass Ihre … Mission hiermit beendet ist und Sie sich wieder den ganzen Tag im Hause aufhalten werden, *Sir?* In diesem Falle würde ich dem Personal gerne entsprechende Instruktionen erteilen.«

»Ja, erledigen Sie das!« *Charles könnte ruhig etwas mehr Mitgefühl zeigen*, schüttelte ich über die Kaltschnäuzigkeit des Bediensteten den Kopf. Dann schaltete ich den Computer aus und wurde mit dieser Handlung automatisch wieder zu Rainer Fuchs, dem Millionär.

Als wäre damit ebenfalls ein Schalter in meinem Verstand umgelegt worden, war das erst wenige Augenblicke zurückliegende Gespräch mit dem Butler gleichermaßen vergessen. Ohne es zu wollen, schweiften meine Gedanken zu den Ereignissen der vergangenen Tage zurück.

Immerhin hat dieses Intermezzo mir zu einer Idee für ein neues Buch verholfen, dachte ich zufrieden, bevor ich mich in den Salon begab. *Ich muss mir nur noch einen passenden Titel ausdenken und selbstverständlich sind in meiner Geschichte die Ermittler nicht solche Langweiler wie die von der Siegburger Kriminalpolizei!*

KAPITEL 7

Dienstag, 22. Oktober

08:35 Uhr

Tobias Heller betritt das gemeinsame Büro mit einem ansehnlichen Stapel Papieren in den Händen, den er auf der zentralen Postverteilerstelle für die Kommissariate auf dieser Etage persönlich abgeholt hat.

Donner wird zwar wie üblich einen Anfall bekommen, wenn er davon erfährt, vermutet der Hauptkommissar. Aber zu warten, bis dieser den Posteingang vorsortiert und nach einem nur ihm verständlichen Schlüssel auf seine Mitarbeiter verteilt hat, erscheint in dieser Phase der Ermittlungen wenig angebracht. Obwohl der Kommissariatsleiter diese morgendliche Tätigkeit stets zügig und gewissenhaft durchzuführen pflegt, zählt momentan jede Minute.

Es gilt schließlich nicht nur, einen Mordfall aufzuklären, sondern vor allem das höchstwahrscheinlich mit diesem in Verbindung stehende rätselhafte Verschwinden zweier Jugendlicher, deren Schicksal nach wie vor ungewiss ist.

Zudem hat Tobias ohnehin ein dickes Fell, wenn es um persönliche Zurechtweisungen durch Vorgesetzte geht. Er ist nicht Polizist geworden, um der

Bürokratie zu huldigen, sondern um den Menschen zu dienen! Außerdem sieht er sich in seiner Position als stellvertretender Leiter des KK 1 durchaus berechtigt, dem Chef hin und wieder etwas Arbeit abzunehmen.

Denise Malowski hält bei seinem Eintreten den Hörer ihres Festnetztelefons zwischen Schulter und Ohr geklemmt, um beide Hände freizuhaben, während sie einerseits einem unsichtbaren Gesprächspartner lauscht und gleichzeitig auf ihrer Tastatur herumhämmert.

»Es wäre mir lieber, wenn ich die Liste in elektronischer Form bekommen könnte«, hört Tobias sie gerade sagen, den umfangreichen Papierstapel legt er derweil auf seinem Schreibtisch ab. »Sie haben eine Excel-Tabelle? … … Schicken Sie diese doch bitte an meine E-Mail-Adresse … … Ja, die stimmt noch, und haben Sie vielen lieben Dank für Ihr Entgegenkommen und die schnelle Hilfe!«

»Gibt es irgendwelche neuen Erkenntnisse?«, hebt Tobias fragend die Augenbrauen, nachdem Denise den Hörer aufgelegt hat. »Mit wem hast du telefoniert?«

»Küpper Ferienwohnungen«, antwortet sie kurz angebunden. »Das ist die Immobilienfirma in Nürburg, die …«

»Ich weiß, wer die sind!«, unterbricht Heller seine Kollegin ungehalten. »Die Frage ist doch, womit die uns in *dieser* Angelegenheit helfen können! Die Blockhütte gehört denen ja bekanntlich nicht mehr. Kann es sein, dass du dich von Chrissie hast anstecken lassen, von wegen ehemaliger Mieter und so? Na, dann mal viel Vergnügen damit! Das sind garantiert eine ganze Menge, wie willst du die alle überprüfen? Das dauert doch ewig!«

»Nicht, wenn man die Suchparameter eingrenzt, Tobi! Denken wir einmal praktisch: Diese Hütten wurden von Küpper Immobilien als Ferienhäuser vermietet, nicht wahr? Doch wer mietet so ein Haus? Einer, der sowieso in der Gegend wohnt, wohl eher nicht!«

»Ich weiß immer noch nicht, worauf du hinauswillst!«, schüttelt Tobias ratlos den Kopf und lehnt sich entspannt in seinem Stuhl zurück, wobei er die Hände provokativ im Nacken verschränkt. »Ich bin ganz Ohr!«

»Wir sind uns doch sicher darüber einig, dass der Täter aber sehr wohl hier zu Hause sein muss!«, trumpft Denise auf. »Bekanntlich war er nachweislich mehrmals innerhalb weniger Tage in diesem Gebiet aktiv: Erst begeht er den Mord, dann legt er die Leiche an der Talsperre ab, reinigt den Tatort und bringt am Ende die Kinder in seine Gewalt, die ihn womöglich bei der Tat gesehen haben. All das spricht dafür, dass er keine weiten Wege zu fahren hatte! Außerdem kennt er sich dort aus und besitzt offenbar einen Schlüssel für das Blockhaus!«

»Du suchst demnach einen früheren Mieter dieser Immobilie, der einen Haustürschlüssel behalten hat und irgendwann später hierher umgezogen ist«, fasst Tobias Heller zusammen. »Nicht zu vergessen, den Transporter oder Lieferwagen, den er besitzen muss. Ich gebe zu, diese Überlegung hätte durchaus etwas für sich.«

Er greift in den Poststapel und zieht einen Umschlag hervor, den er zuvor während ihres Telefonats bereits in Augenschein genommen hatte. »Wenn ein Vergleich der beiden Reifenspuren nicht ergeben hätte, dass es sich zwar um dieselbe Reifengröße handelt, die laut KTU sogar vom selben Fahrzeugtyp stammen könnte, die Reifen aber im Profil nicht identisch sind!«

»Das kann auch andere Gründe haben, Tobi! Wer sagt uns denn, dass der Abdruck, den wir gestern entdeckt haben, vom selben Rad hinterlassen wurde wie der am Leichenfundort? Ein Auto hat bekanntlich *vier* Räder, die durchaus unterschiedlich bereift sein können, und solange Amara das Passwort von Chloé Betrands Notebook nicht geknackt hat, ist dies unser einziger Ermittlungsansatz!«

Als hätte die Hauptkommissarin es herbeigeredet, wird im nächsten Augenblick die Tür geöffnet und Amara Jones, IT-Spezialistin der Forensik und ausgemachtes Genie im Umgang mit fremder Technik, betritt forsch und mit einem breiten Grinsen im Gesicht den Raum. In ihrer rechten Hand hält sie den begehrten Gegenstand, von dem soeben die Rede war.

»Hier ist der Computer!«, erklärt sie fröhlich und reicht das Teil an Tobias Heller weiter, der ihr am nächsten ist. »Ich dachte, ich bringe ihn euch gleich selbst vorbei. Das Passwort für den Zugriff habe ich entfernt, ihr könnt also ab sofort ohne Probleme auf alle Daten zugreifen!«

* * *

154

Auf dem Notebook finden sich, fein säuberlich in einer sorgfältig aufgebauten Ordnerstruktur abgelegt, sowohl persönliche Daten wie Telefonabrechnungen und Einzelverbindungsnachweise, als auch Studienunterlagen, Seminararbeiten und eine Menge anderer Schriftkram, den Tobias vorerst lediglich einer oberflächlichen Inaugenscheinnahme unterzieht.

Sein Hauptaugenmerk richtet er zunächst auf den E-Mail-Ordner, der aber bis auf ein paar Werbemails leer ist. Entweder ist hier kürzlich erst aufgeräumt worden oder Chloé Bertrand pflegte ihre Korrespondenz mit dem immer noch nicht wieder aufgetauchten Handy zu erledigen, was ja heutzutage bei den jungen Leuten nichts Ungewöhnliches ist.

Elektronische Nachrichten und Telefonverbindungen sind in Ermittlungen normalerweise die erste Wahl, wenn es darum geht, den Lebensweg eines Mordopfers der letzten Tage zu rekonstruieren. Dass in diesem Fall keine entsprechenden Informationen vorliegen, ist bedauerlich, aber nicht zu ändern.

Tobias widmet sich daher als Nächstes den Telefonabrechnungen und Einzelverbindungsnachweisen. Diese sind zwar nicht ganz aktuell – die Letzte ist von August – jedoch gehen sowohl Provider als auch Mobilfunknummer daraus hervor. Genügend Angaben also, um für die Tage vor ihrem Ableben ein Bewegungsprofil ihres Handys erstellen zu lassen. Seine Hand greift zum Telefon, um dies sofort und mit höchster Priorität bei der Telekom in Auftrag zu geben.

* * *

Eine Etage tiefer sitzt Tobias' Ehefrau ebenfalls vor ihrem Computer und arbeitet sich konzentriert durch die umfangreiche Verbrecherkartei. Kriminalhauptkommissarin Melanie Heller leitet seit mehr als drei Jahren das Kriminalkommissariat 2, welches sich vornehmlich mit Einbruch, Diebstahl, Betrug und Internetkriminalität befasst.

Obwohl zu ihrem Leidwesen mit einem deutlich geringer ausgeprägten optischen Gedächtnis ausgestattet als ihr Ehemann Tobias, vergisst sie höchst selten ein Gesicht, sofern es einem Straftäter gehört, den sie persönlich in den Knast brachte. Auch wenn es mitunter eine Weile dauern kann, bis sie einen mentalen Zusammenhang hergestellt hat. Leider zählt Geduld nicht eben zu den hervorstechendsten Eigenschaften der engagierten Polizistin, Hartnäckigkeit dagegen umso mehr.

Dieses Mal soll ihr die Datenbank der verurteilten Straftäter dabei helfen, ein Gesicht wiederzufinden, das sie erst gestern Mittag zufällig auf dem Besucherparkplatz des Kripogebäudes sah und das ihr vage bekannt vorgekommen war. Leider dauerte die Begegnung nur wenige Sekunden, aber dass der Mann ihr bereits früher einmal über den Weg gelaufen ist, davon ist die Hauptkommissarin felsenfest überzeugt. Hätte sie doch bloß ein Foto von dem Kerl angefertigt!

Das Pensum, das sie zu bewältigen hat, ist mit hunderten von Einträgen in den Strafakten immens und es wird etliche Stunden dauern, sie alle durchzugehen. Zeit, die ihr als Kommissariatsleiterin im Grunde nicht zur Verfügung steht. Zudem handelt es sich ja bloß um einen vagen Verdacht und derjenige hatte sich absolut unverdächtig verhalten. Dennoch: Dieses nervöse Kribbeln in der Magengegend, das sie jedes Mal befällt, wenn etwas gewaltig stinkt, lässt sie einfach nicht los!

Trotzdem beschließt sie mit einem Blick auf die Uhr, diese Angelegenheit vorerst auf sich beruhen zu lassen und sich eventuell später erneut damit zu fassen. Es gibt schließlich genügend andere Dinge, die zu erledigen sind!

* * *

Denise Malowski überfliegt die mittlerweile übermittelte Datei mit den Namen und Adressen von Mietern der Immobilie bei Neunkirchen-Seelscheid der letzten vier Jahre mit gemischten Gefühlen.

Was habe ich mir da nur aufgehalst?, fragt sie sich mutlos anhand der insgesamt 124 Einträge. Offenbar war zumindest dieses malerisch in einem Wald und nahe der Wahnbachtalsperre gelegene Objekt bis zu seinem Verkauf das ganze Jahr über äußerst beliebt. Zwar hatten viele der Mieter nur die Wochenenden gebucht oder weniger als zwei Wochen dort verbracht, aber das spielt eigentlich für die Ermittlungen nur eine untergeordnete Rolle.

Diese Zahl ist sogar glatt durch vier teilbar!, rechnet Denise schnell nach. Als leitende Ermittlerin ist sie durchaus berechtigt, Aufgaben an die Kollegen zu übertragen, ohne den Chef dabei mit ins Boot zu nehmen. Dennoch bleiben für jeden einzelnen genügend viele Einträge zu überprüfen, dass dies den ganzen Tag dauern dürfte.

Die Einwohnerlisten der jeweiligen Heimatstädte müssen mit den hiesigen Meldedaten abgeglichen werden. Ziel ist es dabei, die Personen herauszufiltern, die in der Zwischenzeit in den Zuständigkeitsbereich der Kripo Siegburg verzogen sein könnten, der aber mit neunzehn Gemeinden nicht gerade klein zu nennen ist.

Tobias widmet sich derzeit konzentriert der Sichtung der auf dem Notebook des Mordopfers abgespeicherten Daten, wie Denise mit einem kurzen Blick zum Schreibtisch gegenüber feststellt.

Da zu vermuten ist, dass er damit ebenfalls den ganzen Tag beschäftigt sein wird, bleiben demnach Chrissie, Wolfgang und Horst übrig. Schnell ist die Liste aufgeteilt und mit einigen erklärenden Worten per E-Mail an die Kollegen übermittelt.

Dann beginnt sie selbst ebenfalls umgehend mit ihrem Teil der Arbeit, obwohl bis zur täglichen Fallbesprechung nicht mehr viel Zeit bleibt, wie sie mit einem Blick auf die Uhr feststellt.

* * *

Eine halbe Stunde später sitzen alle Ermittler wieder an ihren Plätzen. Die morgendliche Dienstbesprechung hatte erwartungsgemäß keine neuen Ermittlungsansätze gebracht und es war auch niemandem über Nacht eine Erleuchtung zuteilgeworden.

Nachdem die Kinder seit nunmehr fünf Tagen und sechs Nächten vermisst werden und es nach wie vor nicht das geringste Lebenszeichen von ihnen gibt, ist eine tiefe Niedergeschlagenheit das einzige Ergebnis der Besprechung, die normalerweise dem Austausch von Ermittlungsergebnissen und dem damit verbundenen Brainstorming dienen soll. Nur die Tatsache, dass ebenfalls keinerlei Hinweise auf einen möglichen Tod der beiden vorliegen, hält die Moral der Truppe einigermaßen aufrecht.

Kommissariatsleiter Donner hatte die Vorgehensweise seiner Hauptkommissarin bezüglich der Vormieter des Blockhauses im Nachhinein gebilligt und diesbezügliche Recherchen autorisiert, solange keine dringenderen Arbeiten zu erledigen sind.

Einzig eine Mitteilung der ebenfalls anwesenden IT-Spezialistin könnte einen kleinen Hoffnungsschimmer darstellen. Es sei ihr nämlich gelungen, so Amara Jones, aus dem zermanschten Mobiltelefon den zentralen Speicherchip ›operativ zu entfernen und auf die Platine eines baugleichen Handys zu verpflanzen‹, wie sie es lachend ausdrückte.

Dieser sei zwar durch die auf das Handy ausgeübte mechanische Gewalt ebenfalls stark in Mitleidenschaft gezogen worden, sie sei jedoch zuversichtlich, innerhalb der nächsten Tage zumindest einige Fragmente der Speicherinhalte rekonstruieren zu können. Allzu viel erwarten solle man aber nicht davon, hatte sie vorsorglich hinzugefügt.

»Wenigstens wissen wir jetzt, wem das kaputte Handy *nicht* gehört!«, lässt sich Tobias Heller vernehmen, nachdem er einige Dokumente auf Chloé Bertrands tragbarem Computer gesichtet hat.

»Ach ja?«, brummt Denise Malowski mit mäßigem Interesse, ohne ihren Bildschirm dabei auch nur eine einzige Sekunde aus den Augen zu lassen. Stattdessen widmet sie sich weiterhin konzentriert ihrer Arbeit.

Tobias ist durch diese Missachtung in seiner Begeisterung nicht zu bremsen: »Die Seriennummer, die Amara auf der Systemplatine vorfand, als sie das Teil zerlegte, ist nicht mit der in den digitalisierten Unterlagen unseres Mordopfers identisch. Überhaupt hat diese Frau eine äußerst effektive Ablagestruktur auf ihrem Notebook. Da gibt es sogar eine Art Passwort-Safe, in dem alle von ihr benutzten Kennwörter hinterlegt sind! Ich werde gleich mal eine Online-Abfrage bei ihrem Handy-Provider durchführen und die neuesten Einzelverbindungsnachweise abrufen!«

Jetzt hat er endlich die Aufmerksamkeit der Kollegin gewonnen, die interessiert den Kopf hebt. »Dann muss dieses Handy einem der Jungs gehören, Tobi!«, mutmaßt sie, wobei sie den Rest von Tobias' Rede geflissentlich ignoriert. »Ich würde bei den Eltern nachfragen, die haben doch garantiert Unterlagen, aus denen das hervorgeht.«

»Das hatte ich ohnehin gerade vor, Denise!«, behauptet Tobias Heller und greift zum Telefonhörer. Seine Partnerin hingegen widmet sich mit einer gemurmelten Bemerkung, die sich wie »*ja, ist klar!*«

anhört, erneut dem eintönigen Abgleich der Meldedaten der Städte des Rhein-Sieg-Kreises mit den Namen auf ihrer Buchungsliste.

***

»Puh!«, stöhnt Chrissie Ohlsen und nimmt ihre Hände von der Computertastatur. »Ich brauche dringend eine Pause, Wolfie!«

»Du bist aber noch nicht durch, oder?«, vergewissert sich Wolfgang Müller, der in den letzten zwei Stunden ohne Unterbrechung Einwohnerdaten verglichen hat – wie alle außer dem Chef und Tobias, der sich mit dem Notebook und den darauf gespeicherten Daten auseinandersetzt.

»Machst du Witze? Ich wär' schon über die Hälfte froh! Mit dieser Recherche hat uns Denise ja eine tolle Arbeit aufgebrummt!«

»Wenn ich mich recht entsinne, stammte die Idee dazu ursprünglich von dir, mein Schatz!«, grinst ihr Freund schadenfroh. »Hättest ja mal dein vorlautes Mundwerk halten können!«

»Na ja … immerhin ist es eine Möglichkeit«, lenkt Chrissie ein. »Es ist eben nur eine blödsinnige und stupide Arbeit, alle Namen einzeln mit den Einwohnerdatenbanken der umliegenden Städte zu vergleichen! Es müsste eine automatische Auswertung geben, ich habe jedenfalls erst …«

»Treffer!«, brüllt Wolfgang mit voller Lautstärke dazwischen, sodass Chrissie erschrocken zusammenfährt. »Äh … Sorry, ich wollte sagen, dass ich soeben einen Kandidaten gefunden habe«, fügt er peinlich berührt in gemäßigtem Tonfall hinzu.

***

Die Stimmgewalt des schwergewichtigen Oberkommissars ist durchaus seiner Statur angemes-
sen, weswegen er sie normalerweise in Gegenwart
seiner Kollegen zu dämpfen pflegt. Wenn er jetzt
mit seinem Organ beinahe die Wände zum Wackeln
bringt, muss schon eine mittlere Sensation vorliegen!

Müllers unbeherrschter Ausruf ist demzufolge
sogar noch im Büro nebenan zu vernehmen, wo
Tobias Heller sich nach wie vor durch die umfangreiche Dokumentensammlung auf Chloé Bertrands
Computer kämpft und Denise Malowski seit Stunden ohne Begeisterung und mit ebenso wenig
Erfolg die Einwohnerdaten abgleicht.

»Scheint so, dass unser Riesenbaby einen Treffer
gelandet hat!«, grinst Tobias und hält lauschend
den Kopf in Richtung der Zimmerwand zum Nach-
barbüro.

Aber nach dem Brüller von vor wenigen Augenblicken bleibt alles still, weshalb er sich erneut seiner Arbeit zuwendet. Seine Partnerin hingegen hat
ihre Tätigkeit nicht eine Sekunde unterbrochen: Als
Mutter einer äußerst lebhaften Dreijährigen ist
Denise solche Eskapaden gewohnt, seit Leonie laufen kann. Tobias kommt es im Gegenteil sogar so
vor, als widme sie sich jetzt umso verbissener ihrer
Arbeit.

Der Anruf bei den Eltern der vermissten Kinder
hatte noch kein Ergebnis gezeigt. Tims Mutter
und Wolframs Vater versprachen, die geforderten
Angaben zu den Mobiltelefonen ihrer Söhne –

sofern sie die Kaufbelege überhaupt noch besäßen – herauszusuchen und gegebenenfalls zurückzurufen.

Tobias Heller schließt auf dem Notebook den Dateiordner, den er sich zuletzt vorgenommen hatte, und wendet sich dem Nächsten zu. Der Einfachheit halber ist er in den vergangenen zwei Stunden bis auf wenige Ausnahmen, die ihm einen gewissen Erfolg versprachen, alphabetisch vorgegangen. Sein Mauszeiger schwebt noch über dem mit ›RUFUS FOX‹ betitelten Verzeichnis, als die Bürotür mit Schwung geöffnet wird.

»Habt ihr auch den Brüller vorhin gehört?«, fragt Horst Weiland die beiden mit einem Grinsen im Gesicht. Die Frage ist genau genommen überflüssig, da der Kollege sein Büro am Ende des Flures hat. Wenn *er* Wolfgangs Begeisterungsschrei hören konnte, hat ihn *jeder* im Kommissariat und darüber hinaus vernommen.

»Ja, der Große hatte wohl ein Erfolgserlebnis«, antwortet Tobias Heller einsilbig.

»Nicht nur er!«, gibt Horst Weiland bedeutungsvoll zurück. Im selben Augenblick hört das wilde Tastaturgeklapper an Denise Malowskis Computer schlagartig auf, wodurch bewiesen ist, dass sie durchaus mitbekommen hat, was in den letzten Minuten in ihrem Umfeld passiert ist.

»Dann sollten wir den Herrschaften umgehend einen Besuch abstatten!«, beschließt sie spontan und schaut ihren Partner fragend an. »Ich gehe einfach mal davon aus, dass Chrissie und Wolfgang das mit ihrem Kandidaten ebenfalls vorhaben.«

»Die kamen gerade aus ihrem Büro gestürzt und hätten mich beinahe umgerannt«, nickt Weiland. »Das heißt dann wohl ja!«

»Fahr dieses Mal ruhig mit Horst raus, Denise!«, beantwortet Tobias die unausgesprochene Frage der Partnerin. »Ich werde mit den Hinterlassenschaften unseres Mordopfers bestimmt noch eine ganze Weile beschäftigt sein.« Mit einem Auge schielt er dabei auf den Dateiordner, über dem nach wie vor der Mauszeiger schwebt.

Was sie da drin wohl gesammelt haben mag?, überlegt er, während er den Ordner mit einem Doppelklick öffnet. Dass die Studentin sich offenbar intensiv mit den Werken des Autors auseinandergesetzt hat, ist ja mittlerweile bekannt. Vielleicht erfährt er jetzt endlich den Grund für dieses Interesse!

* * *

Der Mann heißt Reinhard Bergfelder, ist zweiundvierzig Jahre alt, unverheiratet und wohnt seit vier Monaten in einem Ortsteil von Neunkirchen-Seelscheid unweit der Talsperre. Laut Buchungsliste war er der letzte Benutzer der Blockhütte bei Heister, bevor diese zu Beginn des Jahres in den Besitz von Rainer Fuchs überging.

Unmittelbar vor ihm war sie durch Werner Veit in Gebrauch, der aber kein Mieter war, sondern für die Eigentümer Hausmeisterdienste leistete und diese Tätigkeit mit den Morden an jungen Frauen verband, die er seinerzeit dort tagelang gefangengehalten hatte, bevor er sie tötete.

Bergfelder ist den Kommissaren überraschenderweise kein Unbekannter, trafen sie ihn doch auf der Suche nach einem von Veits Opfern vor einem Jahr in genau dieser Blockhütte an! Allein diese Tatsache ist ein Besuch bei ihm wert, fand Chrissie Ohlsen und fuhr mit Wolfgang Müller unverzüglich zu seiner Wohnanschrift, die darüber hinaus nur wenig mehr als zwei Kilometer von der Hütte entfernt liegt.

Ob sie ihn um diese Tageszeit zu Hause antreffen werden, ist dagegen eher fraglich. Dennoch haben die Kommissare den etwa halbstündigen Weg auf sich genommen, ohne sich vorher telefonisch anzukündigen, obwohl er im Telefonbuch gelistet ist. Bei Personen, die wegen einer Straftat vernommen werden sollen, sei es als Zeuge oder als Tatverdächtiger, ist diese Vorgehensweise Standard. Alles andere wäre wenig zielführend.

* * *

»... habe ich eine Analyse von Stil und Wortwahl sowie der Art und Weise, wie der Autor seine Sätze bildet, von einem befreundeten Sprachwissenschaftler durchführen lassen. Gegenstand der Expertise war das zunächst wenig beachtete Erstlingswerk von Rufus Fox sowie einige seiner nachfolgenden Bestseller. Da der schriftliche Ausdruck laut Expertenmeinung beinahe wie ein Fingerabdruck sei, gelangte der Sachverständige aufgrund der unterschiedlichen Schreibstile zu der Einschätzung, dass ›Vergeltung‹ aus dem Jahr 2015 entweder nicht von Fox selbst verfasst wurde oder aber in weiten Teilen, wenn nicht

sogar in seiner Gesamtheit, von einem anderen Werk
abgeschrieben worden sein muss ...«

Tobias Heller stützt nachdenklich das Kinn in die Hand, nachdem er das Dokument bis zu dieser Stelle durchgelesen hat. Es trägt den Titel ›*WAR ALLES NUR GEKLAUT*?‹ und ist das erste von insgesamt neun Schriftstücken in diesem Ordner, das er sich ansieht. Es scheint sich um eine Seminararbeit zu handeln oder um die frühe Version einer für später geplanten Dissertation.

Faszinierend sind die von Chloé Bertrand zusammengestellten Fakten und die daraus abgeleiteten Schlussfolgerungen auf jeden Fall, zu ihrer Ermordung werden diese aber eher nicht geführt haben. Oder etwa doch? Seine Neugierde ist jedenfalls geweckt und er liest mit gesteigertem Interesse weiter, wobei er einige weniger interessante Passagen lediglich überfliegt.

»... beschaffte ich mir alle seither von diesem Autor erschienenen Bücher und versuchte, verdächtigte Anzeichen von möglichem Plagiat zu finden. Und ich hatte Erfolg: Obwohl Fox sich neuerdings auf reale Kriminalfälle zu stützen scheint, gelingt es ihm immer wieder, umfangreiche Textpassagen und sogar ganze Kapitel aus Werken anderer Schriftsteller nahezu wörtlich abzuschreiben, wobei er lediglich Namen und Orte ändert. Die Beweisführung zu diesem großangelegten Betrug war zwar nicht leicht, aber dank der Universitätsbibliothek, des Internets und vielen schlaflosen Nächten letztendlich erfolgreich. Das Ergebnis: Rufus Fox, hochgelobter Bestsellerautor und Träger mehrerer Literaturpreise, ist

*nichts weiter als ein gemeiner Dieb! Beweise für diese
Behauptung lege ich in einer Auflistung der Original-
titel der von Fox verwendeten Fremdromane unter
Bezug auf die entsprechenden Seitenzahlen und Kapi-
telnummern am Schluss dieser Arbeit vor ...«*

Rainer Fuchs Alias Rufus Fox wäre natürlich
finanziell ruiniert und als Autor erledigt, wenn das
herauskäme, überlegt der Hauptkommissar. Dies
würde aber in nicht geringem Maße ebenfalls für
seinen Verlag gelten, der mit ihm nicht gerade
wenig Kohle einfahren dürfte!

Tobias erinnert sich an Chrissies Bericht über
ihren gestrigen Besuch dort. Durch einen simplen
Trick war es ihr gelungen, den Verlagsmitarbeiter
lange genug abzulenken, bis sie sich aus einer auf
dem Tisch liegenden Akte sämtliche privaten Daten
des Autors beschafft hatte, einschließlich seinem
bürgerlichen Namen, seiner Anschrift und seiner
Telefonnummer!

Chloé Bertrand, die nach Angaben dieses Mit-
arbeiters einige Tage vor ihrer Ermordung ebenfalls
dort vorstellig geworden war, hätte das auf ähnliche Weise bewerkstelligt haben können! Liegt
hierin der gemeinsame Nenner zwischen dem
Autor und der Studentin? Aber Fuchs scheidet als
Täter aufgrund des negativen DNA-Vergleichs, der
mittlerweile durch das offizielle Ergebnis seiner
Speichelprobe bestätigt wurde, auf jeden Fall aus!

* * *

»Wir sind uns schon einmal begegnet, nicht
wahr?«, eröffnet Reinhard Bergfelder das Gespräch,
nachdem er die Ermittler freundlich hereingebeten

und in sein gemütlich eingerichtetes Wohnzimmer geführt hat. Christina Ohlsen und Wolfgang Müller können in seinem Gebaren bis jetzt keinerlei Ungereimtheiten sehen, der Mann benimmt sich gegenüber den unverhofft aufgetauchten Polizeibeamten vollkommen unverdächtig. »Ich bin jedenfalls ziemlich sicher, dass wir bereits miteinander zu tun hatten, wenn ich mich auch momentan nicht erinnere, wann und wo das gewesen sein könnte!«

Bergfelder sitzt den Kommissaren entspannt gegenüber und schaut sie nacheinander fragend an. Haargenau denselben Gesichtsausdruck hatte er im vergangenen Jahr, als sie mit zwei Streifenwagenbesatzungen und einem K9-Team vor dem Blockhaus erschienen waren, um dort nach einem vermissten Mädchen zu suchen. Bergfelder hatte das Ferienhaus damals für vierzehn Tage gebucht und war gerade eingezogen, als das Aufgebot der Polizei auftauchte.

Eigentlich sind die Umstände unseres letzten Zusammentreffens wenig geeignet, diese zu vergessen, zweifelt Chrissie Ohlsen die Worte des Mannes an. *Das war immerhin eine große Sache damals, als wir seine Hütte und das gesamte Umfeld mit den Hunden absuchten!*

Dennoch setzt sie Bergfelder geduldig ins Bild, wobei sie jedoch eine gestraffte Version der damaligen Ereignisse zum Besten gibt. »Na, klingelt es jetzt bei Ihnen?«, fragt sie ihn anschließend herausfordernd.

»Und was hat das alles mit Ihrem heutigen Besuch zu tun?«, will dieser mit fragend hochgezogenen Augenbrauen wissen, die Provokation der Kommissarin geflissentlich ignorierend. »Suchen Sie etwa schon wieder eine Leiche?«

»Sie sind ein halbes Jahr nach diesen Ereignissen von Nürnberg, ihrem damaligen Wohnort, hierhergezogen, und zwar ausgerechnet in die unmittelbare Nachbarschaft dieser Hütte«, übergeht Wolfgang Müller die Frage. »Gab es dafür eine besondere Veranlassung?«

»Ich weiß zwar nicht, was das die Polizei angeht«, entgegnet Bergfelder mit finsterer Miene, »aber es waren berufliche Gründe, die mich hierher verschlugen. Die Hintergründe haben Sie nicht zu interessieren! Sagen Sie mir jetzt endlich, was Sie mit Ihren Erkundigungen bezwecken?«

»In diesem Blockhaus wurde vergangene Woche vermutlich erneut ein Mord begangen«, übernimmt es Christina Ohlsen, den Mann zu informieren. »Und nun fragen wir uns natürlich, ob Sie womöglich damals einen Schlüssel davon zurückbehalten haben könnten.« Sie schaut ihrem Gegenüber aufmerksam ins Gesicht und hebt fragend die Augenbrauen. »Haben Sie?«

Aus dessen Antlitz ist jetzt endgültig jegliche Freundlichkeit gewichen. Schlagartig bleich bis unter die Haarwurzeln geworden, schaut er die Kommissarin mit weit aufgerissenen Augen erschrocken an.

* * *

Horst Weiland parkt den Audi in respektvollem Abstand zu einem Rettungsfahrzeug, das mit eingeschalteter Warnblinkanlage und offener Hecktür vor dem Haus mit der Nummer 46 am Fahrbahnrand steht. Auf der gegenüberliegenden Straßenseite hält soeben ein Taxi an. Der Fahrer beäugt die im Grunde alltägliche Szene neugierig, während der Mann auf dem Rücksitz den Fahrpreis begleicht.

»Bei unserem Glück ist das da vorn derjenige, den wir besuchen wollen«, unkt der Oberkommissar und zeigt auf die zwei Rettungssanitäter, die soeben mit ernsten Gesichtern eine fahrbare Trage aus der offenen Haustür des Mehrfamilienhauses bugsieren. Der darauf liegende Körper ist vollständig mit einem weißen Leinentuch bedeckt.

»Etwas mehr Mitgefühl wäre schon angebracht!«, rügt Denise Malowski ihn ungehalten. »Komm, wir schauen uns das mal aus der Nähe an!«, schlägt sie dann vor und schickt sich an, auszusteigen. Weiland folgt ihr mit gemischten Gefühlen zu dem RTW, wo die Trage soeben in den Innenraum geschoben wird.

Denise vollführt mit dem Kopf eine bezeichnende Geste zur verhüllten Leiche. »Heute hatten Sie wohl keinen Erfolg, was?«, wendet sie sich an einen der Sanitäter, der soeben die Hecktür schließen will. Sie hält ihm ihren Dienstausweis vors Gesicht. »Hauptkommissarin Malowski, Kripo Siegburg!«

So viel zu ›angebrachtem Mitgefühl‹, denkt der hinter ihr stehende Horst Weiland leicht amüsiert. *Aber wenn sie das sagt, ist es natürlich etwas anderes!*

Der Sanitäter setzt eine fragende Miene auf: »Was interessiert sich die Kriminalpolizei denn dafür?«, wundert er sich. »Dies hier war ein völlig normaler Todesfall. Herzinfarkt. Wir konnten nichts mehr für sie tun!«

»Sie?«

»Ja, eine alte Frau aus dem ersten Stock. Sie weigerte sich bis zuletzt, in ein Pflegeheim zu gehen, sagen die Nachbarn. Dabei hatte sie überhaupt keine Angehörigen und war schon fast neunzig Jahre alt, aber dagegen ist man natürlich machtlos.«

»Okay, wir haben dann keine Fragen an Sie«, nickt Denise Malowski und lässt den Mann einfach stehen. Die Erleichterung darüber, dass es sich bei der Toten nicht um ihre Zielperson handelt, ist ihr aber deutlich ins Gesicht geschrieben.

Wenige Sekunden später stehen die Kommissare vor der jetzt wieder geschlossenen Haustür und studieren die Klingelschilder. »Wollen Sie zu mir?«, ertönt in diesem Augenblick eine sympathisch klingende Stimme seitlich von ihnen. Vor der Tür steht der Mann aus dem Taxi, mit einem freundlichen Lächeln auf den Lippen und einem Rollkoffer in der Hand.

»Thorsten Faber?«, erkundigt sich Denise Malowski geistesgegenwärtig und zeigt ihm ihren Ausweis.

»Der bin ich«, nickt der Mann. Braungebrannt, wie er ist, kommt er garantiert direkt aus einem Land mit reichlich Sonne, vermutet Weiland.

»Lassen Sie mir bitte einen Augenblick zum Verschnaufen«, lächelt Faber. »Ich komme nämlich gerade vom Flughafen. Drei Wochen Kanarische Inseln, aber Sie können natürlich gerne schon mit hineinkommen!«

Keine zehn Minuten später stehen die Kommissare wieder auf der Straße. Thorsten Faber konnte anhand seiner Reiseunterlagen, Hin- und Rückflugticket sowie Check-out-Quittung seines Hotels zweifelsfrei beweisen, zur Tatzeit auf den Kanaren gewesen zu sein. Natürlich ist dies kein Garant dafür, dass er sich auch tatsächlich die ganze Zeit dort aufgehalten hatte – man kann diese Strecke innerhalb von vierundzwanzig Stunden locker zweimal zurücklegen – aber das hätte schon eine ausgefeilte Planung vorausgesetzt und nachprüfen ließe sich das mit einem gewissen Aufwand sowieso.

»Das ist doch zum Mäusemelken!«, schimpft Denise Malowski lauthals über diesen erneuten Misserfolg. »Weißt du, was heute für ein Tag ist? Nein? Dann sage ich es dir: Es ist Tag sechs nach dem spurlosen Verschwinden zweier Kinder!«, beantwortet sie ihre Frage gleich selbst. Horst Weiland kennt seine Vorgesetzte genau und weiß, wann es für ihn besser ist, den Mund zu halten. Dies ist unzweifelhaft eine solche Gelegenheit!

»Falls Chrissie und Wolfgang mit ihrem Kandidaten ebenso wenig erfolgreich waren, stehen wir wieder ganz am Anfang! Kein Täter, keine Kinder, keine Spur!«, führt sie ihren wütenden Monolog fort und hält fordernd die Hand auf. »*Ich* fahre!«

Denise Malowski ist sich natürlich durchaus darüber im Klaren, dass dieser Ermittlungsansatz von vornherein wenig Aussicht auf Erfolg versprach, umso mehr hatte sie sich an diesen letzten Stroh-halm geklammert, was ihre große Enttäuschung über den eigentlich zu erwartenden Fehlschlag erklärt.

* * *

»Sie ... Sie halten *mich* für einen Mörder?«, stößt Reinhard Bergfelder fassungslos hervor. »Das kann nicht ihr Ernst sein! Was sollte ich denn für einen Grund gehabt haben, jemanden zu töten?«

»Über das Motiv denken wir nach, sobald der Täter hinter Schloss und Riegel ist«, wird er von Wolfgang Müller in ruhigem Ton belehrt. »Dieser hat nämlich außerdem zwei Kinder in seine Gewalt gebracht, die wir unter allen Umständen als Erstes finden müssen, das werden Sie doch sicher verste-hen!«

Müller achtet bei diesen Worten besonders auf-merksam auf die Mimik seines Gesprächspartners, dessen Gesichtszüge jetzt regelrecht entgleisen. Dass er den möglichen Zusammenhang des Ver-schwindens der Kinder mit dem Mord als Tatsache hinstellt, obwohl dies bislang überhaupt nicht bewiesen wurde, ist eher aus taktischen Erwägun-gen erfolgt. Den mutmaßlichen Täter mit umfang-reichem eigenen Wissen zu konfrontieren, hatte schon so manches überraschende Geständnis zur Folge.

»Wo waren Sie am 14. Oktober zwischen 08:00 Uhr und 10:00 Uhr vormittags?«, stellt Christina Ohlsen die längst überfällige Frage zu einem Alibi, weil Bergfelder nur wortlos und mit bleichem Gesicht vor sich in die Luft starrt. »Das war übrigens ein Montag.«

»Ich … ich war auf einer Messe … im Auftrag meiner Firma«, kommt nach einigen Sekunden der Stille stockend die Antwort. »In Düsseldorf. Das können Sie meinetwegen gerne nachprüfen!«

»Das werden wir. Wären Sie zusätzlich mit einer Speichelprobe einverstanden?«, hakt die Kommissarin nach und greift auch schon in die Tasche, um das vorsorglich mitgebrachte sterile Teststäbchen hervorzuholen.

Bergfelder fixiert das Glasröhrchen in ihrer Hand mit grimmiger Miene. »Wenn es der Wahrheitsfindung dient …«, brummt er unfreundlich, öffnet aber brav den Mund.

»Den können wir wohl abhaken, Wolfie!«, gibt sich Chrissie kurze Zeit später auf dem Rückweg zum Wagen ungewohnt pessimistisch. »Wenn Denise und Horst mit ihrem Kandidaten auch keinen Erfolg hatten, stehen wir wieder ganz am Anfang«, seufzt sie und benutzt unwissentlich fast dieselben Worte wie die Hauptkommissarin wenige Minuten zuvor.

* * *

Kriminalhauptkommissarin Melanie Heller lässt sich erschöpft in ihren Schreibtischstuhl fallen. Drei Verhöre wurden von ihr und ihren Mitarbeitern in den letzten Stunden durchgeführt. Jetzt reicht es!

Obwohl Diebe und Betrüger meist längst nicht so hartgesottene Lügner sind wie zum Beispiel

Mörder, hatten sich *diese* drei zu Beginn der Vernehmungen als außerordentlich widerspenstig erwiesen. Die Leiterin des Kriminalkommissariats 2 nahm sich den mutmaßlichen Kopf des Einbrecher-Trios daraufhin noch einmal persönlich vor und hatte letztendlich einen Erfolg zu verbuchen: Unter der Last der ihm vorgelegten Beweise sang er am Ende wie ein Zeisig!

Es ist verdammt spät geworden, stellt sie nach einem Blick auf die Uhr seufzend fest. *Soll ich mich jetzt noch mit diesem Kerl vom Parkplatz beschäftigen? Schließlich liegt vermutlich überhaupt nichts gegen ihn vor und auch Ex-Knackis haben ein Recht auf Privatsphäre!*

Aber Melanie Heller wäre nicht sie selbst, würde sie einen einmal gefassten Gedanken einfach so beiseiteschieben! Nach drei Sekunden der inneren Einkehr siegt denn auch ihre angeborene Neugier und sie nimmt sich erneut die Verbrecherkartei vor, um die am Vormittag unterbrochene Suche nach einem Gesicht fortzusetzen.

Eine geschlagene Stunde und unzählige Bilder verurteilter Straftäter später ist sie nahe daran, die Sinnlosigkeit ihrer Tätigkeit einzusehen. Ihre Konzentration hat in den letzten Minuten spürbar nachgelassen, was dazu führte, dass mittlerweile für sie ein Gesicht wie das andere aussieht.

Zehn Einträge nehme ich mir noch vor, dann geht es ab nach Hause!, beschließt sie und ruft beinahe lustlos einen weiteren Datensatz auf. Plötzlich ist sie wieder hellwach, als das angezeigte Bild ihr einen heftigen Adrenalinstoß verpasst.

Das ist der Kerl!, schießt es ihr durch den Kopf. *Heinrich Kohler, wegen mehrfachen Einbruchs und schwerer räuberischer Erpressung zu insgesamt vier Jahren Gefängnis verurteilt, seit 2018 auf Bewährung draußen*, liest sie die Eckdaten ab. *Den habe ich sogar persönlich eingebuchtet*, erinnert sie sich jetzt. *Ein unangenehmer, zu extremer Gewalt neigender Zeitgenosse!*

Mit fliegenden Fingern ruft sie das Einwohnerprogramm auf, um seinen aktuellen Wohnsitz zu ermitteln. Und wieder gehen ihr schier die Augen über, nachdem sie das Ergebnis schwarz auf weiß vor sich auf dem Bildschirm hat. *Verdammt, was hatte dieser Kerl hier bei uns auf dem Parkplatz zu suchen? Das ist doch kein Zufall! Ich muss sofort Tobias informieren!*

Nach einem erneuten Blick zur Uhr zieht sie ihre Hand, die zum Telefonhörer greifen wollte, zögernd zurück. *Er ist sicher schon auf dem Heimweg. Ich kann es ihm ja auch nachher persönlich sagen*, trifft Melanie Heller eine folgenschwere Entscheidung, bevor sie den Computer endgültig ausschaltet und sich zum Gehen wendet.

Rufus Fox

»… versuchten die beiden, zwischen den Lücken in der herabgelassenen Jalousie etwas zu erkennen, wofür sich die erst acht Jahre alten Kinder auf die Zehenspitzen stellen mussten. Auf der anderen Seite des Fensters, im Inneren der tief im finsteren Wald versteckten Holzhütte, erklangen nun polternde Geräusche und Alwin und Noah, die beiden jugendlichen Ausreißer, vermeinten zwei Menschen miteinander ringen zu sehen. Möbel und andere Einrichtungsgegenstände fielen um und gingen krachend, klirrend oder splitternd zu Bruch, von vier kindlichen Augen in atemloser Starre verfolgt. Doch plötzlich kehrte tödliche Stille ein und ehe sich die Jungen versahen, wurde mit einem Ruck der hölzerne Rollladen hochgezogen und ein für ihre Verhältnisse riesenhafter Mann blickte ihnen, ein blutiges Messer in der Hand haltend, mit einem diabolischen, mordlüsternen Funkeln in den Augen, direkt in die bleichen Gesichter. Panik ergriff die beiden und sie rannten schreiend …«

»Darf ich noch etwas zur Nacht reichen, *Sir?*«, unterbrach die Stimme des Butlers unvermittelt meinen Schreibfluss. Im Moment hatte ich geradezu einen Lauf, was Worte und Formulierungen betraf. Wie immer hatte der Bedienstete mein Arbeitszimmer, das für alle anderen Angestellten absolut tabu war, wenn ich mich darin aufhielt, auf leisen Sohlen betreten. Genau aus diesem Grund zog ich mich zum Schreiben am liebsten in meine Hütte zurück.

Ich war gerade dabei, das erste Kapitel meines neuen Thrillers ›DIE MORDHÜTTE‹ in die Tasten zu hauen. Das Exposé dazu verfasste ich in Rekordzeit, nachdem die Ereignisse der vergangenen Woche, deren Zeuge ich durch die enge Zusammenarbeit mit der Kriminalpolizei geworden war, mich spontan zu diesem Werk inspiriert hatten. Den überaus passenden Titel lieferte mir im Grunde diese kleine Kommissarin Ohlsen, die einen ähnlichen Begriff einmal in meiner Gegenwart benutzte.

»Nein danke, *Charles*«, winkte ich gönnerhaft ab. »Ich benötige nichts mehr, Sie können sich dann zur Nachtruhe zurückziehen, wenn Sie möchten.«

»Zu Ihren Diensten, *Sir!*« Mit einer angedeuteten, steifen Verbeugung verließ der Dienstbote den Raum und schloss leise die doppelflügelige Tür hinter sich.

»Ach, *Charles?*«, rief ich ihn nach einigen Augenblicken des Nachdenkens spontan zurück.

»*Sir?*« So geschwind, wie der Butler erneut im Arbeitszimmer erschien, musste er auf der anderen Seite gewartet haben.

Dieser impertinente Mensch hat doch garantiert wieder gelauscht!, vermerkte ich stirnrunzelnd in Gedanken. *Leider ist gutes Personal heutzutage nicht mehr so leicht zu bekommen, sonst hätte ich ihn längst ausgetauscht!* »Schicken Sie bitte *Henry* zu mir, bevor Sie zu Bett gehen!«, erteilte ich dem geduldig an der Tür wartenden Diener eine letzte Order.

»Den Chauffeur?«, wiederholte der Butler mit hochgezogenen Augenbrauen. »Sehr wohl, *Sir!* Ich sage umgehend Bescheid, dass Sie ihn zu sehen wünschen. Gute Nacht, *Sir!*«

Irgendwas stimmt hier ganz gewaltig nicht!, grübelte ich, nachdem sich die Tür erneut hinter meinem Bediensteten geschlossen hatte. *Ich bin mir ziemlich sicher, seinerzeit beim Verlassen der Hütte die Rollläden herabgelassen zu haben. Sie waren aber jetzt hochgezogen! Die Möbel waren ebenfalls anders gestellt, als ich es in Erinnerung habe. Wenn ich an Gespenster glauben würde, könnte man meinen, in dem Gebälk spuke es! Und dann die Sache mit den beiden Kindern, die man mir in die Schuhe schieben wollte! Das waren definitiv keine Spukgestalten! Ich werde mich heute noch im Blockhaus umschauen, ganz allein und in aller Ruhe! Auch wenn es stockfinster sein wird, bis ich dort angekommen bin!*

* * *

Die Scheinwerfer der Limousine pflügten durch die stockdunkle Nacht der außerhalb der Ortschaften unbeleuchteten Bundesstraße. Für meine derzeitige Stimmung war es höchst angenehm, dass der Fahrer voll auf die Straße konzentriert war und ich in Ruhe nachdenken konnte.

Ich war dermaßen tief in Gedanken versunken, dass ich die Frage meines Chauffeurs um ein Haar überhört hätte. Es kam ohnehin nicht oft vor, dass der als wortkarg bekannte Mann während der Fahrt eine Unterhaltung mit mir führte. Eigentlich nie, wenn ich es recht bedachte.

»Was meinten Sie, *Henry?*«, fragte ich den Bediensteten zerstreut.

»Es ist äußerst ungewöhnlich, dass Sie nachts zum Blockhaus fahren, *Sir!* Darf man fragen, was es so Dringendes dort zu erledigen gibt?«

»Wenn ich das mal selber wüsste«, murmelte ich gedankenverloren vor mich hin. »Ich möchte nur schnell mal nach dem Rechten sehen!«, sagte ich dann etwas lauter. »Irgendetwas stimmt nicht mit diesem Haus und ich will endlich wissen, was das ist!«

»Eine Unregelmäßigkeit, *Sir?*«

Was ist dieser Kerl denn mit einem Mal so redselig?, wunderte ich mich in Gedanken. *Der bekommt doch sonst kaum die Zähne auseinander!* »Ich werde es herausfinden, *Henry*«, gab ich vage zurück. *Ich werde schon noch dahinterkommen, was hier nicht stimmt!* Aus einer Laune heraus berichtete ich ihm spontan von den Ereignissen der vergangenen Woche und welche Rolle die Hütte darin gespielt haben könnte.

»Sie glauben, dort Hinweise zu finden, wer dafür verantwortlich ist, *Sir?*«

»Die Polizei sagte, es sei überhaupt nicht möglich, *sämtliche* Spuren eines Verbrechens zu beseitigen. Ich bin mir daher ziemlich sicher, in der Hütte etwas zu finden!«

Den Rest der Fahrt verbrachten wir wieder schweigend. Ich schreckte aus meinen Überlegungen, weil der Wagen unvermittelt langsamer wurde und schließlich vor dem Blockhaus zum Stehen kam. Ich hatte gar nicht bemerkt, dass wir die Straße verlassen hatten und in den dunklen Waldweg eingebogen waren, an dessen Ende mein heutiges Ziel lag.

»Und ich soll wirklich nicht warten, *Sir?*«, erkundigte sich der Chauffeur vorsorglich bei mir. Mangels einer elektrischen Außenbeleuchtung lag das Blockhaus fast gespenstisch dunkel im fahlen Licht der abnehmenden Mondsichel vor uns und wurde nur von den Scheinwerfern der Luxuskarosse angestrahlt.

»Fahren Sie nur, *Henry!*«, erwiderte ich nach einer Sekunde des Nachdenkens. »Ich werde hier übernachten, es ist ja alles Notwendige vorhanden. Halten Sie sich nur zu meiner Verfügung, ich rufe kurz durch, wenn ich hier fertig bin!«

An die Tatsache, hier im Wald kein Netz zu haben, verschwendete ich in diesem Augenblick nicht einen einzigen Gedanken. Ich würde zu gegebener Zeit ein ziemliches Stück die Straße herunterlaufen müssen, um telefonieren zu können.

Eine weitere ›Kleinigkeit‹ hatte ich ebenfalls vergessen: Das Blockhaus war nämlich nicht an das öffentliche Stromnetz angeschlossen und der dieselbetriebene Generator außer Betrieb, wie ich nach einem erfolglosen Betätigen des Lichtschalters feststellen musste. Zudem würde in wenigen Augenblicken endgültig rabenschwarze Nacht rings um mich herum herrschen, da mein Chauffeur soeben

den Wagen wendete, um weisungsgemäß die Rück-
fahrt anzutreten.

*Das kommt davon, wenn man gedankenlos und
ohne Vorbereitung den Weg in diese Einöde antritt*,
rügte ich mich selbst in Gedanken, nachdem die
Rücklichter der Limousine endgültig von der Dunkelheit verschluckt worden waren und ich die vorsorglich mitgebrachte Taschenlampe hervorholte.
Daran hatte ich zum Glück gedacht! Kurz nur hatte
ich mich zuvor darüber gewundert, die Haustür
unverschlossen vorzufinden, nahm aber an, dass
die Leute von der Spurensicherung der Kriminalpolizei vergessen hatten, sie abzuschließen.

Im zitternden Lichtkegel der Stablampe tastete
ich mich, immer an der Hauswand entlanggehend,
vorsichtig durch die nahezu ägyptische Finsternis
bis zum Carport. An dessen Rückseite stand das
Stromaggregat, wo es vor Wind und Regen
geschützt war.

Ich ging vor dem Generator in die Knie und richtete den Lichtkegel der Lampe darauf, um die
Bedienungselemente zu lokalisieren. Meine Hand
lag schon auf dem Anlasser, als ich hinter mir eines
jener Geräusche vernahm, wie sie entstehen, wenn
jemand unvorsichtigerweise gegen einen kleinen
Stein tritt, der dann davonrollt.

Nanu, wer ...?, schoss es mir durch den Kopf,
weil ich mich mittlerweile alleine hier wähnte.
Henry hatte ja längst den Rückweg angetreten.

Ich wandte mich überrascht zu dem Ankömmling um, wurde aber jetzt durch ein grelles Licht
geblendet. Diesen letzten Gedanken sollte ich nie-

mals zu Ende denken, denn im nächsten Augenblick traf mich ein mörderischer Schlag mit einem sehr harten Gegenstand. Es wurde endgültig dunkel um mich.

Dass ich mit dem Kopf auf den Schalter für den Anlasser fiel und der Stromgenerator brummend seine Arbeit aufnahm, nahm ich schon nicht mehr wahr.

HOLMES & WATSON

»Wolfie?« Tim Berger rüttelt verzweifelt an der Schulter seines Freundes. »Wolfie! Wach auf! Da war irgendwas an der Tür! Ein Geräusch! Ich glaube, wir sind nicht mehr allein hier drin!«, fügt er ängstlich im Flüsterton hinzu.

In den vergangenen vierundzwanzig Stunden hatten die Jungs in stundenlangen Diskussionen immer neue Pläne für eine Flucht entworfen. So abenteuerlich manche der Vorschläge auch waren, realisierbar schien bisher nicht einer davon zu sein. Die einzige Möglichkeit, diesen Raum zu verlassen, führt durch die Tür, eine Alternative gibt es nicht! Diese aber wird immer nur kurz und zu unregelmäßigen Zeiten geöffnet, um Essen zu bringen oder den Toiletteneimer auszuwechseln, den man ihnen zur Verfügung gestellt hat.

Eine reelle Chance, ihren maskierten Wächter zu überwältigen, haben sie ohne eine geeignete Waffe ebenfalls nicht. Die Tischbeine, die sie auf einen Vorschlag Tims als Keulen verwenden wollten, um dem Kerl eins überzubraten, sobald er den Kopf zur Tür hereinsteckt, ließen sich auch mit vereinten Kräften nicht abbrechen. Der einzige Stuhl besteht aus billigem Plastik, darüber würde ihr Widersacher bloß lachen und ihre Situation würde sich allenfalls verschlechtern. Über weitere Einrichtungsgegenstände verfügt ihr Gefängnis nicht, sieht man von dem alten, zerschlissenen Sofa ab, und die PET-Flaschen ihres Trinkwasservorrats sind selbst gefüllt kaum dazu geeignet, jemanden damit ins Reich der Träume zu schicken. Schließlich gaben die Freunde entmutigt auf. Zumindest vorerst.

Endlich richtet sich Wolfram Schmitz in sitzende Stellung auf, wobei er sich auf den Ellenbogen aufstützt. Sehen kann Tim Berger es jedoch infolge der totalen Finsternis in ihrem Verlies nicht. Obwohl man ihnen die Armbanduhren abgenommen hat, ist nach dem Verständnis der beiden Jungen zurzeit Schlafenszeit und demzufolge das Licht aus. Über ein Fenster verfügt der Raum, bei dem es sich um einen Keller handeln dürfte, ja nicht.

»Wer sollte schon außer uns beiden hier drin sein?«, murmelt Wolfram schläfrig. Er ist mit der beneidenswerten Fähigkeit ausgestattet, in nahezu jeder Situation schlafen zu können. Ganz im Gegensatz zu seinem Leidensgefährten, der seit ihrer Gefangennahme kaum ein Auge zugemacht hat. »Du hast bloß schlecht geträumt, leg dich wieder hin. Wer sollte uns denn hier etwas antun? Schlimmer kann es ja wohl nicht mehr kommen!«

»Da ist bestimmt einer!«, beharrt Tim auf seiner Wahrnehmung. Die war zwar im Halbschlaf erfolgt, er ist sich aber dennoch sicher, ein Geräusch gehört zu haben. »Still!«, fordert er den Freund unnötigerweise auf, weil dieser ohnehin gar nichts sagt. »Hörst du das nicht? Da stöhnt jemand, es kommt von der Tür!«

»Dann geh halt nachsehen«, brummt Wolfram lustlos und will sich wieder hinlegen, wird aber mit eisernem Griff zurückgehalten. »Wir gehen gemeinsam!«, wird er von Tim in ungewohnt harschem Tonfall aufgefordert. Seufzend gibt er nach und wälzt sich von seiner Matratze.

Langsam tasten sich die Jungs die drei oder vier Meter bis zur Tür, wo der Lichtschalter angebracht ist. Aber lange, bevor sie diesen mit vorsorglich ausgestreckten Armen erreichen, stolpern sie unverhofft über etwas Weiches. Gleichzeitig ertönt ein deutlich wahrnehmbares Stöhnen zu ihren Füßen.

Nun ist es nicht mehr zu leugnen: Sie sind nicht alleine in diesem Kellerraum! Um ihren Kerkermeister kann es sich nicht handeln, schlussfolgert Wolfram, jetzt hellwach. Warum sollte der auch hier auf dem Boden liegen, womöglich verletzt, aber ganz sicher in der gleichen misslichen Lage, wie Tim und er! Mit einem mutigen Satz springt der Junge über das unsichtbare Hindernis und betätigt beherzt den Lichtschalter.

Im grellen Licht der Deckenlampe liegt vor ihnen auf dem Boden ein Mann und hält sich stöhnend den blutüberströmten Kopf, den eine zwar schon verkrustete, aber nichtsdestotrotz gefährlich aussehende Platzwunde über dem linken Ohr ziert!

Tim überwindet seinen Schrecken beim Anblick des Verletzten als Erster und holt eine Flasche Wasser aus dem Vorrat. Er drückt sie dem Mann, der sich soeben stöhnend aufzurichten versucht, in die zitternden Hände. »Wer sind Sie?«

186

Der Unbekannte nimmt einen tiefen Schluck. »Danke, Jungs!« Er schaut sich verwirrt um: »Wo sind wir hier überhaupt?«, übergeht er Tims Frage mit schmerzverzerrtem Gesicht.

»Wir wissen es nicht!«, hebt Wolfram verlegen die Schultern. »Irgendein Mistkerl hält uns seit Tagen hier gefangen. Wir hatten gehofft, Sie wüssten etwas!«

»Ich kann mich nicht erinnern … wartet, jetzt fällt es mir wieder ein! Ich bin zu meinem Blockhaus gefahren … ja, und dann hat mir einer was von hinten übergezogen! Das Nächste, das ich gesehen habe, wart ihr zwei!« Er greift sich an die Wunde an seinem Kopf und verzieht erneut das Gesicht. »Wer immer das auch gewesen ist, er hat ordentlich zugelangt … Sagt mal, seid ihr nicht die beiden Jungs, die seit Tagen fieberhaft von der Polizei gesucht werden?«

Kapitel 8

Mittwoch, 23. Oktober

08:32 Uhr

»Und Melanie ist vollkommen sicher, was diesen Kohler angeht?«, vergewissert sich Denise Malowski zwischen zwei Schlucken aus ihrer Kaffeetasse bei ihrem Partner. Tobias Heller hatte ihr gleich bei Dienstbeginn von der Entdeckung seiner Frau berichtet und sich unverzüglich die Akte des verurteilten Straftäters in seinen Computer geladen. Seither studiert er dessen Foto, das Kinn nachdenklich in die Hände gestützt.

»Tobi?« Denise wedelt mit den Armen vor seinem Gesicht herum. »Hallo? Jemand zu Hause?«

»Was?« Tobias entrückter Blick fokussiert sich auf die Kollegin. »Entschuldige, ich war in Gedanken. Was sagtest du noch gerade?«

»Ich fragte, ob deine Frau sicher ist, diesen Kohler auf unserem Parkplatz gesehen zu haben!«, wiederholt Denise geduldig ihre Frage. Wenn Tobias sich so benimmt, brütet er zweifellos etwas aus.

»Alles andere währe ein Riesenzufall!«, bequemt er sich endlich zu einer Antwort. »Schau mal: Wir haben einen Ex-Knacki, der sich hier am Kripogebäude herumgetrieben hat, wenn Melanie sich nicht irrt. Was übrigens äußerst selten vorkommt!

Und wir wissen, dass dieser Mensch unter derselben Adresse polizeilich gemeldet ist wie unser Schriftsteller Rainer Fuchs. Und wir wissen außerdem, dass dieser keinen Führerschein besitzt und sich stattdessen von seinem *Chauffeur* kutschieren ließ, als er uns noch täglich auf den Zeiger ging. Na, klingelt da was?«

»Okay, Fuchs beschäftigt also einen verurteilten Straftäter als Fahrer. Vielleicht hat er eine soziale Ader? Womöglich weiß er aber auch überhaupt nichts davon. Die Frage ist doch, was bedeutet das für unsere Ermittlungen?«

»Dieser Heinrich Kohler passt total ins Täterprofil, Denise! Er ist als gewaltbereit bekannt und er hat laut meiner Frau Hände wie Schaufeln. Und sagte Doktor de Luca nicht, der Mörder habe große Hände gehabt? Zudem hatte er als Angestellter ganz sicher genügend Gelegenheit, sich den Schlüssel zu der Blockhütte zu beschaffen!«

»Was hätte er denn für ein Motiv gehabt? Solange wir ihm keine Verbindung zu Chloé Bertrand nachweisen können, ist das doch alles nur finstere Theorie! Ganz zu schweigen davon, dass er sich als Chauffeur ständig in der Nähe seines Brötchengebers aufhält. Wann hätte er die Tat also begehen können?«

»Die Verbindung zu Chloé besteht über seinen Boss!«, widerspricht Tobias Heller. »Hier, das habe ich dir ja noch gar nicht gezeigt!« Er reicht ihr eine Liste hinüber. »Das ist die aktuellste Anrufliste ihres Providers, die ich bekommen konnte. Wie du siehst, hat sie mindestens einmal auf dem Festnetz von Rainer Fuchs angerufen, und zwar einen Tag vor ihrer Ermordung! Die Nummer wird sie sich, genau wie Chrissie, bei ihrem Verlagsbesuch ›beschafft‹ haben. Und was die Gelegenheit angeht: Heinrich Kohler hatte, nachdem er seinen Fahrgast bei uns abgeliefert hatte – wobei er mindestens einmal von meiner Frau gesehen wurde – den ganzen Tag Zeit! Ein Motiv sehe ich allerdings bei ihm momentan auch nicht, das ist wahr.«

»Das ist ja alles schön und gut, aber der Mord wurde am Montag begangen, Tobi! Fuchs tauchte jedoch erst am Dienstag hier auf, um uns tagelang am Hintern zu kleben. Das passt irgendwie nicht zusammen!« Denise Malowski stutzt kurz bei ihrem letzten Satz, springt dann ohne ein weiteres Wort auf und greift zu ihrer Dienstwaffe.

»Was hast du vor?«, wundert sich ihr Partner über diesen plötzlichen Sinneswandel.

»Na, diesem Chauffeur und seinem feinen Boss auf die Pelle rücken, was sonst?«, grinst sie ihn an. »Es passt nämlich, wenn ich es mir recht überlege, unter Umständen sogar perfekt zusammen: Die beiden könnten doch zusammengearbeitet haben, oder nicht? Immerhin gibt es diesen Plagiatsvorwurf, den du in Chloé Bertrands Unterlagen gefunden hast, damit hätten wir zumindest schon einmal ein Motiv für den Schriftsteller. Worauf wartest du, wir haben keine Zeit zu verschenken!«

»Gib einem alten Mann eine Minute!«, bittet Tobias sie lachend um etwas Geduld. Schließlich hat er ihr gegenüber nicht nur zwei Lebensjahre voraus, sondern auch im Sommer die ›magische 40‹

190

erreicht, was Denise seitdem nicht müde wird, bei jeder sich bietenden Gelegenheit zu erwähnen. Dieses Mal war er einen Tick schneller als sie. »Ich will nur vorher die neuesten Erkenntnisse an die Kollegen weitergeben. Es wäre sicher nicht verkehrt, über jeden Schritt Kohlers seit seiner Haftentlassung Bescheid zu wissen und ich denke, Chrissie ist genau die Richtige für diese Aufgabe!«

* * *

Die Glocken des Westminster Palastes verklingen offenbar ungehört, da auch eine geschlagene Minute nach dem letzten Glockenschlag die Eingangstür zur Villa in der Parkallee 21 geschlossen bleibt.

»Wenn man die enorme Lautstärke dieser höchst extravaganten ›Türklingel‹ bedenkt, sind entweder alle Bewohner dieses Anwesens schlagartig kollektiv taub geworden, oder es ist tatsächlich niemand zu Hause«, vermutet Tobias Heller achselzuckend und wirft einen Blick auf seine Armbanduhr. »Ungewöhnlich wäre das aber schon um diese Tageszeit, der Kerl beschäftigt doch garantiert haufenweise Personal!«

Bei jeder anderen Gelegenheit würden die Ermittler nach einem erfolglosen Versuch, ein verdächtiges Gebäude durch die Vordertür zu betreten, eine alternative Möglichkeit suchen, sich Zutritt zu verschaffen. Aber zum einen wird dies durch eine die gesamte Grundstücksfront einnehmende, mindestens zwei Meter hohe Mauer wirksam unterbunden, und andererseits gibt es für ein gewaltsames Eindringen derzeit keine rechtliche Handhabe.

»Wir sind nicht zehn Kilometer gefahren, um jetzt hier herumzustehen oder unverrichteter Dinge wieder abzuziehen!«, schüttelt Denise Malowski energisch den Kopf und greift erneut zu dem massiven Messingklopfer, der hier den Klingelknopf ersetzt.

»Zur Not warten wir einfach, bis es nach Gas riecht«, schlägt Tobias scherzhaft vor, wobei die letzten Worte aber bereits durch ›Westminster‹ von seinen Lippen gerissen werden. Bei ›Gefahr im Verzuge‹ dürfen Ordnungskräfte sich nämlich völlig legal auch gewaltsam Zutritt zu einem Gebäude verschaffen.

»Wir haben unseren ›Türöffner‹ ohnehin heute nicht dabei«, grinst Denise in Anspielung auf den Kollegen Müller, der in der Vergangenheit schon so manches Hindernis durch sein bloßes Körpergewicht für sie beseitigte.

In diesem Augenblick wird etwas zögerlich die Haustür ein Stück weit geöffnet. Bei der Person, die jetzt in der kaum einen halben Meter breiten Öffnung erscheint und den Kommissaren misstrauisch in die Gesichter schaut, handelt es sich aber nicht um den erwartete Butler, sondern im Gegenteil um eine kleine, rundliche Frau mit einer weißen Kochmütze auf dem Haupt und einer ebensolchen Schürze um die breiten Hüften. Denise Malowski und Tobias Heller zücken dessen ungeachtet vollkommen synchron ihre Dienstausweise.

* * *

»Dieser Mensch hat ja ganz schön was auf dem Kerbholz!«, spricht Chrissie Ohlsen mehr zu sich selbst bei der Lektüre von Heinrich Kohlers Strafakte. »Ausgerechnet so einer arbeitet bei einem *Krimiautor* als Chauffeur!«

Wolfgang Müller, mit dem nun endlich vorliegenden Bewegungsprofil von Chloé Bertrands Handy beschäftigt, hebt den Kopf, weil er sich in Ermangelung einer anderen im Raum anwesenden Person angesprochen fühlt. Dass Chrissie bei ihrer Arbeit öfter Selbstgespräche führt, ist eine vollkommen neue Erfahrung für ihn, an die er sich erst noch gewöhnen muss.

»Wieso eigentlich nicht? Krimiautor und Straftäter: Das passt doch irgendwie zusammen!«, grinst er. »Würde mich echt nicht wundern, wenn Fox sein Personal aus lauter Ex-Knackis zusammengestellt hätte!«

»Ja, klar: Eine Giftmischerin als Köchin und einen Meuchelmörder als Gärtner«, lacht seine Freundin. »Jetzt aber mal im Ernst: Dieser Kohler hat jede Menge Vorstrafen. Mindestens drei Einbrüche, die man ihm nachweisen konnte, und mehrfache räuberische Erpressung. Will heißen, er hat Leute auf der Straße überfallen und ausgeraubt, wobei er nicht eben zimperlich vorgegangen sein soll!«

»Dann müsste jetzt nur noch der DNA-Vergleich positiv sein«, überlegt Müller. »Das heißt, falls Denise und Tobias den Herrn ohne Gerichtsbeschluss zu einer Speichelprobe überreden können.«

»Ja, wenn … Und wie läuft es bei dir? Gibt es irgendwelche Überraschungen im Bewegungsprofil?«

»Kann man eigentlich nicht sagen. Tobias hat ja bereits festgestellt, dass sie einen Tag vor ihrer Ermordung auf dem Festnetzanschluss der Villa angerufen hat. Das belegt schon mal, dass sie die Identität von Fox gekannt haben muss. Ich nehme an, sie hat denselben Trick angewandt wie du, um an die Daten zu kommen. Fox bestreitet jedoch, sie zu kennen. Ihr Handy war zu keiner Zeit in einer der Villa zugehörigen Funkzelle angemeldet. Sie wird demnach dort nicht gewesen sein, obwohl sie die Adresse ja gekannt haben muss. Ansonsten hat sie sich fast ausschließlich zwischen ihrer Wohnung und der Universität bewegt. Am Tag ihrer Ermordung verliert sich das Signal an etwa derselben Stelle, wie das der Handys der beiden Jungs, also ungefähr einen halben Kilometer von der Blockhütte entfernt.«

»Chloé Betrand war demnach am Tattag aus irgendeinem Grund zu dieser Hütte unterwegs«, überlegt Chrissie Ohlsen. »Woher wusste sie davon und wie ist sie dorthin gekommen? Wissen wir, ob sie ein Fahrzeug besaß?«

»Ja, einen Motorroller. Der ist übrigens ebenfalls seitdem verschwunden!«

»Sämtliche Indizien weisen demnach darauf hin, dass Chloé Bertrand in dem Blockhaus getötet wurde«, fasst Chrissie nachdenklich zusammen. »Die DNA-Analyse des dort gefundenen Kopfhaares steht zwar noch aus, aber der Rest passt perfekt. Die

Fichtennadeln in ihren Haaren, ihr Handysignal am Tattag in der Nähe des Tatortes ... einfach alles! Der einzige Ausreißer ist die Aussage der Kinder, die zwei Männer miteinander kämpfen sahen.«

»Die werden sich geirrt haben, denke ich. Sie konnten das Geschehen ja nur durch die Ritzen zwischen den Rollladenelementen verfolgen. Da kann man sich schon vertun, zumal das Opfer recht kurze Haare hatte!«

»Wie auch immer, ich bin mit meiner Recherche zu Kohlers Leben nach dem Knast praktisch fertig. Nach seiner Haftentlassung arbeitete er einige Monate als Rausschmeißer in einem Puff und danach trat er in die Dienste unseres Bestsellerautors. Ich frage mich allerdings allen Ernstes, wie Fox an den geraten ist.«

»Vielleicht war er ja Gast in dem *Etablissement*, wo Kohler ›gearbeitet‹ hat?«, grinst Müller anzüglich.

* * *

»Sie kommen äußerst ungünstig!«, brummt die beinahe kugelrunde Person ungehalten. Offenbar handelt es sich um die Köchin. Eine Vermutung, die durch ihre nächsten Worte zur Gewissheit wird: »Der Herr ist nicht im Hause und ich bereite gerade das Mittagsmahl vor. Kommen Sie ein anderes Mal wieder!«

Kaum ausgesprochen, will sie ihnen die Tür vor der Nase zuschieben, was jedoch durch Denise Malowski unterbunden wird, die reaktionsschnell ihren Fuß dazwischen stellt. Bei der vermuteten

Schwere der massiven Eichentür ist dies im Grunde kein ungefährliches Unterfangen und ganz regelkonform ist es zugegebenermaßen ebenfalls nicht. Das Experiment geht aber gut aus: Die Tür stoppt sofort wieder, ohne ihren Fuß zu zerquetschen.

Was haben die Bediensteten dieses Hauses nur alle für eine Macke, einem ständig die Tür vor der Nase zuschlagen zu wollen?, wundert sie sich, ist aber im Grunde erleichtert, noch über zwei intakte Füße zu verfügen.

Schnell zieht sie vorsichtshalber den in der Tür befindlichen wieder zurück in sichere Gefilde. »Wir würden uns gerne mit dem Chauffeur unterhalten«, informiert sie die Frau in einem Tonfall, der keinen Widerspruch duldet. »Herr Kohler ist doch hier als Fahrer angestellt oder irre ich mich?«

»Ja, der ist hier«, brummt die Köchin unfreundlich, öffnet aber, wenn auch augenscheinlich höchst widerwillig, die Tür weit genug für die Besucher, um diesen das Eintreten zu ermöglichen. »Kommen Sie herein, ich werde ihn rufen!«

Es ergibt überhaupt keinen Sinn, ein derart riesiges Anwesen zu besitzen und haufenweise Personal zu beschäftigen, wenn man sich dermaßen abschottet und Gäste offenbar unerwünscht sind, schüttelt Tobias Heller in Gedanken den Kopf über die ihnen hier bereits zum zweiten Mal widerfahrene offene Ablehnung durch Bedienstete. *Und wo ist der Hausherr, wenn sein Fahrer sich hier aufhält? Geflogen wird er ja wohl nicht sein!*

Nachdenklich folgt er seiner Partnerin in das Innere des Gebäudes, welches sie nun zum ersten Mal betreten.

* * *

Kaum eine halbe Stunde später sind die Kommissare auf dem Weg zu einem neuen Ziel. Der Chauffeur, ein bulliger, vierschrötiger und vor allem äußerst wortkarger Mann in den Fünfzigern, dem man jedes Wort einzeln aus der Nase ziehen musste, gab an, seinen Boss am gestrigen Abend überraschend zur Blockhütte gefahren zu haben, wo sich dieser zurzeit auch noch aufhalten müsse, da er dort übernachtet habe.

Mehr war aus Heinrich Kohler nicht herauszubekommen. Der Abgabe einer freiwilligen Speichelprobe für einen DNA-Vergleich stimmte er aber sofort zu, nachdem man ihn über seine diesbezüglichen Rechte aufgeklärt hatte.

Die von Denise Malowski geäußerte Bitte, sich in den Räumlichkeiten der Villa umsehen zu dürfen, lehnte die Köchin rundweg ab. Die Hausdame habe heute ihren freien Tag und wäre in die Stadt zum Einkaufen gefahren. Der Butler sei gleichfalls aushäusig und sie selbst befände sich ebenso wenig in der Position, eine solche Erlaubnis zu gewähren wie der zugegebenermaßen anwesende Gärtner.

Nach diesem nicht sonderlich aufschlussreichen Einblick in Umfang und Hierarchie der Dienerschaft hatten Denise Malowski und Tobias Heller kurzentschlossen den Weg zu der einsamen Blockhütte angetreten, um wenigstens Rainer Fuchs Alias Rufus Fox einige Fragen zu stellen, wie zum

Beispiel die nach dem Grund für seinen offenbar
überhasteten nächtlichen Aufbruch.

* * *

Tobias Heller tritt in derselben Sekunde voll auf
die Bremse, in der das Blockhaus beim Einbiegen
auf das Grundstück in sein Gesichtsfeld gelangt.

»Was soll das?«, schimpft seine Partnerin auf
dem Beifahrersitz. Sie wurde von diesem Manöver
völlig überrascht und hart in den Sicherheitsgurt
gepresst, als der Audi mit rutschenden Reifen zum
Stehen kam. Dann erkennt sie den Grund für seine
Reaktion, wobei Tobias auf der Fahrerseite die Situation nur einen Tick schneller erfasst hatte.

»Oh!«, ist ihr einziger Kommentar dazu. Ihre
linke Hand fährt zum Schloss des Gurtes und die
Rechte greift automatisch zum Gürtelholster, um
die Waffe zu ziehen. »Wir sollten den Wagen hier
stehen lassen, Tobi!«, begleitet sie ihre Handlung.
»Gestern hat es geregnet, da werden sicher haufenweise Spuren im weichen Boden rund um das
Gebäude zu finden sein. Besser, wenn wir die nicht
kontaminieren.«

Tobias Heller zieht ebenfalls seine Pistole. »Du
hast recht, gehen wir. Immer schön in Deckung
bleiben!«

Bemerkungen wie diese sind zwischen ihnen
eigentlich überflüssig und wohl eher dem Nerven-
kitzel geschuldet, der ihn und seine Partnerin beim
Anblick des Blockhauses übergangslos befallen hat.
Denise Malowski und Tobias Heller sind ein seit vielen Jahren eingespieltes Team, das sich auch ohne

198

Worte bestens versteht und *diese* Situation ist nahezu eindeutig, zumindest jedoch extrem verdächtig!

Dieser Eindruck entsteht für die erfahrenen Polizisten vornehmlich durch zwei Fakten: Erstens liegt das Gebäude verlassen vor ihnen im Licht der Morgensonne und zweitens steht die Haustür sperrangelweit offen. Die Jalousien sind, zumindest auf der Vorderseite, heruntergelassen. Dass kein Fahrzeug vor dem Haus geparkt ist, entspricht dagegen ihren Erwartungen, da sie ja erst vorhin mit dem Chauffeur gesprochen hatten.

Für Denise und Tobias sind dies in Anbetracht der Gesamtumstände genügend Gründe, sich dem Haus mit gebotener Vorsicht zu nähern. Nach allen Seiten sichernd und sich gegenseitig Deckung gebend, sind die etwa zwanzig Meter bis zur offenstehenden Tür im Schutz der Bäume in wenigen Sekunden zurückgelegt.

Dahinter herrscht aufgrund der herabgelassenen Rollläden eine nahezu vollkommene Dunkelheit. Ein sicheres Betreten des Gebäudes ist dadurch praktisch unmöglich, da jeder Eindringling gegen die helle Türöffnung ein mehr als deutliches Ziel abgeben dürfte! Verzweifelt sucht Tobias nach einer Lösung für dieses Dilemma, nachdem er und Denise sich beidseitig der Tür postiert haben. Den Rücken an die Hauswand gepresst und die Waffen schussbereit in den Händen haltend, lauschen die Polizisten angestrengt ins Innere, es ist jedoch nicht der geringste Laut zu vernehmen.

Tobias' Blick fällt auf eine Stelle gleich neben dem Kopf seiner Partnerin. *Das ist doch ein Lichtschalter!*, durchfährt es ihn siedend heiß. Es existiert aber kein Außenlicht an dieser Wand, wie er mit einem schnellen Rundumblick feststellt. Er gibt Denise ein Handzeichen, welches sie mit einem Nicken beantwortet. Zwei Sekunden später liegt das Innere der Hütte hell erleuchtet vor ihnen!

Aufgrund der nunmehr für sie günstigen Lichtverhältnisse im einsehbaren Eingangsbereich des Blockhauses ist es für Denise und Tobias beinahe ein Spaziergang, das Gebäude nach verdächtigen, nicht hierher gehörenden Personen zu durchsuchen.

In gewohnter Vorgehensweise arbeiten sich die Ermittler konzentriert, sich wiederum gegenseitig Deckung gebend, durch die insgesamt vier Räume. Wenige Minuten später steht das im Grunde äußerst beunruhigende Ergebnis fest: In diesem Haus hält sich derzeit niemand auf, auch nicht der Besitzer, den sie laut Auskunft seines Chauffeurs eigentlich hier antreffen sollten!

»Nach einem Kampf oder Überfall sieht es hier jedenfalls nicht aus«, kommentiert Tobias Heller die in sämtlichen Räumen herrschende Ordnung und steckt seine Pistole ins Holster zurück. »Alle Möbel sind exakt ausgerichtet und nichts liegt auf dem Boden herum. Einen Einbruch würde ich demnach ebenfalls ausschließen. Und dennoch: Irgendwas stimmt hier gewaltig nicht, Denise!«

»Dein Bauchgefühl?«

»Nenn es, wie du willst. Komm, wir schauen uns draußen um. Nicht, dass Fuchs hier irgendwo herumliegt und dringend unsere Hilfe benötigt!«

Einer aus leidvoller Erfahrung geprägten Ahnung folgend, steuert Tobias als Erstes den abseits gelegenen Laubcontainer an, der in jüngster Vergangenheit bereits mehr als einmal in den Fokus ihrer Aufmerksamkeit gelangte. Heute ist der Behälter aber leer. Laut den Namen des Vermissten rufend, gehen er und Denise, jeder für sich, ein Stück in den Wald hinein, erhalten jedoch keine Antwort. Die einzigen Geräusche werden von in den Baumwipfeln nistenden Singvögeln verursacht.

»Schade, dass die nicht reden können!«, kommentiert Denise Malowski das allgegenwärtige, unbeschwerte Gezwitscher. »Hier ist er nicht, bleibt noch das Haus selbst. Wir gehen am besten einmal ganz um das Gebäude herum, irgendwo muss er ja sein!«

Die verbleibende Möglichkeit, dass Rainer Fuchs in seinem eigenen Wochenendhaus überfallen und verschleppt worden sein könnte, braucht sie nicht zu erwähnen, das weiß ihr Partner ebenso wie sie selbst. Offen bliebe dabei allerdings, aus welchem Motiv heraus dies geschehen sein könnte.

* * *

»Fußspuren!«, zeigt Denise Malowski auf den vom gestrigen Regen aufgeweichten Boden vor ihnen. »Sie führen direkt in den Carport!«

»Ja, und zwar wurden die Abdrücke von zwei verschiedenen Menschen verursacht«, nickt Tobias. »Sie kommen beide von dort vorne, wo wir vorhin die Reifenspuren sahen.« Er holt sein Maßband hervor und geht vor den gut ausgebildeten Vertiefungen in die Hocke.

»Schuhgröße zweiundvierzig, die könnten von Fuchs stammen. Er hat diese Größe, denke ich«, gibt er an Denise weiter, die sich das notiert und mit dem Handy einige Aufnahmen anfertigt. »Die der anderen Person sind etwas größer, dreiundvierzig oder vierundvierzig, schätze ich.«

»Zurück führt offenbar nur eine einzelne Spur und die ist erheblich tiefer«, bemerkt Denise mit einem Stirnrunzeln. »Denkst du dasselbe wie ich?«

»Falls hier einer den anderen getragen hat, muss derjenige aber ein wahrer Bär von einem Mann gewesen sein!«, kommentiert Tobias ihre offensichtliche Vermutung.

»Siehst du hier irgendwelche Schleifspuren? Außerdem ist Fuchs kaum größer als ich und schlank, er wird daher eher weniger als siebzig Kilogramm auf die Waage bringen. Dieses Gewicht kann ein kräftiger Mann durchaus über einige Meter bewältigen. Komm, wir schauen uns mal im Carport um, da finden wir hoffentlich weitere Spuren.« *Oder einen toten Schriftsteller*, fügt sie in Gedanken hinzu.

»Erinnere mich daran, dass wir nachher noch Fotos von den Reifenspuren vor dem Haus für die Forensik anfertigen«, überlegt Tobias Heller. »Die stammen, wie es scheint, von mindestens zwei

Fahrzeugen. Ich denke, dass nur eine davon von der Limousine verursacht wurde, mit der Fuchs hier-herfuhr!«

Direkt neben einem Dieselgenerator im hinteren Bereich des Carports fällt ihnen zunächst eine auf dem Boden liegende Taschenlampe auf, die von Denise sofort in einen Spurensicherungsbeutel ein-getütet wird, nachdem sie sich Handschuhe über-gestreift hat. Die Lampe ist eingeschaltet, aber dun-kel.

»Volle Batterien vorausgesetzt, leuchten Stablampen wie diese etwa zehn bis zwölf Stun-den«, bemerkt Tobias dazu. »Sie könnte demnach seit gestern Abend hier liegen. Aber sieh mal hier!«, lenkt er Denises Aufmerksamkeit auf den Genera-tor. »Ist das Blut hier an der Kante?«

»Das ist ganz sicher Blut!«, nickt seine Partnerin nach einem abschätzenden Blick auf die bezeich-nete Stelle. »Und sieh mal hier: Auf dem Boden davor gibt es noch mehr davon!« Sie hebt einen der überall herumliegenden kleinen Steine auf und steckt ihn ebenfalls in einen Beutel. »Den nehmen wir auch mit. Die DNA für einen Vergleich haben wir ja!«

»Ich denke, es lief so ab«, entwickelt Tobias eine erste Theorie. »Fuchs stieg vor dem Haus aus dem Fahrzeug und schickte seinen Chauffeur weg, so sagte Kohler es jedenfalls aus. Anschließend stellte er fest, dass er keinen Strom hatte, und ging mit der Taschenlampe zum Generator, um diesen in Gang zu setzen. Die Haustür ließ er offen. Unmittelbar, nachdem er den Diesel gestartet hatte, wurde er von einem Fremden überrascht, niedergeschlagen und gekidnappt.«

»Du hast sicher recht. Für eine tödliche Verletzung reicht die Blutmenge, die wir hier sehen, nicht aus. Außerdem hätte es für den Täter dann keinen Grund gegeben, ihn mitzunehmen«, stimmt Denise ihm zu. »In der zeitlichen Abfolge steckt aber ein kleiner Schönheitsfehler! Wenn sich das alles so zugetragen hätte, wie du es gerade sagtest, wären die Abfahrt Kohlers und die Ankunft des unbekannten Attentäters kurz aufeinander erfolgt. Die beiden müssten sich demnach begegnet sein, oder? Wir sollten dem Kerlchen noch einmal auf die Pelle rücken, was denkst du?«

»Du liest mal wieder meine Gedanken!«, lächelt Tobias Heller.

* * *

»Man könnte beinahe an einen Fluch glauben, der auf dieser ›Mordhütte‹ liegt«, seufzt Kommissariatsleiter Donner, nachdem Denise Malowski und Tobias Heller ihren Bericht über die Ereignisse des Tages beendet haben, den sie wie gewohnt im Wechsel vortrugen. »Ständig verschwinden Leute im Dunstkreis dieses vermaledeiten Blockhauses oder werden gar darin ermordet! Es kann doch kein Zufall sein, dass der Besitzer jetzt ebenfalls verschwunden ist!«

»Wenn das Blut, das Denise und Tobias dort vorfanden, überhaupt von ihm stammt, Chef!«, wagt Horst Weiland einen Einwand.

»Von wem sollte es denn sonst sein?«

»Na ja, Fuchs könnte ebenso gut auch selbst der Täter sein«, schlägt der Oberkommissar vor, erntet jedoch nur ein unwilliges Stirnrunzeln von seinem Vorgesetzten. »Er könnte einen Einbrecher überrascht und mit diesem gekämpft haben.«

»Um sich anschließend selbst ebenfalls in Luft aufzulösen? Leider gibt es keine Blutprobe von ihm, ansonsten könnten wir auf die Schnelle wenigstens die Blutgruppe abgleichen. Wann, denkst du, werden wir das Ergebnis des DNA-Vergleichs vorliegen haben?«, wendet der Erste Hauptkommissar sich an den Leiter der Forensik. Jürgen Vogel nimmt heute wieder mit seiner IT-Spezialistin Amara Jones an der Besprechung teil, was die Kommissare auf neue Informationen aus ihrem Fachgebiet hoffen lässt.

»Ich habe vom humangenetischen Institut die Zusage erhalten, dass bis morgen Mittag zumindest ein Schnelltest durchgeführt werden kann«, gibt Vogel zurück. »Das Ergebnis wäre zwar nur zu etwa achtzig Prozent signifikant und somit nicht gerichtstauglich, aber eine Aussage, ob es sich um das Blut von Rainer Fuchs handelt oder eben nicht, könne schon getroffen werden, sagte man mir. Dasselbe gilt für die Speichelprobe des Chauffeurs, die mit der DNA der Hautzellen unter den Fingernägeln des Opfers verglichen wird. Gesichert ist dagegen, dass der größere der beiden von euch an der Hütte fotografierten Schuhabdrücke zu dem Stiefelabdruck am Fundort der Leiche passt, zumindest von der Schuhgröße her.«

»Ich hätte nicht übel Lust, die ganze Bude auseinanderzunehmen!«, grollt Donner.

»Die Blockhütte?«, will Denise Malowski mit hochgezogenen Augenbrauen wissen.

»Die Villa! Aber der Richter rückt keinen Durchsuchungsbeschluss heraus, bei dem bin ich nämlich schon gewesen! Da dieses Gebäude nicht als Tatort identifiziert sei, wäre eine solche Maßnahme seiner Ansicht nach nicht zu vertreten, sagte er. Wenn wir aber eine Übereinstimmung in *beiden* Fällen vorzuweisen hätten, also die DNA des Chauffeurs und das Blut seines Brötchengebers ...«

»Zumindest hat Heinrich Kohler sowas wie ein Alibi, Chef!«, wendet Tobias Heller ein. »Wir waren ja im Anschluss an unseren Einsatz bei der Hütte noch einmal bei ihm, eine Hausangestellte sah ihn gestern Abend gegen 22:00 Uhr von seiner Fahrt zurückkommen. Er habe allein im Wagen gesessen, sagte sie und auch sonst sei ihr nichts Verdächtiges aufgefallen. Das ist zwar ein reichlich dünnes Alibi, aber es ist zweifellos eines!«

»Er selbst schwört, seinen Boss ordnungsgemäß an der Hütte abgesetzt und weisungsgemäß gleich wieder den Rückweg angetreten zu haben«, ergänzt Denise Malowski die Ausführungen ihres Partners. »Zeitlich käme das in etwa hin, einen Widerspruch zu seiner ersten Aussage konnten wir ihm jedenfalls nicht nachweisen.«

»Dann warten wir halt notgedrungen bis morgen Mittag«, resigniert Donner. »Bleibt nur zu hoffen, dass bis dahin nicht noch weitere Personen verschwinden! Du bist nicht alleine gekommen«, wendet er sich an Jürgen Vogel, wobei er die Spezialistin an dessen Seite mit einem Lächeln bedenkt. »Das weckt selbstverständlich in uns allen hier eine gewisse Erwartung. Wenn ich es mir recht überlege, ist aber doch aus *dieser* Ecke deiner Hexenküche gar nichts mehr offen, oder irre ich mich da?«

»Das wird sie euch am besten selbst darlegen. Amara, erleuchte die Herrschaften mit deiner Weisheit!«

»Ich hatte in dieser Runde ja bereits von dem Speicherchip aus dem zerstörten Handy berichtet, der womöglich wiederherstellbare Daten enthalten könnte«, holt Jones etwas weiter aus. »Um es auf den Punkt zu bringen: Es ist mir lediglich gelungen, eine einzige Datei zu rekonstruieren, und diese auch nur teilweise.«

»Wir alle schätzen deine erfrischende Art, direkt zur Sache zu kommen«, nickt Donner ihr mit einem Seitenblick zu ihrem Vorgesetzten zu. »Was man ja nicht von jedem in dieser Runde behaupten kann. Aber du würdest nicht hier sitzen, wenn diese eine Datei nicht von irgendeiner Bedeutung für unsere Ermittlungen wäre, richtig?«

Statt einer Antwort entnimmt die Spezialistin einer mitgebrachten Dokumentenmappe einen großformatigen Computerausdruck und heftet ihn an die Tafel. Es handelt sich um ein Foto, bei dem allerdings das untere Drittel komplett fehlt und das dadurch wirkt, als habe es jemand entzweigerissen. Im Vordergrund ist die obere Hälfte eines weißen Transporters oder Lieferwagens zu sehen. Im Hintergrund ist aber unzweifelhaft die Blockhütte zu erkennen, von der die ganze Zeit die Rede war.

»Konntest du den Zeitstempel der Aufnahme ebenfalls rekonstruieren?«, erkundigt sich Tobias Heller bei Amara Jones. Er wirkt plötzlich alarmiert, was sich gleich nach Erhalt der gewünschten Auskunft in Bestürzung steigert. »Die Perspektive belegt eindeutig, dass das Foto von dort aus geschossen wurde, wo der Laubcontainer steht«, informiert er hastig die Kollegen. Die Gegebenheiten rund um das Blockhaus haben sich nicht nur ihm mittlerweile förmlich ins Gedächtnis gebrannt.

»Ich gehe sogar noch weiter und behaupte, dass sich der unbekannte Fotograf im *Inneren* der Box befand! Der Zeitstempel belegt zudem, dass dies nur wenige Minuten geschah, bevor die Funkstreife dort am Donnerstag auf dein Geheiß hin nach den Jungen suchte!«, wendet er sich an Donner. »Das wiederum bedeutet nicht nur, dass die Kinder noch in dem Container steckten, als Chrissie und Wolfgang mit Fuchs in der Hütte waren. Dieser Wagen dort auf dem Foto – von dem ich annehme, dass die Jungs damit anschließend fortgeschafft wurden – ist dem Streifenwagen womöglich sogar noch begegnet!«

»Scheiße!«, entfährt es Müller nach einigen Sekunden der Stille, die im Anschluss an die Ausführungen Hellers entstanden war. »Wir waren so dicht dran, den Fall zu lösen! Die Kinder könnten längst wieder zu Hause sein, wir hätten nur in diesen verdammten Container schauen müssen!

Außerdem fehlt, wie ihr seht, auf dem Foto das Wesentliche: nämlich das Nummernschild! Wie viel Pech kann man denn noch haben? Wenn die Aufnahme vollständig wäre, hätten wir diesen Mistkerl jetzt an den Hammelbeinen!«

Dass solch harte Worte ausgerechnet von dem ansonsten für seine sprichwörtliche Ruhe und Besonnenheit bekannten Kollegen ausgesprochen werden, ist ein Indiz für die hohe Dramatik dieser Situation, was sich auch in den bedrückten Mienen sämtlicher Anwesender widerspiegelt.

»Macht am besten für heute Feierabend, Leute!«, schlägt Donner mit belegter Stimme vor. Auch an ihm sind die letzten Minuten nicht spurlos vorübergegangen. »Es sind Fehler begangen worden, das ist jetzt nicht mehr zu ändern, aber morgen kriegen wir ihn! Alles, was wir dazu benötigen, ist ein Quäntchen Glück und *das* haben wir uns auf jeden Fall verdient!«

Rufus Fox

Ich erwachte mit einem enormen Brummschädel. Nicht genug damit, dass mein Kopf auf das Dreifache seiner normalen Größe angeschwollen zu sein schien, es hatte sich offenbar auch ein Schwarm Hornissen darin eingenistet und die summten und brummten nun dort, wo eigentlich ein Gehirn sein sollte, um die Wette.

Unwillkürlich tastete ich nach dem Ursprung meiner Beschwerden und traf über dem linken Ohr auf eine etliche Zentimeter lange, blutverkrustete Schwellung. Der stechende Schmerz, der mit dieser unbedachten Berührung einherging, ließ mich sofort zurückzucken. Gleichzeitig setzte schlagartig die, wenn auch zunächst lückenhafte, Erinnerung an das Vorgefallene ein.

War es wirklich erst gestern, dass mir jemand im Carport meiner eigenen Blockhütte eins übergebraten hatte? Und wo war ich hier überhaupt? Das letzte, woran ich mich erinnern konnte, waren die beiden Jungs, in deren Gegenwart ich zu mir gekommen war.

Die Kinder! Offenbar war mir etwas gelungen, was die gesamte Polizei des Rhein-Sieg-Kreises nicht fertiggebracht hatte: Ich hatte die seit Tagen vermissten Jungen gefunden! Na ja, irgendwie ... Auf jeden Fall gehörte dieses Ereignis zu den Erfahrungen, auf die ich liebend gern verzichtet hätte, bedeutete es doch, dass wir uns jetzt alle drei in den Händen eines Wahnsinnigen befanden!

Ich versuchte, die Augen zu öffnen, was mir mit einiger Mühe auch gelang. Sofort befiel mich ein heftiger Schwindel und die Welt begann sich rasend schnell wie ein Karussell zu drehen. *Ich habe eine Gehirnerschütterung*, diagnostizierte ich nüchtern meinen Zustand. Nun, bei der Wucht des Schlages, der mich ins Reich der Träume geschickt hatte, war das zugegebenermaßen auch kein Wunder.

Ich holte tief Luft und wagte einen zweiten Versuch, der mir zwei … nein, drei Erkenntnisse einbrachte: Ich lag in einem nicht sehr großen, fensterlosen Raum auf einer alten, zerschlissenen Couch und direkt vor mir standen Wolfram Schmitz und Tim Berger und schauten mich besorgt an.

»Geht es Ihnen besser?«, fragte mich der Linke, als er sah, dass ich die Augen geöffnet hatte. Es viel mir schwer, die beiden in meinem derzeitigen Zustand auseinanderzuhalten. Schlagartig kehrten meine Lebensgeister zurück. Wer immer hinter dieser Schurkerei steckte, er hatte einen riesengroßen Fehler begangen, uns zu dritt hier einzusperren!

»Das spielt jetzt keine Rolle!«, sagte ich und versuchte, meiner Stimme einen festen Klang zu verleihen. Als der einzige Erwachsene in dieser Runde hatte ich zweifellos eine Vorbildfunktion zu erfüllen! »Was zählt, ist allein, wie wir aus diesem Schlamassel unbeschadet wieder herauskommen!«

* * *

Zunächst mussten wir für eine erfolgreiche Flucht unseren Aufenthaltsort so genau wie möglich bestimmen. Ich ging nicht davon aus, nach dem Schlag tagelang bewusstlos gewesen zu sein, eher wenige Stunden. Nicht lange genug jedenfalls, mich außer Landes zu bringen.

Das bestätigten mir auch Tim und Wolf, wie ich den lebhafteren der beiden bei mir nannte. Sie hätten die Fahrt zwar mit verbundenen Augen, aber bei vollem Bewusstsein verfolgen können, sagten sie übereinstimmend aus. Länger als eine Stunde habe sie wohl auch nicht gedauert, was auf einen Zielort innerhalb eines geschätzten Radius von maximal vierzig Kilometern um das Blockhaus herum schließen ließ.

Das war eine wertvolle Information: Da meine Krimis im Rhein-Sieg-Kreis handeln, hatte ich die Topologie dieser Gegend sehr gut im Kopf und ging daher davon aus, dass wir selbst im ungünstigsten aller Fälle nicht mehr als fünf Kilometer zu Fuß zurückzulegen haben würden, um bewohntes Gebiet zu erreichen. Immer vorausgesetzt natürlich, dass uns die Flucht gelänge!

Bliebe also die zweitwichtigste aller Fragen: Wo zum Teufel befanden wir uns? Ich schaute mich um: ein Raum, nicht größer als fünfzehn oder sechzehn Quadratmeter, fensterlos und mit einer massiv aussehenden Stahltür verschlossen. Könnte es sich um einen alten Armeebunker handeln? Davon gab es im fraglichen Gebiet haufenweise.

»Wir wurden eine Treppe hinuntergeführt«, schüttelte Tim den Kopf, als ich die Sprache darauf brachte. Er wirkte ruhig und gefasst auf mich, wie die Burschen mir überhaupt einen Heidenrespekt abnötigten. Wenn *ich* seit fünf oder sechs Tagen in einem engen Loch wie diesem festgehalten würde, ohne Kontakt zur Außenwelt … Also, ich weiß nicht, ob ich dann nicht längst zusammengebrochen wäre, und ich bin immerhin fast doppelt so alt wie die beiden zusammen!

Ich fragte sie danach und erfuhr, dass sie fest damit rechneten, bald von der Polizei aufgespürt und befreit zu werden. Dieser unerschütterliche Glaube hatte seinen Grund in einer Begebenheit vor einigen Jahren. Damals hatten dieselben Polizisten, die nun mit diesem Fall betraut waren, sie schon einmal aus einer ähnlichen Situation gerettet, wie die beiden mir mit leuchtenden Augen berichteten. Nun, diese Einschätzung teilte ich zugegebenermaßen nicht, für mich sah es eher so aus, als würden dieser Hauptkommissar Heller und seine Truppe im Nebel herumstochern, behielt diese Meinung aber natürlich für mich.

Das Gebot der Stunde hieß jedoch nicht, in der Vergangenheit zu schwelgen, sondern sich auf die Gegenwart zu konzentrieren! Tim Berger erwähnte also eine Treppe. Dies sprach zwar nicht zwangsläufig gegen einen Bunker, ich ging jetzt jedoch eher von einem Kellerraum aus. Und das wiederum bedeutete, dass darüber ein Haus stand. Es hieß aber auch, dass bei einer Flucht *zwei* Türen überwunden werden mussten: diese hier und die am oberen Ende der erwähnten Treppe! Ein Raum ohne Fenster setzte zudem eine Belüftung voraus, da wir ansonsten hier drin nicht vernünftig hätten atmen können. Ich sprach die beiden darauf an.

Tim forderte mich daraufhin auf, von meinem Platz aufzustehen, und rückte anschließend wortlos die Couch beiseite. Jetzt sah ich es: In Bodennähe war ein Gitter in die Wand eingelassen, ungefähr einen Meter breit, aber bloß etwa zwanzig Zentimeter hoch. Selbst für die Kinder viel zu klein, um hindurchzukriechen!

Womit wir in unserer gemeinsamen Planung endlich bei der *wichtigsten* aller Fragen angekommen waren: Wie konnten wir es bewerkstelligen, hier herauszukommen? Der Belüftungsschacht fiel aus naheliegenden Gründen als Fluchtweg aus, sodass brachiale Gewalt das einzige Mittel schien, uns einen Weg in die ersehnte Freiheit zu bahnen.

»Wir haben schon versucht, eins der Tischbeine abzubrechen«, sagte Wolf, als ich meine Blicke auf der Suche nach einer geeigneten Waffe durch den Raum schweifen ließ. »Es hat aber nicht funktioniert.«

Ich sah mir das besagte Möbelstück daraufhin genauer an. Es bestand vollständig aus Metall und schien – obwohl etwas wacklig – extrem massiv zu sein, wobei die etwa unterarmdicken Tischbeine fest mit der Tischplatte verschraubt waren. Ohne einen passenden Schraubenschlüssel hatten wir keine Chance, auch nur eines davon zu lösen. Ich hatte aber eine Idee!

Ich bat die Jungs, mir dabei zu helfen, das gute Stück auf den Kopf zu stellen und gemeinsam kräftig gegen eines der Beine zu drücken, während ich das diagonal gegenüberliegende Pendant in die entgegengesetzte Richtung zu bewegen versuchte. In der nächsten Sekunde zogen wir auf mein Zeichen die Tischbeine gleichzeitig voneinander fort und so weiter.

Durch die gegensätzlich angewandten Kräfte konnten wir ein optimales Ergebnis erzielen und gewannen so bei jedem Ruck ein paar Millimeter. Nach einer halben Stunde schweißtreibender Arbeit war ich es schließlich, der sein stählernes Bein triumphierend hochriss. Wir besaßen jetzt eine Waffe, waren zu dritt und zu allem entschlossen. Sollte unser Entführer nur kommen!

KAPITEL 9

Donnerstag, 24. Oktober

09:17 Uhr

Denise Malowski trommelt nervös mit den Fingern auf der Tischplatte herum. Vor ihr liegt seit Dienstbeginn ein Ausdruck des Fotos, das Amara Jones vom defekten Datenspeicher des Handys zumindest teilweise rekonstruieren konnte, und das sie seitdem unentwegt anstarrt.

Die volle Kaffeetasse daneben hat sie entgegen ihrer sonstigen Gewohnheit nicht einmal angerührt, der Inhalt dürfte längst kalt sein. So kalt wie die Spur, die dieses Bild darstellt. Denn außer der Tatsache, dass es mit einiger Wahrscheinlichkeit das Fahrzeug zeigt, mit dem die Kinder an einen unbekannten Ort gebracht wurden, ist nichts daraus zu entnehmen.

Ihr Partner Tobias Heller hebt den Kopf, als das nervige Geräusch ihrer trommelnden Finger unvermittelt aufhört. Lächelnd denkt er daran, wie Denise sich jedes Mal aufregt, wenn er in ähnlichen Situationen vor seinem Schreibtisch auf und ab läuft. »Wir übersehen etwas, Tobi!«, hört er die Kollegin sagen. »Irgendwo in dem ganzen Wust von unzusammenhängenden Fakten und Indizien liegt die Lösung, davon bin ich überzeugt!«

»Dieses Foto, das du seit einer Stunde hypnotisierst, belegt eindeutig, dass mindestens einer der Jungs bei Bewusstsein war, als unsere Kollegen am Donnerstag dort waren. Warum haben die beiden sich dann aber nicht bemerkbar gemacht?«

»Hör schon auf! Chrissie macht sich ohnehin die allergrößten Vorwürfe deswegen. Da sei ein Flugzeug im Tiefflug über die Szene gebrettert, sagt sie. Das war wahrscheinlich der Grund dafür, dass man das Rufen nicht hören konnte. Ich mag mir gar nicht vorstellen, wie die Kinder sich vergeblich die Seele aus dem Leib gebrüllt haben!«

»Jedenfalls war es ziemlich clever von den Jungs, das Auto zu fotografieren und das Handy für uns in diesem Container zurückzulassen«, bemerkt Tobias Heller anerkennend. »Wer von den beiden mag es wohl gewesen sein? Also, ich tippe ja auf Tim. Der scheint der Besonnenere zu sein, wogegen sich sein Freund eher durch ein großes Mundwerk auszeichnet. Dabei fällt mir ein, dass wir immer noch keine Rückmeldung von ihren Eltern bezüglich der Seriennummern ihrer Handys haben.«

»Das ist doch jetzt vollkommen gleichgültig! Gebracht hat es jedenfalls nichts, da von dem Auto nur die obere Hälfte zu sehen ist. Eine Spur sieht für mich anders aus!«

»Warten wir doch einfach den Bescheid aus Bonn ab! Mit etwas Glück gibt es einen Treffer beim Vergleich mit der DNA des Chauffeurs«, versucht Tobias, die zu nichts führende Diskussion zu beenden. Mit wenig Erfolg, denn er hat den Satz noch

nicht ganz beendet, als Donner zur Tür hereinge-
stürmt kommt.

»Hier!« Der Kommissariatsleiter reicht Heller
mit mürrischer Miene einen großen Umschlag.
»Wenn ihr nichts Neues habt, ist die heutige
Dienstbesprechung fürs Erste gestrichen!«

Im nächsten Augenblick sind die beiden alleine
im Büro und schauen sich perplex an. Dermaßen
geladen hat man den Chef selten erlebt!

* * *

»Ich glaub's ja nicht!«, ruft Chrissie Ohlsen verblüfft aus. »Du hattest gestern tatsächlich recht mit
deinem Kommentar zu den Bediensteten!«

»Welchen meinst du?«, runzelt Wolfgang Müller
nachdenklich die Stirn. »Das ist ewig her, dass wir
darüber geredet haben!«

»Na die, wonach alle Hausangestellten von
Rainer Fuchs ehemalige Straftäter sein könnten,
natürlich!«, erinnert sie ihn behutsam. »Ich habe
mir mal eine Hausauskunft aus dem Melderegister
gezogen. Außer dem Eigentümer sind unter dieser
Anschrift exakt fünf Personen polizeilich gemeldet,
wobei die übrigens alle zur selben Zeit dort eingezogen sind, und zwar etwa einen Monat, nachdem
Fuchs das Anwesen käuflich erworben hatte.«

»Ja, und?«, gibt sich ihr Freund verständnislos.
»Weshalb hast du das überhaupt recherchiert? Hat
sich mal wieder dein berühmtes Bauchgefühl
gemeldet?«

»Pass auf!«, ignoriert Chrissie seine Bemerkung.
»Da hätten wir als Erstes einen Karl Siebert, ein-

schlägig vorbestraft wegen Betrug und räuberischer Erpressung. Insgesamt hat er dafür vier Jahre aufgebrummt bekommen. Heinrich Kohler hatten wir ja schon. Dann geht es weiter mit Felix Daun, ebenfalls vier Jahre wegen räuberischer Erpressung, sowie Veronika Schlich und Gertrud Elfgen, jeweils zwei Jahre wegen Diebstahl.«

»Dreimal räuberische Erpressung und zweimal Diebstahl«, nickt Wolfgang Müller. »Das heißt, zumindest die Herren der Schöpfung neigen zur Anwendung von Gewalt und alle miteinander vergreifen sich gerne an fremdem Eigentum! Wen haben wir denn da alles? Die Identität des Chauffeurs ist uns ja bekannt und um die Existenz eines Butlers wissen wir von Denise und Tobias. Einen Gärtner dürfte es ebenfalls geben sowie eine Köchin. Bleibt eine weibliche Stelle unbesetzt.«

»Wer sagt dir, dass es nicht eine Gärtner*in* ist? Aber du hast vermutlich recht, bei der letzten Frau auf der Liste dürfte es sich um eine sogenannte Hausdame handeln. Die sind in vornehmen Herrenhäusern für alles verantwortlich, was im Haus so passiert, während der Butler normalerweise für das Personal zuständig ist. Und Fuchs erwähnte neulich in einem Gespräch eine solche Angestellte, die sich sogar um seine Finanzen kümmert. Was fehlt, ist eine Putzkolonne. Ein Gebäude dieser Größenordnung kann eine Person alleine nicht sauber halten, ich nehme daher an, dass die Reinigungsarbeiten extern vergeben werden.«

»Unser Autor hat ganz schön einen an der Waffel, wenn du mich fragst!«, schüttelt Wolfgang

Müller verständnislos den Kopf. »Bewohnt allein eine riesige Villa mit einem großen Bahnhof an Personal, lebt jedoch ansonsten vollkommen zurückgezogen. Wofür also das alles, wenn er nie Leute zu sich einlädt? Seine Identität als Bestsellerautor kennt ja außer uns niemand, da er daraus ein Riesengeheimnis macht. Ob er wohl weiß, dass er sein Vermögen einer Diebin anvertraut hat?«

»Ich habe nicht die leiseste Ahnung, aber falls überhaupt irgendjemand aus seinem Umfeld in die Sache verwickelt ist, tippe ich einmal ganz vorsichtig auf den Chauffeur!«, verkündet Chrissie im Brustton der Überzeugung. »Hoffentlich kommt bald das Ergebnis der DNA-Analyse! Jedenfalls ist das gestrige Alibi einer der Hausangestellten für den Fahrer unter den gegebenen Umständen ja wohl keinen Pfifferling wert!«

»Ist der Mörder nicht normalerweise immer der Gärtner?«, kommentiert Wolfgang Müller ihre seiner Meinung nach recht abenteuerliche Spekulation bezüglich des Täters mit einem breiten Grinsen, worauf sie ihn wegen erwiesener Missachtung entrüstet anfunkelt.

* * *

»Verdammt!«, entfährt es Tobias Heller, kaum, dass er den Umschlag geöffnet und die beiden enthaltenen DIN-A4-Seiten überflogen hat. »So eine Pleite!«

»In welcher Hinsicht?«, will Denise Malowski wissen.

»In jeder! Das hier sind die Ergebnisse der DNA-Analysen. Das Blut stammt mit einer hohen Wahrscheinlichkeit von Rainer Fuchs! Somit hätten wir jetzt drei gewaltsame Entführungen und einen Todesfall, die alle vermutlich auf die Kappe desselben Täters gehen! Und es ist *nicht* der Chauffeur, die DNA-Proben stimmen nicht überein! Wir haben wieder einmal nichts in der Hand, da ist es wirklich kein Wunder, dass der Chef sauer ist!«

»Unter Umständen haben wir doch noch was«, überlegt Denise Malowski und schiebt ihm die unvollständige Fotografie über den Schreibtisch zu. »Siehst du die dunkle Stelle an der Beifahrertür? Ich hielt es zunächst für einen Schmutzfleck oder einen Schatten, doch dafür sind die Konturen zu regelmäßig.«

»Ja, stimmt. Das ist bei den schlechten Lichtverhältnissen kaum zu erkennen, aber es könnte sich tatsächlich um den oberen Rand eines Firmenlogos handeln.« Er schiebt den Ausdruck zu ihr zurück. »Ich habe allerdings nicht die leiseste Ahnung, wie uns das weiterbringt. Die paar Millimeter, die da zu sehen sind, passen praktisch zu jedem nur denkbaren Aufkleber!«

»Hast du deine Fantasie zu Hause gelassen?«, grinst Denise. »Wichtig ist bei dem Logo nicht, wie es aussieht, sondern dass es *überhaupt* eines ist! Was, wenn es sich bei dem Fahrzeug um einen Leihwagen handelt? Dann bräuchten wir nur die umliegenden Firmen abzuklappern, die solche Transporter im Programm haben!«

»Du hast ja Nerven! Weißt du, wie viele das sind? Wir wären ewig damit beschäftigt!«

»Nicht zwangsläufig. Erinnerst du dich daran, dass die Reifenspuren vom Fundort der Leiche und aus dem Wald bei der Blockhütte zwar von demselben Fahrzeugtyp stammen, jedoch nicht völlig identisch sind? Was wäre denn, wenn es sich gar nicht um dasselbe Auto mit ungleich bereiften Rädern handelt, wie ich ursprünglich angenommen hatte, sondern tatsächlich um verschiedene Fahrzeuge? Dann hätten wir *zwei* Ausleihen zu unterschiedlichen Zeiten, und diese sind uns doch bekannt, oder?«

»Du bist genial, Denise!« Tobias Heller fasst sich an den Kopf. »Gehen wir folgendes Szenario durch: Unser Täter begeht einen Mord, kann aber die Leiche nicht sofort wegschaffen, da er nur mit einem kleinen Auto vor Ort ist. Das sagten die Jungs bei ihrem ersten Vorsprechen bei uns aus, zumindest haben sie dort keinen Transporter gesehen. Er ordert daher etwas später ein entsprechend großes Auto und fährt die Tote im Schutz der Dunkelheit zum Ufer der Talsperre.«

»Wir kennen den Zeitpunkt des Mordes aus dem pathologischen Gutachten und nicht zuletzt durch die Aussage der Kinder. Die ungefähre Uhrzeit des Leichentransports ergibt sich aus der Liegezeit des Leichnams, die Doktor de Luca ziemlich exakt eingrenzen konnte!«, führt Denise Malowski den Gedanken zu Ende. »Demzufolge haben wir einen brauchbaren Anhaltspunkt für die Ausleihe. Und da die Sache mit den neugierigen Kindern nicht geplant war, gab er den Wagen spätestens am nächsten Tag zurück und musste drei Tage später erneut einen Transport organisieren, wobei uns diese Zeit dank dem Zeitstempel des Fotos ebenfalls bekannt ist!«

»Und weil Menschen zur Bequemlichkeit neigen, ging er beim zweiten Mal garantiert zu derselben Verleihfirma!«, nickt Tobias Heller zufrieden. »Das ist hoffentlich der maßgebliche Fehler, den er beging und auf den wir insgeheim gehofft hatten!«

* * *

»Tim Berger und Wolfram Schmitz standen bei uns auf der Matte, als wir am Montag nach der Dienstbesprechung in unser Büro zurückkehrten«, erläutert Denise Malowski den Kollegen ihre Idee zur Eingrenzung des notwendigen Ermittlungsaufwandes, nachdem sie ihren Gedankengang bezüglich einer möglichen neuen Spur dargelegt hatte.

»Ich denke, das wird etwa gegen 11:00 Uhr gewesen sein, da an diesem Tag kaum etwas zu bereden war. Laut Doktor de Luca trat der Tod des Opfers zwischen 08:00 Uhr und 10:00 Uhr ein. Unter dem Aspekt, dass die Jungs den Mord live miterlebten und eine gewisse Zeit benötigten, um hierher zu gelangen, gehe ich davon aus, dass die Tat spätestens um 09:00 Uhr verübt wurde. Tobias und ich werden dann etwa gegen Mittag an der Hütte gewesen sein. Daraus ergibt sich ein Zeitfenster von knapp drei Stunden für den Täter, den Tatort einigermaßen in Ordnung zu bringen, einen Transporter zu organisieren und wieder von dort zu verschwinden!«

»Er könnte aber die Leiche auch erst in diesem Laubcontainer deponiert haben«, weist Horst Weiland auf einen Denkfehler hin. »Denkt an die Fichtennadeln in ihren Haaren! Demzufolge hätte unser Mörder die drei Stunden vollständig zum Aufräumen verwenden können und später haufenweise Zeit gehabt, den Wagen zu organisieren!«

»Stimmt, in dem Container haben wir nicht nachgeschaut«, muss Denise Malowski zugeben. »So könnte es sich natürlich auch zugetragen haben.«

»Ich glaube dennoch, dass der Täter die Wege möglichst kurz gehalten hat«, schüttelt Donner den Kopf. »Er hatte eine Menge Fahrerei zu erledigen und vermutlich nicht viel Zeit, da der Eigentümer der Blockhütte jederzeit auf der Bildfläche hätte erscheinen können. Er wird sich den Wagen also in der näheren Umgegend besorgt haben und das bedeutet, dass wir den Radius für die zu befragenden Fahrzeugverleihe eingrenzen können. Ich denke, dass alles über zehn Kilometer rund um die Blockhütte unrealistisch wäre, was meint ihr dazu?«

»Das kommt in etwa hin, Chef«, nickt Tobias Heller. »Es werden trotzdem eine ganze Reihe übrigbleiben, die es abzuklappern gilt. Das werden wir zwar größtenteils telefonisch erledigen können, sollten aber dennoch umgehend damit beginnen!«

»Okay, ihr stellt jetzt gemeinsam und in Rekordzeit eine Liste der infrage kommenden Firmen zusammen und dann nichts wie los! Was wir benötigen, sind zwei Ausleihen zu den bekannten Zeiten, die von derselben Person getätigt wurden. Es könnten aber auch drei Ausleihen gewesen sein oder wie ist Fuchs abtransportiert worden?«

»An der Hütte waren zwei frische Reifenspuren zu sehen, als wir gestern dort waren, Chef«, berichtet Denise Malowski. »Keine davon gehört zu einem Transporter, er wird demnach mit einem normalen PKW fortgeschafft worden sein.«

»Das ist etwas merkwürdig, findet ihr nicht? Aber egal, ich werde jedenfalls in der Zwischenzeit die richterlichen Beschlüsse für die Fahrzeuge vorbereiten lassen. Im Falle eines Erfolges werden diese selbstverständlich beschlagnahmt, damit die Forensik sie auf Spuren untersuchen kann.«

Der Kommissariatsleiter reibt sich begeistert die Hände. »Das war ausgezeichnete Arbeit, Leute! Es wäre doch gelacht, wenn wir den Kerl dieses Mal nicht erwischen würden!«

* * *

Eine knappe Stunde später ist Christina Ohlsen bereits mit ihrem Partner auf dem Weg nach Lohmar, wobei sie kräftig aufs Gas tritt und den Dienstwagen hart am Tempolimit förmlich über die Bundesstraße prügelt.

Chrissie hatte das unverschämte Glück, gleich mit ihrem vierten Anruf als Erste einen Erfolg verbuchen zu können, während Denise, Tobias und Horst sich zur Stunde noch durch die Liste arbeiten, die entgegen der überaus optimistischen Einschätzung ihres Vorgesetzten recht lang geworden ist. Umso erfreuter war man, schon so bald bei einem eher kleinen Fahrzeugverleih nur für Transportfahrzeuge die ersehnte Auskunft zu erhalten. Ein gewisser Olaf Bergmann hatte dort zweimal in der vergangenen Woche einen Transporter der gesuchten Art ausgeliehen, und zwar am Montag und am Donnerstag!

Und weil die Firma sich im Industriegebiet an der Peripherie von Lohmar befindet und somit weder von der Blockhütte als Zentrum der Unternehmung weit entfernt ist, noch von der Talsperre, wo die Leiche gefunden wurde, passt hier alles perfekt zusammen. Aus diesem Grund sind Christina Ohlsen und Wolfgang Müller auch umgehend dorthin aufgebrochen, ohne eventuelle weitere Treffer abzuwarten. Es gilt, den derzeit einzigen vielversprechenden Hinweis vor Ort näher zu untersuchen und das Personal zu befragen. Die Zeit drängt.

Positiv ist zu vermerken, dass der zuständige Richter dieses Mal die benötigten Beschlüsse ohne zu zögern ausgestellte, und die Kommissare von daher in der glücklichen Lage sind, die Fahrzeuge gleich vor Ort zu beschlagnahmen, sollte sich herausstellen, dass es sich um die gesuchten handelt.

»Das ist mir im Grunde etwas viel an plötzlichem Erfolg nach all den Misserfolgen, Wolfie!«, bringt Chrissie Ohlsen ihr Unbehagen auf den Punkt, das sie während der halbstündigen Fahrt befallen hat. Währenddessen lässt sie den Audi langsam auf den Betriebshof der Firma rollen, wo etwa ein Dutzend Fahrzeuge des gesuchten Typs in Reih und Glied auf ihren Stellplätzen stehen. »Es passt einfach alles viel zu perfekt zusammen … Jede Wette, dass da irgendein Haken bei der Sache ist!«

»Du meinst so etwas wie eine Buchungsliste, die aus unerfindlichen Gründen nicht mehr vorhanden ist, oder ein Computerabsturz, bei dem alle Daten unrettbar verloren gingen?«, lacht ihr Partner über den offen zur Schau gestellten Zweckpessimismus. »Sowas in der Art?«

»Du kennst das doch«, gibt sie mit einem gequälten Gesichtsausdruck zurück. »Im Supermarkt ist die Kasse mit den wenigsten Kunden auch immer die, wo es am längsten dauert, weil entweder die Papierrolle ausgetauscht werden muss oder jemand mit lauter Centstücken bezahlt!«

»Deine Sorgen möchte ich haben«, grinst Wolfgang Müller und öffnet den Sicherheitsgurt. »Lass uns einfach hineingehen!«

* * *

Es hatte weder einen Computerabsturz gegeben noch fehlen wichtige Unterlagen. Im Gegenteil legte der Mitarbeiter vom Kundenbüro ihnen unverzüglich sämtliche relevanten Dokumente vor, über die er bezüglich der verlangten Buchungsdaten verfügte, nachdem die Kommissare sich ordnungsgemäß ausgewiesen hatten.

Demnach gab es zwei Buchungen im fraglichen Zeitraum. Die erste wurde am 14. Oktober um 14:52 Uhr vorgenommen und der Kunde brachte das Fahrzeug in einwandfreiem Zustand am folgenden Tag um 08:34 Uhr zurück. Derselbe Mann orderte drei Tage später erneut einen Wagen dieser

Klasse, den er aber schon nach wenigen Stunden wieder ablieferte. Zeitpunkt der Ausleihe war an diesem Tag um 15:32 Uhr. Auf eine entsprechende Nachfrage hin wurde ihnen bestätigt, dass es sich um zwar baugleiche, jedoch verschiedene Fahrzeuge gehandelt habe.

»Hatten Sie in beiden Fällen Dienst in der Kundenabfertigung und haben Sie sich einen Personalausweis oder wenigstens den Führerschein zeigen lassen?«, will Wolfgang Müller wissen. Neben einer Kaution, die üblicherweise per Kreditkarte beglichen werden muss, verlangen viele Autoverleiher normalerweise die Vorlage solcher Dokumente. Eine Kreditkartenabrechnung ließe sich darüber hinaus leicht zurückverfolgen.

»Am Montag war hier die Hölle los, Herr Kommissar«, zerstört der Mann, der sich ihnen als Volker Brandt vorstellte, die diesbezüglichen Hoffnungen der Ermittler mit einem einzigen Satz. »Die Kunden standen Schlange und es musste alles verdammt schnell gehen. Ich habe wohl einfach vergessen, nach einem Ausweis zu verlangen, fürchte ich.«

»Und die Kaution?«, mischt sich Christina Ohlsen ein. »Lassen Sie mich raten: Er hat sie bar bezahlt, stimmt's?« Die bedröppelte Miene Brandts spricht Bände und es bedarf eigentlich keiner Antwort mehr. Chrissie holt wortlos ihr Handy hervor und ruft Denise auf dem Kommissariat an, wozu sie sich einige Meter entfernt.

»Und wie war es am Donnerstag?«, übernimmt Wolfgang Müller wieder die Befragung, während seine Partnerin in der hinteren Ecke des Büros leise mit der Kollegin spricht. »War da auch viel los oder haben Sie sich wenigstens dann einen Ausweis zeigen lassen?«

»Äh … Ja, wissen Sie … Ich kannte den Mann ja nun schon und beim ersten Mal war ja alles so weit in Ordnung …«

»Also nein!«, seufzt Müller. »Haben Ihre Autos wenigstens eingebaute GPS-Tracker?«

»Selbstverständlich! Aber die werden nur abgefragt, wenn ein Diebstahl vorliegt oder das Fahrzeug das vereinbarte Gebiet verlässt. Die Kunden mit diesen Geräten auszuspionieren und ihren Fahrweg zu protokollieren, ist nicht erlaubt, wie Sie sicherlich wissen!«

Chrissie hat soeben ihr Gespräch beendet und kommt mit sauertöpfischer Miene zu ihnen zurück. »Denise hat die Adressdaten dieses Olaf Bergmann überprüft«, flüstert sie ihrem Freund ins Ohr. »Name und Adresse sind frei erfunden! Ich wusste es!«

Wenigstens ist das ein untrügliches Indiz dafür, dass wir hier auf der richtigen Spur sind, überlegt Müller. *Warum sonst sollte jemand zwei Fahrzeugbuchungen zu den fallrelevanten Zeiten tätigen und einen falschen Namen angeben, wenn er nichts zu verbergen hat?*

»Befinden sich die Fahrzeuge jetzt hier?«, wendet Christina Ohlsen sich derweil an Volker Brandt. »In diesem Fall sind sie hiermit beschlagnahmt!«, informiert sie den erblassenden Mann und reicht ihm den richterlichen Beschluss.

»Das war Pleite auf der ganzen Linie«, grummelt Chrissie wenige Minuten später, jetzt wieder am Steuer ihres Dienstwagens. »Ich sagte doch, dass ein Haken bei der Sache sein würde, das ging alles viel zu glatt!« Langsam lässt sie das Auto in Richtung Grundstücksausfahrt rollen.

Nachdem an beiden Transportern sämtliche Türen mit polizeilichen Siegeln versehen wurden, ist hier nichts mehr für sie zu tun. Jetzt ist die Forensik am Zug, denn daran, dass es sich bei den beschlagnahmten Fahrzeugen um die gesuchten handelt, besteht nach Lage der Dinge nicht der Hauch eines Zweifels. Ohne den richtigen Namen des Ausleihers ist man allerdings nicht wirklich einen Schritt weitergekommen.

Ihnen gegenüber fährt soeben ein Lastzug mit der Aufschrift eines großen Chemiekonzerns auf die Straße und verhindert dadurch zunächst die eigene Weiterfahrt. Während Chrissie Ohlsen, ungehalten über die Verzögerung, ungeduldig mit den Fingern auf dem Lenkrad trommelt, beobachtet Wolfgang Müller die Szene nachdenklich.

Den strengen Kontrollen gemäß, die an der Schranke zum Gelände der Firma stattfinden, wird Sicherheit hier offenbar großgeschrieben, wobei das ganze Ausmaß der umfangreichen Kontrollmaßnahmen aber erst ersichtlich wird, nachdem der LKW den Blick auf das Betriebsgelände nicht mehr versperrt.

»Warte noch!«, hält Wolfgang Müller seine Partnerin auf, die soeben ihren Trommelwirbel beendet und sich anschickt, den Wagen auf die Straße zu lenken. »Siehst du das?«

Christina Ohlsen folgt seiner ausgestreckten Hand bis zum Werktor. »Hey! Was haben wir denn da?«, ruft sie erfreut aus und steuert umgehend das ihnen gegenüberliegende Firmengelände an, wo eine professionell aussehende Überwachungskamera die Zufahrt ziert. »Es könnte doch sein, dass diese Kamera die Ausfahrt des Fahrzeugverleihs ebenfalls erfasst! Wir besorgen uns auf der Stelle die Aufnahmen der vergangenen Woche!« *Die hoffentlich in der Zwischenzeit nicht wieder gelöscht wurden*, fügt sie in Gedanken sorgenvoll hinzu.

* * *

Die Geschäftsleitung der Firma erwies sich den Wünschen der Kommissare gegenüber ausgesprochen aufgeschlossen. Da die Aufnahmen der Torkamera nicht der Geheimhaltung obliegen würden, so der Geschäftsführer, sei er gerne bereit, der Polizei bei ihrer Ermittlungsarbeit zu helfen und die gespeicherten Videosequenzen unbürokratisch zur Verfügung zu stellen. Wolfgang Müller und Christina Ohlsen hatten mit wesentlich mehr Widerstand gerechnet.

Eine knappe halbe Stunde später treten die Kommissare in bester Laune den Rückweg an. In ihrem Besitz befindet sich ein Datenträger mit den Aufnahmen der Torkamera der letzten zehn Tage. Eine stichprobenartige Sichtung des Bildmaterials noch vor Ort hinterließ ein durchaus positives Gefühl: Die hochwertige Überwachungskamera liefert gestochen scharfe Bilder und die Ausfahrt des gegenüberliegenden Fahrzeugverleihs ist, wie erhofft, ausreichend gut zu erkennen. Nun heißt es, das umfangreiche Material zu sichten!

* * *

Die Motorleinwand ist herabgelassen und der an der Zimmerdecke installierte Beamer einsatzbereit. Die Kommissare des Kriminalkommissariats 1 sind vollständig angetreten und warten voller Spannung auf die von Christina Ohlsen angekündigte Präsentation, von der man sich wesentliche Erkenntnisse bezüglich der Identität des Täters erhofft. Oder zumindest die der Person, die die beiden Fahrzeugausleihen tätigte, wie Chrissie zu Beginn der Besprechung vorsorglich einräumte.

»Aufgrund der exakten Angaben mit Datum und Uhrzeit für die Ausleihen, die uns der Mitarbeiter des Fahrzeugverleihs mitteilte, stellte es kein Problem dar, die entsprechenden Videosequenzen aus insgesamt über zweihundertvierzig Stunden Videomaterial in relativ kurzer Zeit herauszusuchen«, beginnt die Kommissarin, nachdem sie den mitgebrachten USB-Stick in den mit dem Beamer gekoppelten Computer gesteckt hat. Auf der Leinwand materialisiert das erste Bild.

»Da wir zudem die Kennzeichen der infrage kommenden Fahrzeuge haben, war es beinahe ein Kinderspiel, dieses Standbild von Montag, dem 14. Oktober, 14:57 Uhr zu lokalisieren«, zeigt sie mit dem Laserpointer auf die Leinwand. »Das war fünf Minuten nach dem dokumentierten Zeitpunkt der ersten Ausleihe und es handelt sich um eine Ausschnittsvergrößerung, da die aufnehmende

Kamera etwa dreißig Meter entfernt auf dem gegenüberliegenden Firmengelände angebracht ist.«

Sie schaltet auf das nächste Bild. »Und hier haben wir eine Aufnahme von Donnerstag, dem 18. Oktober, 15:38 Uhr, die kurz nach der zweiten Ausleihe entstand. Sie zeigt mit einiger Sicherheit dieselbe Person, was aber aufgrund der Spiegelungen auf der Frontscheibe zunächst nur eine vage Vermutung war.«

»Ich fasse das dann mal zusammen«, bemerkt Kommissariatsleiter Donner mit gefurchter Stirn. »Der Mensch, der die Transporter ausgeliehen hat, nannte einen falschen Namen und eine ebenso erfundene Adresse, und der Kerl dort auf den Videoaufnahmen, der nachweislich am Steuer der gesuchten Fahrzeuge sitzt, ist wegen der Reflexe auf der Scheibe nicht zu erkennen. Ist es das, was du uns sagen willst?«

Neben Chrissie Ohlsen versucht Wolfgang Müller vergeblich, ein Grinsen zu unterdrücken. Der Chef sollte seine jüngste Mitarbeiterin mittlerweile besser kennen. Auf gar keinen Fall würde seine Freundin ein solches Spektakel veranstalten, wenn sie nicht noch einen Trumpf vorzuweisen hätte!

»Nicht ganz, Chef!«, meldet Chrissie erwartungsgemäß sofort ein Veto an. »Jetzt kommt nämlich etwas ins Spiel, das ich mal den ›Jones-Faktor‹ nennen will«, erklärt sie dem Vorgesetzten siegessicher. »Amara war in der Lage, die störenden Reflexe mittels entsprechender Filter fast vollständig zu eliminieren. Heraus kam dann das hier!«

Das bereinigte Standbild, das in der nächsten Sekunde auf der Leinwand erscheint, lässt die Anwesenden aufgrund der exzellenten Qualität buchstäblich den Atem anhalten.

»Jetzt passt alles zusammen!«, durchbricht Tobias Heller atemlos die entstandene Stille. »Ich kenne diesen Kerl und ich habe eine starke Vermutung, wo wir die vermissten Personen finden werden!«

Die Blicke der Kollegen, bis jetzt fest auf die Leinwand fixiert, richten sich synchron auf ihn und seine Partnerin. Denise Malowski nickt bestätigend zu seinen Worten und ihre Augen sprühen förmlich vor Tatendrang. Endlich erscheint ein Licht am Ende des Tunnels!

»Dann lasst uns keine Zeit mehr verlieren, Leute!«, bringt Kommissariatsleiter das Gebot der Stunde auf den Punkt und klatscht auffordernd in die Hände. »Holen wir uns den Mistkerl!«

Rufus Fox

Ich lief seit geraumer Zeit unruhig in unserem engen Kerker auf und ab, was überhaupt nicht meinem Naturell entsprach. Autoren sollten ohnehin in der Lage sein, sich für mehr als ein paar Minuten intensiv ihrer Arbeit zu widmen, die nun mal im Sitzen ausgeführt wird. Meistens jedenfalls.

Grund für die innere Unruhe war die Tatsache, dass sich seit meinem Erwachen aus der durch einen harten Schlag verursachten Bewusstlosigkeit niemand mehr hatte blicken lassen. Abgesehen davon, dass eine Waffe wie das Stahlrohr, das die Jungs und ich in schweißtreibender Arbeit erbeutet hatten, ohne Gegner keinen Sinn ergab, schwanden auch langsam aber sicher unsere Vorräte.

Trinkwasser war zwar noch für einige Tage vorhanden, die Nahrung jedoch, die im Wesentlichen aus Zwieback und Müsliriegeln bestand, näherte sich bedrohlich ihrem Ende. Spätestens morgen würden wir den Putz von den Wänden kratzen müssen. Die größte Sorge war daher momentan, dass unserem Kerkermeister etwas zugestoßen sein könnte und wir drei hier unten verrotten würden.

Nach meiner inneren Uhr musste es jetzt Nachmittag oder früher Abend sein. Tim und Wolf hatten schon den ganzen Tag keinen Ton von sich gegeben und hockten apathisch auf der Couch. Wie es schien, hatte die gestern noch vorhandene Zuversicht, von ihren heimlichen Helden der Kriminalpolizei gerettet zu werden, die beiden mittlerweile verlassen. Verdenken konnte ich es ihnen nicht!

Was mich kolossal störte, war die unheimliche Stille, die uns rund um die Uhr umfing. Selbst in der größten Einöde gibt es Geräusche und sei es nur ein Flugzeug, das in der Nähe vorüberflog oder ein bellender Hund vor dem Haus.

Wenn wir nicht gerade am Südpol waren, gab es nur *eine* mögliche Erklärung: Die Wände dieses Gemäuers waren nicht nur ungewöhnlich massiv, sondern auch sehr dick! Ansonsten hätte man, unter der Voraussetzung, dass über uns tatsächlich ein Wohnhaus stand, etwas hören müssen. Ein klingelndes Telefon, eine Türglocke ... kein Haus, das von Menschen bewohnt wird, ist dermaßen geräuschlos! Befanden wir uns etwa im Keller einer Ruine?

Der unvermittelt jenseits unseres Gefängnisses eintretende Tumult belehrte mich sofort eines Besseren. Aufgeregte Rufe und polternde Geräusche deuteten unmissverständlich auf zweierlei hin: Die offenbar schalldichte Tür am oberen Ende der Treppe war geöffnet worden und es hielt sich deutlich mehr als eine Person im Haus auf! Zudem war jeden Augenblick damit zu rechnen, dass jemand die Tür öffnete!

Ich ergriff das bereitstehende stählerne Tischbein und gab Tim und Wolf ein Zeichen. Wir hatten diese Situation in den vergangenen Stunden bis zum Erbrechen geübt: Die Jungs stellten sich in angemessenem Abstand so vor die Tür, dass der Blick eines Eintretenden direkt auf sie fallen und ihn dadurch von mir ablenken würde. Ich hingegen positionierte mich mit schlagbereiter Waffe dahinter, um dem Kerl den Schädel einzuschlagen, sobald dieser in mein Blickfeld geriet.

Die Kinder hatten ihre Plätze eingenommen und ich verfolgte hinter der Tür mit angehaltenem Atem das Geräusch eines Schlüssels, der mehrmals im Schloss umgedreht wurde. Die Sekunden schienen sich zu Stunden zu dehnen, während ich, dass Stahlrohr fest in beiden Fäusten haltend, auf meinen Einsatz wartete.

Endlich wurde die Tür geöffnet, aber nicht langsam und bedächtig, wie ich gehofft hatte. Sie wurde im Gegenteil förmlich aufgestoßen. Das erste, was ich von dem Eindringling sah, war jedoch nicht sein Kopf, sondern eine Hand, die unverkennbar eine Schusswaffe hielt!

Scheiße, dachte ich alarmiert. *Der Kerl hat eine Knarre!* Ohne lange darüber nachzudenken, ließ ich meine improvisierte Waffe auf die Hand mit der Pistole niedersausen.

KAPITEL 10

Donnerstag, 24. Oktober

19:26 Uhr

Die Männer des SEK huschen wie Schatten durch die Dunkelheit und nehmen in lautloser Präzision die ihnen jeweils zugewiesenen Positionen ein. Leitern werden in Stellung gebracht, um einem Teil der Spezialeinheit das Überwinden der Grundstückseinfriedung in gebotener Geschwindigkeit zu ermöglichen. Auf diese Weise können bei Bedarf innerhalb weniger Augenblicke etwaige Hintereingänge gesichert und Fluchtwege blockiert werden.

Vier Männer schleppen eine schwere Stahlramme herbei. Mit diesem Gerät wird, sobald die minutiös geplante Aktion angelaufen ist, als Erstes die massive Eingangstür aufgebrochen. Scharfschützen haben Stellung bezogen und einige Männer mit Reizgaswerfern befinden sich bereits in vorderster Front.

Die ganze Aktion läuft, wie von Tobias Heller und seinen vollständig anwesenden Kollegen schon mehrfach erlebt, in gespenstischer Lautlosigkeit ab. Endlich sind die innerhalb weniger Sekunden durchgeführten Vorbereitungen abgeschlossen und die Spezialisten erstarren zur Bewegungslosigkeit. Alles wartet auf das Zeichen des Kommandanten zum Zugriff.

Polizeihauptkommissar Ulf Meyer, der Leiter der von Donner angeforderten SEK-Einheit, schaut auf die Uhr. In wenigen Augenblicken wird die exakt durchgeplante Aktion starten und hoffentlich wie ein gut geöltes Uhrwerk ablaufen, denn immerhin steht das Leben dreier Geiseln auf dem Spiel! Aus diesem Grund befinden sich alle Mitglieder des Einsatzkommandos zwar an strategisch günstigen Positionen, jedoch bislang noch außerhalb des Vektors, der von den Fenstern des Zielobjekts eingesehen werden kann.

Und dies wiederum ist durch die Dunkelheit gewährleistet, die seit dem Sonnenuntergang vor einer knappen Stunde herrscht und die noch dadurch verstärkt wird, dass Meyer vor wenigen Minuten die Beleuchtung in dieser Straße komplett abschalten ließ. Zudem ist hinter keinem der hellerleuchteten Fenster des Zielobjekts eine Bewegung zu sehen, man ist demnach aller Wahrscheinlichkeit nach unbeobachtet.

Obschon die Kommissare auf einen sofortigen Zugriff gedrängt hatten, konnte Meyer ihnen glaubhaft versichern, dass es günstiger wäre, bis zum Einsetzen der Nacht zu warten. Das Leben der Geiseln sei nicht in unmittelbarer Gefahr, da diese sich bereits seit mehreren Tagen in der Gewalt der Verbrecher befänden. Dies würde sich jedoch bei einem Zugriff sofort dramatisch ändern, sodass es dann auf jede einzelne Sekunde Vorsprung ankäme.

Dieser Argumentation konnte sich selbst Donner nicht verschließen, der am liebsten auf der Stelle losgestürmt wäre. Was im Übrigen ganz besonders auch auf Denise Malowski zutrifft, die neben ihrem Partner im Schutz der Dunkelheit auf den Beginn des Einsatzes wartet und ungeduldig von einem Fuß auf den anderen tritt. Ihre Sorge gilt den Kindern, die mit größter Wahrscheinlichkeit hier, in der Parkallee 21, seit einer geschlagenen Woche gegen ihren Willen festgehalten werden.

Jetzt greift der SEK-Kommandant endlich zum Funkgerät. »Zugriff!«, spricht er in einem Tonfall ins Mikrofon, als würde er den Wetterbericht verlesen. Im nächsten Augenblick bricht die Hölle los!

* * *

In sicherer Entfernung verfolgen die Kommissare des Kriminalkommissariats 1 das Geschehen, welches jetzt selbstverständlich nicht mehr lautlos vonstattengeht. Allein das hässliche Geräusch, mit dem die massive Eichentür der Villa durch die Ramme innerhalb weniger Augenblicke zu Kleinholz verarbeitet wurde, dürfte bis zum Ende der Straße zu hören gewesen sein. Schüsse sind jedoch bisher keine gefallen, obwohl das SEK bereits in das Gebäude eingedrungen ist.

Tobias Heller und seine Leute werden hier warten müssen, bis das Terrain von der Spezialeinheit erobert und gesichert ist, bevor sie es betreten dürfen. In Fernsehkrimis sieht man zwar immer wieder Komiker von der Kriminalpolizei in Jeans und Pullover inmitten einer Schar schwer gepanzerter und bis an die Zähne bewaffneter SEK-Beamte einen Tatort stürmen, aber das ist natürlich blühender Unfug!

Während das Haus gestürmt wird, lässt Chrissie Ohlsen die Geschehnisse der vergangenen Stunden noch einmal Revue passieren. Tobias' Zwischenruf bei ihrer Vorführung am Nachmittag hatte alle außer Denise ziemlich überrascht. Wer hätte denn auf den Gedanken kommen sollen, dass ausgerechnet *der Butler* von Rainer Fuchs Alias Rufus Fox der Täter war, oder zumindest an dem Mord und der Entführung der Kinder und seines Arbeitgebers beteiligt gewesen sein musste?

Der Name zu diesem Gesicht war durch einen Abgleich mit den Meldedaten schnell ermittelt. Karl Siebert sah auf der Aufnahme der Überwachungskamera zwar nicht ganz so aus, wie Denise und Tobias ihn seit ihrer bisher einzigen Begegnung in Erinnerung hatten – was vor allem an den infolge der fehlenden Pomade in die Stirn fallenden Haaren lag – aber es handelte sich eindeutig um den Butler!

Jetzt ergibt plötzlich auch der Rest der Dienerschaft aus lauter einschlägig vorbestraften Kriminellen einen Sinn: Offenbar ist hier eine Riesensauerei im Gange, wahrscheinlich mit dem Ziel, den ebenso reichen wie naiven Bestsellerautor auszunehmen wie eine Weihnachtsgans. Chloé Betrand und die Kinder waren ihnen lediglich zu einem ungünstigen Zeitpunkt in die Quere gekommen.

Wie die Entführung des Hausherrn da hineinpasst, ist derzeit nicht vollständig klar, es wird jedoch angenommen, dass dieser hinter die Machenschaften seiner Dienerschaft kam und ebenfalls kurzerhand aus dem Verkehr gezogen wurde. Offenbar gehört Zaudern nicht eben zu den hervorstechendsten Eigenschaften dieser Leute, die, wie es scheint, eher nach dem Motto ›erst draufhauen und dann fragen‹ handeln!

»Träumst du?«, dringt die Stimme Denise Malowskis in Chrissie Ohlsens Gedanken. Die Hauptkommissarin hat ihre Waffe gezückt und erweckt einen überaus kampfbereiten Eindruck, obwohl dies allem Anschein nach gar nicht mehr notwendig ist. Es wird daher wohl eher der Gewohnheit geschuldet sein. »Meyer hat soeben grünes Licht gegeben«, informiert Denise sie. »Die ganze Bande ist in Gewahrsam, wir können also hinein!«

* * *

»Entschuldigen Sie bitte, dass es so lange gedauert hat«, wendet Ulf Meyer sich an Tobias Heller und Denise Malowski. Das ›dynamische Duo‹, wie die Hauptkommissare von Kollegen hinter vorgehaltener Hand etwas spöttisch genannt werden, hat sich wie üblich an die Spitze der kleinen Prozession ins Innere der Villa gesetzt. Denise hat mittlerweile die Sinnlosigkeit ihres Tuns eingesehen und die Waffe wieder am Gürtelholster befestigt.

»Meine Leute haben selbstverständlich zunächst alle Räume gecheckt, bevor wir euch hereingerufen haben. Bei vierzehn Zimmern, fünf Bädern und etlichen Nebenräumen war das eine umfangreiche Angelegenheit«, spielt der SEK-Leiter die Tatsache herunter, dass seine Männer dies in einer Rekordzeit von weniger als fünf Minuten bewerkstelligten.

»Es ist aber alles sauber! Die gefährlichste Waffe, die wir finden konnten, ist das Tranchiermesser der Köchin«, lacht der Kommandant und reicht Tobias Heller einen Schlüsselbund. »Die gehören zu den Kellerräumen. Ich überlasse Ihnen herzlich gerne die Ehre, die Geiseln selbst zu befreien, die sich nach Angaben der Dienstboten dort aufhalten und wohlauf sind. Wir haben hier oben zwar alle beteiligten Übeltäter in Gewahrsam, doch war von uns noch niemand da unten. Seien Sie also trotzdem vorsichtig!«

Wie um seine Worte zu bekräftigen, tritt Meyer beiseite und gibt den Blick auf fünf Zivilpersonen frei, die mit bedröppelten Mienen, einträchtig nebeneinander aufgereiht, vor ihnen stehen. Allen wurden schon Handfesseln angelegt.

Tobias reicht den Schlüsselbund an seine Partnerin weiter: »Ich denke, du bist genau die Richtige für diesen Teil der Operation!«, zwinkert er ihr lächelnd zu und wendet sich gleich anschließend an die Tatverdächtigen.

»Sie sind hiermit wegen Mordes, gemeinschaftlich geplanter Verschwörung gegen Ihren Dienstherrn, schwerer Körperverletzung und Geiselnahme in drei Fällen vorläufig festgenommen!«, belehrt er die Fünf vorschriftsmäßig, bevor diese von mehreren SEK-Beamten abgeführt werden.

Denise Malowski hingegen gibt Chrissie Ohlsen, die der Szene mit einem verlegenen Gesichtsausdruck gefolgt ist, einen Wink und begibt sich mit ihr umgehend in das Untergeschoss. Dass es ein Herzenswunsch für die Kommissarin ist, an der

Befreiung vornehmlich der Kinder teilzuhaben, war ihr nämlich an der Nasenspitze anzusehen.

Vorsorglich ziehen beide, der Empfehlung Meyers folgend, ihre Dienstwaffen, bevor sie vorsichtig die Treppe zu dem wohl an die hundert Jahre alten Keller hinabsteigen.

* * *

»Das ist ja ein wahres Labyrinth hier unten«, flüstert Chrissie Ohlsen ihrer Vorgesetzten zu. Tatsächlich besteht der gemauerte Gewölbekeller aus fast meterdicken Mauern und zahlreichen Nischen, die zum Glück keine Türen aufweisen und daher leicht eingesehen werden können.

Gefahr scheint ihnen hier unten demnach nicht zu drohen, sieht man von unzähligen Spinnen in den Ecken und an der niedrigen Decke ab. Andererseits sind die riesigen Netze, die von den achtbeinigen Gesellen an den Durchgängen hinterlassen wurden, ein untrügliches Indiz dafür, dass sich hier lange kein menschliches Wesen mehr aufgehalten hat.

»Dieser Bereich scheint neueren Datums zu sein«, gibt Denise Malowski ebenso leise zurück, als ihnen hinter einer Gangbiegung unvermittelt eine Stahltür den Weg versperrt. Sie sind am Ende des Kellers angelangt. »Und es ist offenbar der einzige Raum hier unten, der über eine Tür verfügt. Halte deine Waffe bereit, ich schließe jetzt auf!«

Gleich der erste Schlüssel, den Denise ausprobiert, passt. Sie dreht ihn zweimal im Schloss herum und gibt ihrer derzeitigen Partnerin ein Zeichen mit der linken Hand, bevor sie die ungewöhnlich schwere Tür schwungvoll aufstößt. Gleichzeitig springt sie mit gezückter Waffe in den Raum hinein.

Allein die Tatsache, dass sie die Pistole sofort in alle Richtungen schwenkt, wie es beim Betreten unsicheren Terrains üblich ist, rettet ihr den rechten Arm. Denn während sie noch in die schreckgeweiteten Augen der vermissten Kinder blickt, die vor ihr mitten im Raum stehen, saust aus dem toten Winkel ihres Blickfeldes ein unterarmdickes Rohr mit Wucht herab und verfehlt ihr Handgelenk nur um Millimeter!

In der nächsten Sekunde ist Chrissie Ohlsen zur Stelle und entwindet dem wie versteinert und mit weit aufgerissenen Augen an der Tür stehenden Rainer Fuchs die improvisierte Waffe, was er widerstandslos über sich ergehen lässt.

Denise Malowski dagegen schiebt ihre nun nicht mehr benötigte Dienstwaffe ins Holster, eilt zu Tim und Wolfram und nimmt beide schützend in den Arm. Die zwei oder drei kleinen Freudentränen, die sich in ihre Augenwinkel geschlichen haben, lässt sie ungehindert über ihre Wange laufen und die Jungs sind wohl doch noch nicht so groß, dass sie diese Zuwendung nach einer vollen Woche der Gefangenschaft nicht genießen würden.

»Ich werde euch jetzt heim zu euren Eltern bringen!«, verkündet die Hauptkommissarin einige Augenblicke später resolut und rümpft die Nase. »Ihr zwei braucht nämlich dringend ein heißes Bad und frische Klamotten!« Tim und Wolfram grinsen

Denise verlegen an, ihre grenzenlose Erleichterung über die unverhoffte Rettung ist jedoch nicht zu übersehen.

KAPITEL 11

Montag, 28. Oktober

10:00 Uhr

Kommissariatsleiter Peter Donner schwenkt zur Begrüßung ein DIN-A4-Blatt. »Das kam heute mit der Post«, informiert er die versammelte Mannschaft. »Es handelt sich um den letzten noch ausstehende DNA-Vergleich und er ist dieses Mal positiv! Wir werden daher mit der heutigen Fallbesprechung den Mordfall Chloé Bertrand sowie die Aufklärung sämtlicher Nebenschauplätze endgültig ad acta legen können! Ihr habt trotz gewisser Widerstände und Verwirrungen, mit denen dieser Fall behaftet war, verdammt gute Arbeit geleistet und ich möchte mich an dieser Stelle bei euch allen für den unermüdlichen Einsatz der vergangenen Tage herzlich bedanken!«

Aufgrund der Anzahl an potenziellen Verdächtigen, die am Donnerstag festgenommen wurden, waren langwierige und zeitraubende Verhöre notwendig geworden, die aus rechtlichen Gründen auch umgehend durchgeführt werden mussten, da der Staatsanwalt die erforderlichen Haftbefehle nur bei erwiesener Schuld eines jeden Einzelnen ausstellen würde.

Man hätte ansonsten einige der Kandidaten, wenn nicht gar alle außer Siebert, spätestens am

Sonntag nach Hause schicken müssen, da die einzigen Belastungszeugen, nämlich die Kinder und Rainer Fuchs, niemanden speziell hatten benennen können, der an ihrer Entführung beteiligt war. Die unmittelbare Folge des Vernehmungsmarathons war ein pausenloser Einsatz der Ermittler und auch das Wochenende musste weitestgehend ausfallen.

Das Ergebnis kann sich jedoch sehen lassen: Seit gestern liegen nicht nur von allen fünf Personen umfassende Geständnisse vor, man ist zudem im Besitz einer lückenlosen und nahezu minutiösen Darstellung der Geschehnisse der letzten beiden Wochen, die mit dem Mord an der Studentin Chloé Bertrand ihren Anfang nahmen. Im Grunde fing aber alles viel früher an.

Überraschenderweise waren dabei die Aussagen von Rainer Fuchs, der ebenfalls zu den Vorfällen befragt wurde, nicht gänzlich unerheblich für die Aufklärung dieses kniffligen Falles. Tim Berger und Wolfram Schmitz wurden, da diese noch minderjährig und zudem von der langen Gefangenschaft traumatisiert sind, in die Obhut ihrer Eltern gegeben und bislang nicht vernommen.

Begonnen hatte alles mit einer Stellenanzeige, die Rainer Fuchs gleich im Anschluss an den Kauf der Villa in der Parkallee 21 in einer örtlichen Tageszeitung aufgab und mit der er nach einem Hausdiener, einer Art Butler, suchte. Gepflegte Umgangsformen und die Bereitschaft zu einem ungewöhnlichen Arbeitsverhältnis würden vorausgesetzt und freie Kost und Logis seien inbegriffen.

Nach etlichen Tagen meldete sich als einziger Kandidat ein Karl Siebert bei ihm und bewarb sich um die Stelle. Schnell wurde man sich einig, zumal der Bewerber angab, Kontakte zu weiteren Personen zu haben, die an einer Arbeit in einem solchen Umfeld interessiert seien. Gärtner, Köchin und Chauffeur brauche schließlich jeder, der über ein gewisses Standesbewusstsein verfüge und mit einer Hausdame, die etwas von Buchführung verstehe, habe er zudem eine Fachkraft an der Hand, die sich um die Finanzen des Schriftstellers kümmern würde, sodass dieser sich ganz seiner schöpferischen Tätigkeit widmen könne.

Fuchs war sofort Feuer und Flamme und das Gauner-Quintett, das sich aus der JVA und gemeinsamen Zeiten davor kannte, nahm vor Dienstantritt Anschauungsunterricht in feinem Benehmen, indem sie sich tagelang alte englische Filme ansahen. Ziel ihrer Unternehmung war es, den zwar millionenschweren, aber völlig weltfremden und naiven Autor nach Strich und Faden auszunehmen. Dazu entwickelte man gemeinsam einen Langzeitplan mit dem Ziel, innerhalb von maximal zwei Jahren so viel wie möglich von seinem umfangreichen Vermögen abzuzweigen und auf Konten im Ausland zu transferieren. Körperlich zu Schaden kommen sollte dabei nach einhelliger Aussage der fünf Inhaftierten niemand.

Es kam jedoch anders: Eines Tages meldete sich eine Frau mit französisch klingendem Akzent telefonisch bei Fuchs, konfrontierte ihn mit Plagiatsvorwürfen, die sie lückenlos beweisen könne, und

bat um eine Unterredung mit dem menschen-
scheuen Bestsellerautor.

Der ›Butler‹, der sämtliche Telefonanrufe für seinen Boss anzunehmen pflegte, klärte das Missver-
ständnis über seine Person nicht auf und lockte
Chloé Bertrand stattdessen unter dem Vorwand,
ihr gegenüber Rede und Antwort zu den Vorwürfen
stehen zu wollen, in die einsame Waldhütte, die
Fuchs unlängst erworben hatte. Dort kam es zu
einer heftigen Auseinandersetzung, in dessen Verlauf Siebert die Studentin im Zorn erwürgte.

»Ich konnte doch nicht zulassen, dass sie damit
an die Öffentlichkeit geht!«, rechtfertigte Karl
Siebert die Tat bei seiner Vernehmung Denise
Malowski und Tobias Heller gegenüber. »Es hätte
eine umfangreiche Untersuchung und eine Rück-
forderung gezahlter Tantiemen nach sich gezogen.
Unser Betrug wäre aufgeflogen und alles umsonst
gewesen!«

Anschließend geriet er in Panik, verfrachtete die
Leiche hastig in den Laubcontainer, warf den
Motorroller, mit dem Chloé Bertrand zu dem Treffen gekommen war, ins Gebüsch und räumte eilig
den Tatort auf, wobei er aber vergaß, die Rollläden
wieder herabzulassen, was bei späteren Besuchen
der Kommissare für Verwirrung sorgte.

Die Konsequenz aus diesem Teil von Karl
Sieberts Aussage war den vernehmenden Beamten
sofort bewusst: Als Denise und Tobias das erste Mal
mit den Jungs an der Hütte waren, befand sich die
Leiche der kurz zuvor getöteten Studentin demnach noch in dem Container! Ohne Erlaubnis des

Eigentümers oder gültigem Gerichtsbeschluss duften die Ermittler dort aber nicht hineinsehen, sonst hätte die ganze Geschichte garantiert einen völlig anderen Verlauf genommen und die Kinder wären womöglich gar nicht erst in Gefahr geraten!

Am Abend kam der Täter dann mit einem gemieteten Transporter zurück und entsorgte Leiche und Roller, den die KTU übrigens nebst Chloé Bertrands Handy am Freitag im Gerätehaus der Villa fand. Beim Ablageort des Leichnams kopierte Siebert aus einer Laune heraus kurzerhand eine Szene aus Fox' aktuellem Buch. Er und seine Kumpane sorgten in den folgenden Tagen abwechselnd dafür, dass in der Hütte sämtliche Hinweise auf das begangene Verbrechen getilgt wurden, indem man alle Räume einer gründlichen Reinigung unterzog. Dies wurde durch die ständige Abwesenheit ihres Arbeitgebers erleichtert, der sich in den Kopf gesetzt hatte, die Polizei bei ihren Ermittlungen zu begleiten.

Mit den am Tatort herumschnüffelnden Kindern verfuhr Siebert genauso, brachte sie aber nicht um, sondern in einem unbewachten Moment in die Villa, wo er sie im Keller einsperrte. Das Gauner-Quintett hatte unter diesen dramatischen Umständen beschlossen, sich mit dem bis zu diesem Zeitpunkt ergaunertem Geld zufriedenzugeben und in den nächsten Tagen das Weite zu suchen. Die Kinder wollte man dann wieder freilassen.

Leider wurde ein geordneter Rückzug durch die unbedachte Aktion des Chauffeurs Heinrich Kohler zunächst vereitelt, der Fuchs mit einem Holzknüppel im Carport seiner Blockhütte niederschlug, weil er glaubte, dieser sei ihnen auf die Schliche gekommen.

»Ich bin nicht so schnell im Denken, Frollein«, gab Kohler Christina Ohlsen gegenüber zu Protokoll, die seine Vernehmung gemeinsam mit Wolfgang Müller durchführte. »Der Boss hatte ja gemeint, ich solle zurückfahren, er würde ohne mich klarkommen. Ich war auch schon um die Ecke, als mir einfiel, was er auf der Fahrt gesagt hatte. Von wegen Mordhütte und so und dass er herausfinden würde, wer hinter alldem steckt. Da hab ich Panik gekriegt, bin wieder zurück zur Hütte und hab ihm mit 'nem Knüppel, der da herumlag, eins übergebraten und ihn dann in den Kofferraum verfrachtet.«

Diese Aussage des Chauffeurs passte perfekt zu der zweiten Reifenspur, die Denise und Tobias vor der Blockhütte vorfanden, als sie dort nach deren Besitzer suchten. Nur, dass diese zu ein und demselben Fahrzeug gehörte, das einfach noch einmal zurückgekehrt war!

»Nachdem also jetzt anhand des DNA-Vergleichs feststeht, dass Karl Siebert unser gesuchter Mörder ist und alle Mitglieder dieses sauberen Quintetts erfreulich geständig waren, erkläre ich den Fall ›Mordhütte‹ hiermit offiziell für abgeschlossen!«, ergreift Donner wieder das Wort. »Dass die KTU in den beiden beschlagnahmten Mietwagen genügend Hinweise dafür fand, dass die Kinder beziehungsweise das Mordopfer darin transportiert wurden, habt ihr sicher heute Morgen schon im Abschlussbericht der Forensik gelesen. Dem ist nichts mehr hinzuzufügen!«

»Eines gibt es vielleicht doch noch zu berichten, Chef!«, meldet sich Chrissie Ohlsen zu Wort. »Ich habe die akribisch geführten Aufzeichnungen dieser ›Hausdame‹ Veronika Schlich unter die Lupe genommen und bin der Spur des Geldes gefolgt. Insgesamt hat diese Bande in den wenigen Monaten in Diensten des Autors mehr als 200.000 Euro beiseitegeschafft und auf Konten im Ausland transferiert!«

»Nicht schlecht!« Tobias Heller wölbt anerkennend die Augenbrauen. »Ich habe aber ebenfalls etwas Interessantes für euch. Und zwar habe ich mich noch einmal ausführlich mit Fuchs unterhalten, was diese Plagiatsvorwürfe angeht. Er räumte mir gegenüber freimütig ein, abgeschrieben zu haben. Der Autor, von dem er abgekupfert hat, sei er jedoch selbst gewesen! Und zwar schrieb er von früheren, wenig beachteten Werken ab, die er in jungen Jahren unter einem anderen Namen veröffentlichte. So gesehen war der Tod der Studentin doppelt sinnlos. Hätte sie nur mal gründlicher recherchiert!«

»Du nimmst mir das Wort aus dem Munde!«, nickt Donner. »Es ist immer wichtig, *sämtliche* Facetten einer Sache zu untersuchen, um ein schlüssiges Bild zu erhalten. Es kann sein, dass wir in einigen Teilen unserer Arbeit der vergangenen Tage etwas *zu* gründlich waren und bei einer forscheren Vorgehensweise unsererseits die Kinder wesentlich früher wieder bei ihren Eltern gewesen wären. Hinweise auf das Haus in der Parkallee 21 gab es aus *heutiger* Sicht genügend, aber wir sind die Polizei! Wenn *wir* uns nicht an Recht und Gesetz halten, wer dann? In diesem Sinne möchte ich mich ein weiteres Mal für euren persönlichen Einsatz, eure Geduld und ein Mindestmaß an Extratouren bedanken!«

Mit den letzten Worten zwinkert er fröhlich in Richtung Chrissie Ohlsen, die dazu mit den Schultern zuckt. *Ist doch gut gegangen*, soll das wohl heißen. »Ihr könnt jetzt, wenn ihr wollt, das verlorene Wochenende nachholen«, beendet Donner seine Rede. »Aber nicht alle auf einmal!«

Mir einem fröhlichen »Aye, Chef!« und heftigem Stühlerücken löst sich die Versammlung zügig auf. Etwas Ruhe wird jedem der Ermittler jetzt guttun. Der nächste Schurke wartet garantiert schon irgendwo auf sie und dann ist die ganze Aufmerksamkeit eines Teams gefordert, das in den vergangenen Tagen wieder einmal bewiesen hat, diese Bezeichnung völlig zu Recht zu tragen.

MALOWSKI UND HELLER ermitteln weiter!

Ich hoffe, der vorliegende Fall für Denise Malowski und Tobias Heller und ihres Ermittlerteams hat Ihnen gefallen und ich konnte Ihnen spannende und unterhaltsame Stunden damit verschaffen, denn zu diesem Zweck wurde das Buch ja geschrieben!

Wenn dies der Fall ist, habe ich eine persönliche Bitte an Sie: Ich würde mich freuen, wenn Sie den Krimi auf der Produktseite von Amazon bewerten und dort ein kurzes Feedback hinterlassen. Sie müssen sich gar nicht in epischer Breite über den Inhalt auslassen, einige wenige Sätze reichen vollkommen aus.

Falls Sie auf Leserplattformen wie *Lovelybooks*, *Goodreads* usw. aktiv sind, einen Buchblog betreiben oder Ihre Leidenschaft für Bücher auf *Facebook*, *Instagram* oder *Twitter* teilen, würde ich mich auch hier über eine Rezension freuen und bedanke mich schon jetzt herzlich für Ihre Unterstützung.

Im Anschluss an diese Seite finden Sie Kurzbeschreibungen der Protagonisten, soweit sie aus Gründen der Vermeidung von Wiederholungen für Stammleser im Text nicht erwähnt wurden.

Ihr René Falk

DAS ERMITTLERTEAM

Denise Malowski, Jg. 1981, begann ihre Laufbahn als Kriminalkommissarin bei der Kripo Köln und wechselte später zur Siegburger Kriminalpolizei. Dort ist sie seit 2009 die Partnerin von Tobias Heller. In ihrer kargen Freizeit übt Denise den Kampfsport Taekwondo aus und besitzt den schwarzen Gürtel für den 3. Dan. Sie ist 1,70 Meter groß, schlank und hat grasgrüne Augen, deren Farbe je nach Stimmung oder Lichteinfall in ein helles Braun zu wechseln scheint. Das lange, hellbraune Haar ist meist aus Bequemlichkeit zu einem Pferdeschwanz gebunden. Ihr ganzer Stolz ist ein himmelblaues Smart Cabrio, von ihrem Partner oft als Spielzeugauto bespöttelt. Verheiratet ist sie seit 2015 mit dem Steuerberater Sven Leuchner, die gemeinsame Tochter Leonie wurde 2016 geboren.

Tobias Heller, Jg. 1979, studierte nach dem Abitur einige Semester Kriminalpsychologie an der Universität Bonn, brach dann aber bald das Studium ab und bewarb sich bei der Kriminalpolizei. Dort bildete er zunächst ein Ermittlungsteam mit der damaligen Kriminalkommissarin Melanie Klein, die er bald darauf heiratete. Die Ehe scheiterte jedoch zunächst, im Jahr 2016 ging das Paar aber eine zweite Ehe ein. Heller ist 1,85 Meter groß und hat eine sportliche Figur. Das dunkelblonde lockige Haar trägt er schulterlang. Seine bevorzugte

Kleidung besteht aus Jeans, Turnschuhen und Lederjacke, was einen krassen Gegensatz zur immer modisch korrekt gekleideten Kollegin Malowski darstellt.

Horst Weiland, Jg. 1988, besuchte das Gymnasium in Troisdorf, wo er im Alter von zehn Jahren seinen Klassenkameraden Wolfgang Müller kennenlernte. Die Freunde sind seit ihrer Schulzeit beinahe unzertrennlich und gingen nach dem Abitur gemeinsam zur Polizei. Seit 2013 bildet Weiland mit Müller ein Ermittlungsteam beim Kriminalkommissariat 1 in Siegburg, wo sie den Hauptkommissaren Malowski und Heller unmittelbar unterstellt sind. Horst Weiland ist 1,80 Meter groß und sportlich. In der Freizeit nimmt er oft an Marathonläufen teil. Er ist seit 2012 verheiratet und hat mit der Grundschullehrerin Birgit Weiland einen gemeinsamen Sohn, der 2014 geboren wurde.

Wolfgang Müller, Jg. 1988, hinterlässt mit seinen knapp hundert Kilogramm Gewicht, einer Körpergröße von 1,89 Metern, breiten Schultern und einer tiefen Bassstimme auf den ersten Blick einen eher behäbigen Eindruck, weswegen seine Freundin ihn liebevoll Brummbär nennt. Mit einer hohen Intelligenz, einer raschen Auffassungsgabe und einem Abiturzeugnis mit Bestnoten punktet er aber in jeder Hinsicht. Seit 2016 ist der bis dahin als überzeugter Junggeselle bekannte Ermittler mit Kriminalkommissarin Christina Ohlsen liiert, mit der er fest zusammenlebt.

Christina Ohlsen, Jg. 1991, ist seit 2016 im Team, wo sie zunächst die Stelle einer Kommissaranwärterin bekleidete und aufgrund überragender Leistungen schon ein Jahr später zur Kommissarin befördert wurde. Ebenso wie Tobias Heller studierte sie nach dem Schulabschluss an der Universität in Bonn, wo sie Rechtswissenschaften belegte, aber schon nach kurzer Zeit aus einer inneren Überzeugung zur Polizei ging. Die nur 1,62 Meter große, zierliche Christina wird von den Kollegen meist Chrissie gerufen und hält sich zwei zahme Frettchen mit den Namen Quasimodo und Esmeralda als Haustiere. Sie ist Ju-Jutsu Meisterin mit schwarzem Gürtel für den 2. Dan und eine ausgezeichnete Schützin mit einer konstanten Trefferquote von 100 %.

Peter Donner, Jg. 1967, ist der Leiter des Kriminalkommissariats 1. Der Erste Hauptkommissar regiert das Kommissariat mit strenger, aber gerechter Hand. Er ist bei allen Mitarbeitern beliebt und überlässt die Ermittlungsarbeit meist seinen Leuten. Verheiratet ist er seit 1994 mit Adelheid Donner. Er ist 1,77 Meter groß und von untersetzter Gestalt, was ihn kleiner erscheinen lässt. Sein schütteres Haar besteht im Wesentlichen aus einem dunkelblonden, leicht angegrauten Haarkranz. Seine Laufbahn begann er bei der uniformierten Polizei, wo er während einer Tatortsicherung dem leitenden Ermittler durch eine ausgezeichnete Beobachtungsgabe und einen analytischen Verstand auffiel. Wegen akuter Personalknappheit wurde er daraufhin kurzerhand zur Kriminalpolizei versetzt.

Amara Jones, Jg. 1990, ist die Tochter nigerianischer Einwanderer. Die gebürtige Münchnerin studierte Mathematik und Informatik, bevor sie in der Forensik der Kripo Siegburg die Stelle der IT-Spezialistin als Nachfolge Klaus Dreyers übernahm. Sie hat in beiden Studienfächern einen Master und ebenso wie ihr Vorgänger ein untrügliches Gespür für alles Technische. Ihr unüberhörbarer bayrischer Akzent steht in einem lustigen Kontrast zu ihrer tiefschwarzen Hautfarbe.

Jürgen Vogel, Jg. 1971, leitet die forensische Abteilung der Kripo Siegburg seit vielen Jahren. Der meist etwas kauzig wirkende Wissenschaftler liebt seinen Beruf und schwarze Zigarillos über alles. Mit einer Körpergröße von 1,92 Metern und einer extrem hageren Gestalt wirkt er in seinen Bewegungen oft unbeholfen, ist jedoch in seinem Fachgebiet der forensischen Spurenanalyse eine anerkannte Koryphäe und sowohl bei seinen Mitarbeitern als auch bei den polizeilichen Ermittlern sehr beliebt.